L'abus de toi est dangereux (pour mon cœur)

CARO M. LEENE

L'ABUS DE TOI EST DANGEREUX (POUR MON CŒUR)

ROMAN

HARPERCOLLINS FRANCE
83-85, boulevard Vincent-Auriol, 75646 PARIS CEDEX 13.

www.harlequin.fr

ISBN 978-2-2804-8129-8 — ISSN 2271-0256

À Marie,
Merci pour ta gentillesse et ta bienveillance,
ton soutien et tes encouragements.
Ton souci du détail, le choix du mot juste
et tes propositions pertinentes embellissent mes écrits !

Il n'y a que deux conduites avec la vie : ou on la rêve,
ou on l'accomplit.

RENÉ CHAR

Prologue

New York, 3 mars 2018
Harper

— Je suis désolé.

Pas autant que moi.

Le médecin me presse l'épaule avec compassion tandis que je ravale mes larmes. Je cligne des yeux pour enrayer le flot d'émotion qui m'envahit. M'effondrer et me rouler en boule dans ce couloir aseptisé rempli d'inconnus est une fausse bonne idée.

— Prenez votre temps, mademoiselle Stanford. Votre réaction est compréhensible, l'entourage n'est jamais préparé à ce genre de nouvelle. Le processus d'acceptation est un mécanisme long et douloureux. Encore une fois, Maria, notre psychologue, se tient à votre disposition si vous ressentez le besoin de parler.

Je me contente de hocher la tête. J'inspire dans le but de me calmer, me raccrochant à l'illusion qu'un miracle reste possible. Après tout, je l'ai lu sur Internet pas plus tard que cette nuit. C'est rare, mais ça existe.

Malheureusement, le Dr Chang tue tout espoir dans l'œuf.

— L'issue est inéluctable.

La boule qui m'obstrue la gorge semble doubler de volume. Un sanglot s'échappe de mes entrailles, mais je maintiens les vannes fermées. Pas maintenant, pas ici.

Inéluctable.

Je répète mentalement ce mot, comme pour le tatouer au plus profond de mon âme, comme pour m'en convaincre. Plusieurs secondes passent. Mon interlocuteur ne s'en offusque pas, il patiente, conscient de la violence de la nouvelle.

— Inéluctable...

Le mot est plus tranchant que du verre, mais je ressens le besoin de le prononcer à voix haute, pour apprendre à le formuler de manière détachée, dans le cas peu probable où quelqu'un me demanderait des nouvelles de ma mère.

— Si je peux faire quoi que ce soit pour vous, n'hésitez pas. Dans les jours à venir, nous adapterons les doses pour la soulager.

— Combien de temps ?

J'ai l'impression qu'une coulée d'acide a remplacé mon sang et qu'elle se dirige vers mon cœur à une vitesse folle, brûlant tout sur son passage. Ma voix ne m'a jamais paru aussi peu assurée qu'en ce moment. Je croise les bras sur la poitrine en un geste de réconfort et grimace, prenant conscience de mon impolitesse. Le Dr Chang me sourit, bienveillant. Il en a vu d'autres.

— C'est difficile à évaluer, cela dépend des patients et de leur volonté de se battre.

— À quoi sert de se battre, si c'est *inéluctable* ?

Encore ce mot.

La question est rhétorique, le médecin le sait.

— Je veux la ramener à la maison.

— J'entends votre demande, mais elle va avoir besoin d'une infirmière à domicile.

— Je peux veiller sur elle.

— Jour et nuit, Harper. Écoutez, je comprends votre désarroi et…

— Votre mère est en train de mourir ?

— Non.

— Alors, excusez-moi de vous dire que vous ne pouvez pas comprendre.

Je suis odieuse, mais la colère est le seul sentiment que je peux contrôler. Quand je vous disais que ce Chang en avait vu d'autres !

— Harper, vous êtes jeune, continue-t-il, ignorant mon ton cassant. Vous avez un métier, des amis, peut-être même un petit ami, vous ne pouvez pas mettre votre vie entre parenthèses. Vous devez continuer à vivre, sortir, rire. Je vous assure que l'infirmière est la seule solution acceptable dans ce genre de situation.

— Vous avez une idée de ce que coûtent les services d'une infirmière ?

— Oui, mais si je n'ai pas l'assurance que votre mère sera prise en charge correctement, je ne la laisserai pas quitter l'hôpital.

Je m'insurge.

— Vous ne pouvez pas la retenir contre son gré !

— Si. Réfléchissez-y à tête reposée et faites-moi connaître votre décision la semaine prochaine. Rien ne presse.

Un dernier signe d'encouragement, puis il disparaît.

Je reste seule au milieu du couloir, démunie, acculée par mes émotions, les démarches administratives, le montant exorbitant des soins et les épreuves qui m'attendent. Je voudrais redevenir cette petite fille de sept ans insouciante, avec ses couettes, ses genoux éraflés et ses attitudes de garçon manqué. J'aimerais qu'on me rende ma maman. Ma maman en bonne santé, celle qui me couvrait de baisers et me protégeait envers et contre tous. Ma maman chérie. Seulement, c'est impossible et je le sais. Alors, j'inspire et expire lentement plusieurs fois, redresse les épaules, plaque un sourire rassurant sur mon visage et entre dans la chambre de ma mère.

Chapitre 1

Avril 2018

Je suis un imposteur. Ce n'est pas reluisant, mais c'est la vérité.

Harper Stanford.

Vingt-cinq ans.

Barmaid au Brooke's bar.

Célibataire.

Jolie.

Cheveux auburn.

Yeux verts.

Souriante.

Amusante.

Grande gueule.

Voilà comment mon entourage me perçoit, que ce soit Tom, mon patron, mes collègues, des clients du bar ou de vagues connaissances. Cette liste n'est pas fausse, mais elle est loin d'être exhaustive.

Les gens aiment cataloguer, classer les individus, ça les rassure et leur procure un faux sentiment de supériorité. Ma case est plutôt étriquée, mais le cliché de la barmaid bien roulée ne joue pas en ma faveur. Évidemment, je pourrais les détromper, hurler au scandale... En vérité, ce tableau me convient. C'est tellement plus simple de leur laisser penser qu'ils m'ont cernée, que, pour eux, je suis une énigme résolue. Si ça leur fait plaisir de s'en tenir aux apparences ! Au moins, pendant ce temps, ils ne se concentrent pas sur mes véritables faiblesses et me foutent la paix.

« Sois belle et tais-toi » pourrait être la légende sous ma photo, seulement il n'est pas si facile de lutter contre sa vraie nature. Je suis une grande gueule. Si ce trait de caractère sert ma vie sexuelle, il me permet aussi de tenir les hommes à distance.

Au début, ils sont tous attirés par le challenge, l'envie de me séduire. Lorsqu'ils comprennent leur erreur, ils fuient. Cela ne me fait ni chaud ni froid, les hommes sont comme ça : lâches. Compter sur eux est illusoire, à l'instar de mon père qui nous a abandonnées la veille de mes huit ans, nous laissant, ma mère et moi, dans une détresse émotionnelle et financière considérable. Le sentiment d'abandon a été violent et destructeur. Les premiers mois, ma mère a sombré dans une lourde dépression et, sans l'aide de nos voisins, les services sociaux seraient venus frapper à notre porte. Dure leçon de vie qui a façonné mon rapport au sexe opposé. Je n'ai pas honte de dire que j'utilise les hommes, et je ne leur fais pas confiance.

Le bar est désert ce soir. J'essuie le comptoir avec mon torchon, en réfléchissant à ma vie. Si je devais me définir, j'ajouterais aux précédents qualitatifs solitaire, sensible, émotive, têtue et compétitrice. Mauvaise perdante aussi.

Se lancer dans une introspection un mardi soir, alors que la semaine vient à peine de commencer, n'est pas l'idée du siècle. Seulement, mis à part quelques habitués, un album des Red Hot en fond sonore, l'endroit est calme, et mon esprit inoccupé s'amuse à me torturer. Même Aubrey, d'ordinaire si guillerette, est perdue dans ses pensées. Je l'observe à la dérobée. Elle travaille au Brooke's bar depuis dix-huit mois et s'apparente le plus à l'idée que je me fais d'une amie. Pour elle, nous le sommes, et elle serait vexée de m'entendre parler de notre amitié ainsi. Aubrey est la personnification même de la gentillesse, et son naturel me donne presque envie d'accepter son affection. Presque.

Je pose les coudes devant elle.

— Qu'est-ce que tu fais ? Toujours sur ton projet ?

Elle bûche sur un concept de restaurant novateur, un truc hyper ingénieux. Cette nana est volontaire, intelligente, et possède une vision très arrêtée de son avenir professionnel. Depuis quelques mois, elle a même un deuxième emploi et travaille dans une boîte qui pourrait être intéressée par son projet. Et, s'il le faut, elle est même prête à démarcher la concurrence. Son côté déterminé me plaît, elle vit sa vie comme elle l'entend. En secret, je l'admire de croire en ses rêves et de les revendiquer haut et fort. Son courage devrait servir d'exemple à beaucoup d'entre nous. Mes rêves, je n'en parle jamais. À personne.

Il nous arrive souvent de refaire le monde et je crois que, ces dernières semaines, elle voit de plus en plus clair dans mon jeu. Je repousse la montée d'angoisse qui s'insinue à l'idée d'être démasquée et attrape une des feuilles devant elle. Comme je m'y attendais, elle est pleine d'annotations, de schémas et de références culinaires. Elle interprète mon sourire comme une moquerie et essaye de m'arracher le document des mains, sauf qu'il me suffit de lever le bras pour lui en faire abandonner l'idée. Elle est minuscule, même si elle déteste qu'on le lui fasse remarquer. Elle râle, puis se rassoit, vaincue. Le silence s'étire entre nous alors que je parcours ses dernières notes.

— Comment va ta mère ?

Sa question murmurée du bout des lèvres me cueille par surprise, mon sang se glace et je reste immobile, comme une biche prisonnière des phares d'une voiture.

— Vendredi soir, dans la réserve, je t'ai entendue dire à Tom qu'elle était à l'hôpital. Un cancer, c'est ça ?

Elle grimace, mal à l'aise.

— Si tu as besoin de quoi que ce soit, tu sais que tu peux compter sur moi.

Je repose sa feuille avec précaution et reprends le nettoyage du comptoir. J'ai besoin de quelques secondes pour ne pas céder à mon impulsivité légendaire. Ma première réaction serait de lui conseiller de se mêler de ses affaires, mais elle me regarde avec ses grands yeux pleins de douceur et de compassion. C'est inédit et... agréable. Rassurant.

— C'est grave ?

Je hausse les épaules et continue le récurage du zinc, m'attardant sur une tache imaginaire. Je repense aux propos du Dr Chang.

— C'est inéluctable.

Je déteste ce mot. La précision est factuelle, mais Aubrey n'est pas le genre de femme à se laisser duper. Elle pose sa main sur la mienne, me forçant à arrêter. Je me fige, incapable de lever le visage vers elle. Je sais gérer la douleur et la colère, mais pas la pitié.

— Harper, je suis désolée.

— Tu n'y es pour rien, dis-je en osant l'affronter.

Ma réponse sèche lui fait froncer les sourcils, et je m'en veux immédiatement.

— Excuse-moi... Je... Merci.

Elle me sourit timidement. Je vois qu'elle hésite sur la suite à donner à notre discussion. C'est ma faute, garder les gens à distance est devenu une seconde nature.

— Je vais la ramener à la maison, j'ai juste besoin d'un peu de temps.

Je ne sais pas d'où me vient cette subite envie de confidence, mais révéler mon projet à la seule personne qui pourrait faire office d'amie apaise un peu mon cœur meurtri.

— Et tu en as ? demande-t-elle avec douceur.

— Elle réagit plutôt bien à son nouveau traitement.

Je n'ai pas répondu à la question. Même si Aubrey en a conscience, elle s'abstient de toute remarque. En réalité, je n'ai aucune idée du temps qu'il lui reste.

— Tu as l'air fatiguée.

— Je passe une grande partie de mes nuits à l'hôpital. Ce n'est pas très confortable.

— Oh Harper...

— C'est temporaire. J'ai trouvé une solution pour embaucher une infirmière à domicile.

Aubrey me dévisage, intriguée.

— Une solution légale.

— Je n'avais aucun doute là-dessus ! précise-t-elle en gloussant. Tu as trouvé un mec riche ?

Je lève les yeux au ciel. Elle sait que ce n'est pas du tout mon style.

— Il n'est pas né, le mec qui pourra m'acheter !

— Tu dis toujours ça, Harp ! Mais, un jour, il viendra, et tu seras toute chamboulée.

— Tu parles en connaissance de cause ?

Elle secoue la tête sans répondre. Je flaire le scoop, mais la laisse tranquille.

— Je vais m'inscrire à un concours et empocher le gain de cent mille dollars.

Elle affiche un air perplexe.

— Un concours ?

— Oui, celui de meilleur barman de la côte Est.

Son enthousiasme mesuré ne ternit pas mon excitation.

— Il y a plusieurs phases éliminatoires. La première a lieu le 24 mai, et je suis plutôt confiante.

Ses yeux s'arrondissent d'étonnement.

— Quoi ?! Dans moins d'un mois ?

Elle me lance un regard noir et semble vexée. Sa réaction me désarçonne.

— Tu n'as même pas pensé à m'en parler ? s'agace-t-elle face à mon mutisme. Merde, Harp, nous sommes amies, c'est ce que les amies font, je…

Elle s'interrompt et me soumet à un long examen silencieux, avant de secouer la tête, déçue. Son air blessé me met mal à l'aise. La faire souffrir n'a jamais été mon intention.

— Nous ne sommes pas amies, c'est ça ?

Je reste immobile et cherche les mots justes.

— Aubrey, tu ne comprends pas… Ça a toujours été moi contre le reste du monde, je ne suis pas habituée à partager mes états d'âme.

— Oui ou non, Harp ? lâche-t-elle, balayant mon explication d'un geste impatient.

Ne jamais se fier aux apparences. Si, certains jours, Aubrey Simpson a des allures d'agneau, la femme qui me fait face à cet instant est une lionne. Je hoche la tête, telle une gamine prise en faute, interloquée d'avoir admis si vite ma défaite.

— Très bien, maintenant que nous avons éclairci ce point, je veux tout savoir de ce concours.

L'heure suivante est alors consacrée à l'établissement d'un plan d'attaque, et mon amie – c'est étrange de l'appeler ainsi – prend les choses en main. Le moins que l'on puisse dire, c'est qu'elle ne rigole pas et balise avec une grande attention chaque étape de ma future réussite.

Tom renonce à nous faire remarquer que nous sommes censées travailler. Il finit même par donner son avis sur mes cocktails, dont les recettes sont inscrites dans mon petit carnet. Ma bible. J'y note tout ce qui me passe par la tête, les alliances d'alcools, des idées de noms, le choix des verres, le degré d'amertume. Tout ce qui a trait à ma passion finit dans ce calepin. C'est mon bébé et, après ma mère, la chose la plus précieuse au monde. C'est grâce à lui que j'atteindrai un jour mon rêve : ouvrir mon propre bar à cocktails sur une plage de Californie.

Un jour, ce rêve deviendra ma réalité.

Chapitre 2

Mai 2018

Alors que les premières lueurs du jour s'infiltrent au travers du store entrouvert, je me glisse à pas feutrés dans la chambre d'hôpital de ma mère. Je l'embrasse sur le front et ferme les yeux en murmurant :

— Salut, m'man.

La chaleur de sa peau et son parfum réconfortant se sont envolés depuis longtemps, mais je ressens toujours le besoin de la toucher, de garder cet infime lien physique. Ma mère est très tactile. J'aime penser que mon baiser lui procure la force de se battre et de tenir une journée supplémentaire. Un jour après l'autre.

Je me pelotonne dans le fauteuil bleu à côté du lit. Son rembourrage plastifié et abîmé couine. Je jette un coup d'œil à ma mère, espérant l'avoir réveillée. Je soupire, dépitée, avec l'affreux sentiment de l'avoir déjà perdue. Elle paraît si minuscule, si livide, sous ce drap blanc, presque morte.

Je plaque son plaid contre mon nez, à la recherche d'un peu de réconfort. Malheureusement, l'odeur de lilas frais, son parfum, a presque disparu. Je bâille sans retenue, la nuit a été courte. Mon service s'est terminé à 2 heures, et j'ai quitté mon appartement à peine cinq heures plus tard.

Hier, au téléphone, Aubrey m'a fait promettre de m'allonger dans mon lit pour me reposer un peu. Suivant ses conseils, je m'y suis effondrée, seulement l'insomnie s'est invitée à la fête, accompagnée de ses meilleurs amis soucis et angoisse. Le trio infernal. Comment imaginer que le centre de mon univers n'existera bientôt plus ? Où vais-je trouver la force de poursuivre ma vie ?

J'attrape sa main frêle avec douceur. Aucune réaction. Il y a longtemps que je ne me berce plus d'illusions à propos de son état, mais j'essaye d'appliquer à la lettre les consignes du Dr Chang. Il a insisté sur l'importance de l'entourage, même si, dans notre cas, l'entourage se résume à une seule et unique personne : moi. Quelle ironie ! Même face à la mort, nous ne sommes pas égaux.

Je tente de repousser l'amertume qui me comprime la poitrine, sans succès. Maman a quelques amies, mais, depuis plusieurs semaines, ses voisines Betsy et Paula ont cessé leurs visites. Je serre les poings rageusement, jusqu'à sentir la morsure de mes ongles dans la chair tendre de ma paume. Je pince les lèvres, inspire et expire, avant de me concentrer sur le signal sonore régulier des machines. Comment leur en vouloir ? Les périodes de conscience sont de plus en plus courtes et espacées, si bien que rester assises dans la chambre est certainement devenu un peu trop anxiogène pour ces deux femmes d'une soixantaine d'années. La maladie a cette faculté d'éloigner les autres.

Je ferme les yeux et me concentre sur les bruits de la chambre. Je pourrais en profiter pour m'assoupir. Malheureusement, les cauchemars me hantent et intensifient mon stress. J'ai vraiment besoin d'évacuer la pression et je ne connais qu'un moyen : m'envoyer en l'air. Je grimace. Y penser alors qu'on est aux côtés de sa mère est très inconvenant et, même si c'est le remède parfait, il me manque l'accessoire indispensable. Le mec.

Ces dernières semaines, mon sale caractère a atteint des sommets et réussi l'exploit de faire fuir les hommes au lieu de les attirer. Jamais là lorsqu'on a besoin d'eux ! Même Aubrey m'a conseillé une nuit de sexe débridé, à condition de dormir quelques heures ensuite. J'avais prévu d'appliquer ce conseil à la lettre dès hier, mais le bar était bondé et je n'ai pas eu une minute à moi, d'autant qu'elle n'était pas là pour m'aider à repérer la cible parfaite.

Après des semaines de négociations, elle a enfin accepté un rencard avec Daniel, un client cool et très mignon, tombé sous son charme. Aubrey est canon, mais elle ne sort jamais. Tout son temps libre est dévolu à son amie Jess, son gamin Arthur et son projet de restaurant. J'ai d'ailleurs été surprise que deux types canon, bourrés de testostérone, l'aient demandée, peu avant minuit. Je ne les avais jamais vus au bar.

Un raclement de gorge me tire de mes pensées, et je découvre une jolie Hispanique d'une quarantaine d'années, appuyée contre l'encadrement de la porte.

— Harper, je suppose ?

J'acquiesce, intriguée. Elle entre dans la chambre sans y être invitée et ferme la porte. Le visage impassible, elle consulte en silence le dossier de ma mère. Je l'étudie avec curiosité car je connais la plupart des infirmières – au moins celles qui s'occupent de ma mère – et je peux certifier que ce n'est pas son cas.

Soudain, mon cœur se met à battre plus vite et une goutte de sueur glisse le long de ma colonne vertébrale.

— Vous remplacez le Dr Chang ?

— Pourquoi cette inquiétude dans votre voix ? répond-elle sans quitter les données des yeux.

Je déglutis et cale mes mains tremblantes entre mes cuisses. Inutile que ma nervosité encourage ses soupçons. J'essaye de me raisonner, mon accord avec le Dr Chang ne peut pas être remis en question. Il m'a donné sa parole, et ce nouveau médecin n'a pas son mot à dire. Du moins, je l'espère. Elle feuillette les différents documents sans insister, puis fixe mes jambes qui s'agitent avec frénésie. Son regard passe plusieurs fois de mon visage à mes pieds.

— Je suis Maria Jimenez, se présente-t-elle en reposant le dossier.

— Oh ! la psy, dis-je soulagée.

— Elle-même.

Elle n'est certainement pas là par hasard, mais je me garde bien de le lui faire remarquer. Une manigance du Dr Chang, plutôt, qui a suggéré à plusieurs reprises que je la rencontre pour lui faire part de mes inquiétudes face à la mort. Seulement, laisser entrer quelqu'un dans ma tête n'est pas au programme, alors je me défile. La seule personne à qui je me suis jamais confiée se trouve dans ce lit.

— Comment allez-vous, Harper ?

Je hausse les épaules, ressentant la nécessité de rester forte face à une inconnue.

— J'ai connu mieux.

— Je m'en doute. Le Dr Chang m'a parlé de votre projet.

Je me crispe. Si elle pense pouvoir m'empêcher de ramener ma mère à la maison, elle se trompe. Tom m'a déjà proposé son aide, et même si nous étions sous l'emprise de l'alcool, je sais que ce n'étaient pas des paroles en l'air.

— Ça me paraît une idée tout à fait envisageable, si une infirmière vous assiste.

Je reste prudente.

— C'est prévu.

— Écoutez, Harper, je vais sûrement vous sembler directe, mais…

— C'est le Dr Chang qui vous envoie ?

Malgré mon impolitesse flagrante, elle me sourit avec gentillesse. J'imagine qu'avoir une mère mourante autorise quelques écarts.

— À votre avis ?

Je hoche la tête.

— Bien vu. J'ai demandé aux infirmières de me prévenir de votre arrivée. Vous ne pouvez pas affronter cette épreuve seule. Vous avez besoin d'aide et, par aide, j'entends soutien psychologique. Une infirmière à domicile vous délestera du quotidien, mais pas de vos angoisses. En parler vous soulagera.

Seul le bruit des machines perturbe le blanc que sa remarque suscite. Je me concentre sur ce son rassurant ; il signifie que ma mère est toujours parmi nous. Je compte jusqu'à cinq et ravale l'énorme boule qui s'est formée dans ma gorge.

— Je suis seule.

Mon assurance a disparu au profit d'un murmure étouffé. Je fixe mes Converse beiges, regrettant mon aveu de faiblesse. Une larme roule sur ma joue. Je me dépêche de l'essuyer, maudissant ma fragilité. Heureusement, Maria Jimenez ne s'attarde pas sur mon accès de vulnérabilité.

— J'ai lu le dossier de votre maman.

Elle n'ajoute rien. J'en déduis qu'elle attend que je me livre, mais je reste sur la défensive.

— Donc vous savez que nous n'avons pas de famille. Je suis la dernière personne qui lui reste.

— Et si nous allions boire un café ?

Elle est déjà en train d'ouvrir la porte, comme si un refus était inenvisageable.

— Est-ce que vous êtes de mon côté ?

— Je suis toujours du côté du patient, Harper, répond-elle en m'observant.

Je ferme les yeux. Fuir n'est pas une option, alors je me lève.

— C'est fréquent, ce genre de pratique ? Je ne suis pas plutôt censée m'allonger sur un canapé et vous parler de mon enfance génialissime ?

Un sourire amusé apparaît au coin de ses lèvres.

— Comme vous n'êtes pas venue à moi, j'ai pensé que je devais faire le premier pas, parce qu'on ne devrait jamais être seule pour dire au revoir à un parent.

Sans rien ajouter elle sort de la pièce et je l'imite.

Quelques heures plus tard, alors que je sers une bière pression à un client régulier, perdue dans mes pensées – ma discussion avec Maria a été éprouvante –, un bruit de verre brisé assourdissant vient perturber la quiétude du bar et de la petite dizaine de consommateurs. J'aperçois alors Aubrey à genoux en train de ramasser les débris.

— J'y vais, annoncé-je, laissant tout en plan.

Tom acquiesce et encaisse la boisson à ma place.

— Prends un balai et une serpillière, Harp.

Ce soir, Aubrey n'a pas l'air dans son assiette, et j'ai honte d'admettre que je n'ai aucune idée de ce qui la préoccupe. J'aimerais dire que c'est un oubli, une maladresse de ma part, que j'ai préféré la laisser ruminer ses idées noires seule, mais c'est faux. La vérité est différente : je suis une amie pitoyable et égoïste. Je croise son regard plein de larmes, et mon malaise s'intensifie. Je ne me suis pas montrée à la hauteur.

Ces dernières semaines, Aubrey s'est impliquée dans notre relation, ignorant mes réticences. Tous les jours, elle a pris des nouvelles de ma mère, s'est inquiétée de sa santé, a cherché à m'aider, alors que, de mon côté, je n'ai fait aucun effort. Ignorer ses multiples attentions était plus facile et surtout moins risqué. Pour ma défense, ma dernière meilleure amie s'appelait Chrystal et nous avions huit ans.

Parfois, j'aimerais être capable d'accorder ma confiance, mais je n'y parviens pas, comme si mon cœur était fermé à double tour et que j'avais perdu la clé. Ma colère est chaque jour un peu plus asphyxiante, mais elle continue de me contrôler, m'obligeant à prendre mes distances dès qu'une personne essaye d'entrer dans ma vie.

Aubrey murmure un remerciement sincère, et je prends conscience qu'avec elle j'ai envie de changer.

— Va te rincer, ma belle, dis-je en m'accroupissant près d'elle, tu as de la bière partout sur toi. Je m'en occupe. Oh ! mais tu saignes, Aubrey ! Va vite te passer la main sous l'eau !

Elle me fait un signe de tête, reconnaissante, et disparaît.

— Je prends ses tables en charge.

— Merci, Paige.

Ce soir, les serveuses ne sont que trois. Le week-end, le bar est bondé, mais en semaine c'est moins fréquent. Je finis de nettoyer, puis file jeter les tessons de verre et ranger le balai.

Tom passe la tête dans l'encadrement de la porte, une craie à la main.

— Va voir si sa coupure est profonde.

— Qu'est-ce que tu fais avec cette craie ?

— À ton avis ?

— Tu ne veux pas la lâcher deux minutes ?

— C'est la règle, tu le sais.

Je lève les yeux au ciel. Notre patron, qui n'est en fait qu'un grand gamin immature, a mis en place un jeu stupide récompensant la maladresse de ses employés.

— T'es chiant, sérieux !

Il part d'un éclat de rire et retourne en salle, sans chercher à se défendre. Je secoue la tête, agacée, et file prendre des nouvelles d'Aubrey.

Lorsque nous revenons, il lui montre fièrement le tableau. Tom n'est pas méchant, bien au contraire, c'est un patron adorable, mais il peut être parfois très lourd.

Je peste :

— Tu dessines comme un pied ! Une chose est sûre, tu n'es pas passé à côté d'une vocation.

Je reprends ma place derrière le comptoir, me félicitant d'avoir redonné le sourire à Aubrey. Cette nana est bien trop gentille pour être triste. Je vois que quelque chose la chagrine, mais j'ignore comment m'y prendre pour susciter ses confidences. Je décide d'opter pour la franchise. De toute façon, je ne suis pas connue pour prendre des pincettes. Je pose les coudes sur le comptoir et la fixe avec attention.

— Ça va, Aubrey ? J'aimerais que ce soit ce fameux Dan qui t'ait retourné le cerveau au point de te déconcentrer pendant ton service, mais vu que tu ne m'as absolument rien dit de votre soirée, j'en déduis que ce n'était pas le coup de foudre. Alors, qu'est-ce qui se passe ?

Elle soupire, vaincue. Finalement c'est presque trop facile !

— Journée pourrie au boulot, aujourd'hui...

— Ah bon. Pourquoi ?

— Disons que mon boss et moi ne sommes plus vraiment sur la même longueur d'onde.

Je joue des sourcils pour tenter de la dérider. L'autre jour, il m'a bien semblé flairer un scoop. Je suis ravie de voir que mon radar fonctionne toujours aussi bien. Mon sourire ne lui échappe pas.

— Ne commence pas à te faire des idées ! C'est juste qu'au début notre collaboration était très prometteuse, mais pas au sens où tu l'entends ! Puis il a dû se passer quelque chose, ou bien il a changé d'avis sur moi.

Je plisse les yeux. Si ce type a été désagréable avec elle, il va voir de quel bois je me chauffe !

— Ah bon, mais pour quelle raison ?

— J'en sais rien du tout.

Elle s'effondre et tape son front contre le comptoir.

— Tout allait bien et, du jour au lendemain, on dirait qu'il ne supporte plus de me voir. Je me demande s'il n'a pas appris que j'avais contacté une entreprise concurrente. Ou c'est à cause de sa directrice adjointe, elle ne peut pas me saquer.

— Il est comment, ce fameux patron ? Physiquement, je veux dire ?

— Harper, c'est Jace Adam. Je t'en ai déjà parlé mille fois !

Elle n'a pas tort, je ne suis pas une adepte des célébrités, mais effectivement il est difficile de passer à côté des nombreux articles faisant état de ses exploits. Mannequin à dix-sept ans, acteur dans une série américaine avant de crever l'écran dans une superproduction hollywoodienne et aujourd'hui chef d'entreprise... Même moi j'ai connaissance de son existence !

Une nouvelle fois, elle se perd dans ses pensées. Personne ne m'ayant jamais transmis le mode d'emploi pour remonter le moral d'une copine, j'improvise. La première phase du concours approche. Si la qualification n'a été qu'une simple formalité, cette étape sera beaucoup plus difficile.

Je sors mon carnet fétiche, puis étudie les bouteilles à ma disposition. Un cocktail doux et sucré devrait faire l'affaire. Aubrey aime la pêche, j'espère que cette attention la touchera. Sans tarder, je verse les différents ingrédients dans mon shaker, l'agite, puis répartis le cocktail dans deux verres et fais glisser le sien devant elle.

Tom choisit évidemment ce moment pour rappliquer.

— Harper ! Tu es en service, je te rappelle.

— Oh Tom, arrête, c'est juste une petite gorgée… Tu crois que je vais trouver la recette gagnante par miracle ? Il faut bien que je goûte. Aubrey aussi, d'ailleurs.

Cette dernière n'a toujours pas touché à son verre alors, d'un regard autoritaire, je lui fais signe de s'exécuter. Si personne n'y met du sien, nous n'allons pas nous en sortir !

Tom soupire. Je le regarde en battant exagérément des cils, puis avale une troisième gorgée. Le résultat est loin d'être à la hauteur de mes attentes. Je suis sûrement trop exigeante, mais la perfection est importante et surtout un gage de réussite.

— Non, ça ne va pas. Il manque quelque chose, mais je n'arrive pas à trouver quoi. Aide-moi, Aubrey, au lieu de rester bloquée sur ton patron soi-disant ultra-connu.

— Mais il l'est !

Elle rit et prend un air vexé.

— Ton truc, c'est toujours pour le concours du meilleur barman des États-Unis ?

Je lui lance un regard noir, fâchée par son raccourci réducteur.

— Ce n'est pas un *truc*, c'est un cocktail original de mon invention ! Et, oui, c'est pour le concours. La première épreuve a lieu dans un mois, et je n'ai toujours pas trouvé le bébé qui coiffera les autres concurrents au poteau !

— Tu vas y arriver, ma belle, c'est évident !

Sa sollicitude me touche et gonfle mon cœur d'espoir, seulement, son timbre assuré ne suffit pas à apaiser mes doutes.

— Oui, mais la recette, ce n'est pas le plus difficile… Je vais aussi être évaluée sur le visuel et la technique.

La clochette de la porte d'entrée retentit, et je lève les yeux, agacée. Il est déjà tard, et je ne pensais pas devoir servir de nouveau client.

— Les doigts dans le nez ! T'es la meilleure, tu vas les épater.

La voix d'Aubrey me paraît loin, tant le type qui vient d'entrer est canon. Un frisson d'excitation me parcourt, et j'adresse un remerciement silencieux à mon ami le Karma : ce spécimen pourrait bien être la réponse à mon problème de nervosité.

— Beau gosse à 2 heures ! lancé-je.

Je le regarde avancer vers le bar, plein d'assurance. Ce type respire la virilité et le sexe. Pour une nuit, il sera parfait. Il est grand, brun, les épaules larges et le regard intense. Sans oublier le détail qui me fait craquer à tous les coups : une barbe de quelques jours. Miam !

Soudain, ma journée ne me paraît plus si merdique, et j'ai une pensée émue pour Maria Jimenez, qui a insisté sur la nécessité de faire du sport pour évacuer ma colère. À mon avis, les activités qu'elle avait en tête devaient être plus sages, mais l'important, c'est de stimuler le cardio.

— Un peu amer.

La remarque d'Aubrey a le mérite de chasser les images torrides déjà en train d'envahir mon esprit. Je glousse, sans quitter l'apollon des yeux. Il me salue d'un signe de tête et s'installe sur un tabouret, pas très loin de nous. Sans attendre, je m'approche de lui d'une démarche chaloupée, avant de me figer. Ses doigts battent en rythme la mesure de *Smells Like Teen Spirit*, de Nirvana, mais ce n'est pas ce détail qui retient mon intention. C'est le phénix identique au mien tatoué sur sa main. Je le caresse discrètement du pouce en m'interrogeant sur la signification de son tatouage.

— Qu'est-ce que je vous sers ?

— Une Bud.

Je prépare sa commande sans le quitter des yeux, intriguée. Il observe la salle, prenant soin de m'ignorer.

— Vous cherchez quelqu'un ?

Je ne suis pas du genre à minauder, mais je suis consciente de mes atouts, alors, si un homme me plaît, je n'y vais pas par quatre chemins, et ce beau spécimen ne fera pas exception à la règle ! Les hommes ne sont pas difficiles à séduire : une moue, un décolleté, un faux air innocent et le tour est joué. C'est toujours le même cirque ! Parfois, il faut légèrement ajuster le curseur pour les convaincre de céder à la tentation, mais cela n'a rien de compliqué. Le secret, c'est de leur laisser penser qu'ils mènent la danse. Une fois qu'ils sont ferrés, je leur résiste pour pimenter le jeu. Draguer est un art, et j'en ai fait ma marque de fabrique. Charmer la barmaid rousse à la poitrine généreuse les excite et m'assure la plupart du temps une bonne partie de jambes en l'air, sans lendemain. Ça fait bien longtemps que je ne crois plus au prince charmant.

En théorie, ça marche à chaque fois. Seulement, ce mec semble avoir ses propres règles, car c'est à peine s'il m'adresse un regard. Cela m'agace. Pire, cela me vexe. Je n'ai pas l'habitude d'être ignorée. Je plisse les yeux, fais une nouvelle tentative, tout aussi infructueuse que la précédente. Irritée, je l'abandonne avec sa bière.

— Tu devrais peut-être ajouter un peu de jus d'orange ?

Je reporte mon attention sur Aubrey qui ne fait pas état du râteau que vient de m'infliger ce mec. Elle est mignonne !

— Tsss... Le secret d'un cocktail réussi, c'est l'équilibre. Une dose de chaque, jamais plus ! Une dose de vodka, une d'amaretto, une de liqueur de pêche, une de jus d'orange et...

— Et ?

— Justement, j'en sais rien ! C'est à toi de me le dire, Aubrey ! C'est ton rôle ! Trop amer, c'est ça ?

Trop amer. Trop amer. Trop amer.

— Je sais ! Aubrey, t'es géniale !

— Si tu le dis... Donc, tu penses à quoi ?

— Une dose de cranberry !

Je me précipite vers les bouteilles. Au même moment, le canon se lève et se dirige vers les tables de billard, emportant sa bière. Je devrais l'ignorer, mais son cul parfait m'inspire un nouveau plan. Il n'est pas encore né, le mec qui pourra me résister ! Dans une vingtaine de minutes, je lui offrirai une seconde pression et... Enfin, s'il n'a pas déserté les lieux d'ici là.

Aubrey claque des doigts en riant, attirant mon attention. Je lui rends son sourire. C'est agréable de la sentir plus détendue et de savoir que c'est en partie grâce à moi. Sans me vanter, je pourrais vite obtenir le prix de la meilleure amie de l'année. Finalement, ce n'est pas si difficile.

— Qu'est-ce que je disais déjà ? Ah oui, cranberry ! Pourquoi je n'y ai pas pensé plus tôt ?

C'est parti pour un nouvel essai.

Une fois le mélange réalisé, je presse Aubrey :

— Et maintenant ?

Elle en fait rouler une petite gorgée sous son palais, tout en me tendant son portable. Sur l'écran s'affiche le portrait de son patron. Merde, elle a raison, je connais ce type ! J'agrandis la photo pour être sûre de moi.

— Eh, mais c'est le gars qui te cherchait hier !

Elle avale sa gorgée de travers et se met à tousser comme une fumeuse invétérée.

— Quoi ?

Sa réaction me désarçonne. Me suis-je trop emballée sur la dose d'alcool ? C'est surprenant, je fais toujours très attention… À moins que… À moins que sa réaction soit due à ma révélation ? Je consulte une nouvelle fois la photo.

— Ce type était là, hier, avec un de ses potes, et ils te cherchaient. Bon, vu ta tête, j'en déduis que mon cocktail n'est pas terrible !

Aubrey s'agrippe au comptoir avec une telle force que les jointures de ses doigts en deviennent blanches.

— Harper, concentre-toi. Le cocktail est divin. Ma prétendue idée d'ajouter du jus de Cranberry alors qu'en réalité c'est la tienne, est excellente. En plus, ça lui donne une jolie couleur rose clair, très girly. Mais, bordel, dis-moi ce que voulait Jace ! Tu lui as parlé ?

Que lui arrive-t-il ? Qu'est-ce que ça peut bien faire que son patron soit passé la saluer ici ?

— Oui et non. Pour le cocktail, est-ce que tu crois que…

— Harper ! On parlera du cocktail après. D'abord, je veux savoir ce que Jace foutait ici.

Le sujet a l'air de jouer sur ses nerfs.

— Très bien, dis-je pour la calmer. Son ami a juste demandé si tu étais là, rien de plus.

Vingt minutes plus tard, après que j'ai dû lui détailler cinq fois notre court échange, elle quitte le bar sans une explication, me promettant de tout me raconter le lendemain. J'imagine que c'est ce que font les meilleures amies, elles débriefent. Avec un peu de chance, moi aussi, j'aurai quelque chose de croustillant à raconter !

Je balaye des yeux le bar et repère ma cible. Le beau gosse est toujours là, une queue de billard à la main. Très sexy.

À nous deux !

Je prépare une pression et me dirige vers lui d'un pas assuré. Je me poste face à la table et attends qu'il lève la tête. Ce qu'il ne daigne pas faire. J'ai même le sentiment très agaçant qu'il fait durer le plaisir.

— Je n'ai rien commandé, dit-il d'une voix grave.

— Cadeau de la maison.

Je hausse les épaules, me mordant avec sensualité la lèvre inférieure, et lui tends le verre. Il l'accepte, sans manifester le moindre intérêt pour ma petite mise en scène. Pire, il semble plus excité par la disparition de la dernière boule dans un angle de la table qu'à l'idée que nous puissions nous amuser tous les deux. C'est incompréhensible ! Je croise les bras sur la poitrine et fronce les sourcils, agacée par son attitude.

— Merci quand même, fais-je, énervée.

Il boit une longue gorgée sans me quitter des yeux. Ce mec a un regard magnifique et sombre, mais impossible de savoir ce qu'il pense. Et si je venais de rencontrer un adversaire à ma taille ?

— Je finis dans une heure, annoncé-je avec aplomb.

Je réussis l'exploit de lui arracher un minuscule sourire. Victoire !

Mais, alors que je pense avoir remporté la partie, il contourne la table et enfile sa veste en cuir sans me quitter des yeux.

— Désolé, je ne suis pas intéressé.

Chapitre 3

Liam

— Tu es trop gentil.

— N'importe quoi !

Julianne, petite brune d'un mètre cinquante-huit, m'observe, les mains sur les hanches, un air de défi fièrement affiché sur le visage. Mon silence prolongé, qu'elle interprète comme une faiblesse, lui arrache un sourire victorieux. Je lève les yeux au ciel et tente de maintenir fermement ma position. J'allume une cigarette sous son regard incrédule. Elle le prend comme une provocation, alors que c'est le seul remède à la conversation pénible qui se profile.

— Tu n'étais pas censé arrêter ?

J'ignore son reproche et tire une longue taffe sans la quitter des yeux. Les siens étincellent d'une rage à peine contenue, et je n'ai pas besoin d'être devin pour en connaître la raison. Il y a deux ans et demi, notre père est mort d'un cancer du poumon, et je lui ai promis d'arrêter. Six fois. Inutile de préciser que j'ai échoué.

La nicotine pénètre dans mon corps, apaisant rapidement ma nervosité. Sans vouloir être cynique, je n'ai encore rien trouvé qui soit aussi efficace, mais ma sœur n'est pas prête à entendre cette vérité dérangeante.

J'ouvre la fenêtre et laisse les bruits de Flushing Main Street, ainsi qu'une délicieuse odeur de nourriture chinoise, envelopper le froid glacial de notre début de conversation. J'habite dans ce quartier depuis quatre mois. Le loyer de mon ancien appartement était devenu trop cher, alors j'ai dû me résoudre à déménager. Ici, pas de boutiques de souvenirs, le Chinatown du Queen's est authentique, sans chichi, loin du quartier touristique de Manhattan. Autre argument de taille : il est situé à deux blocks du bar où je bosse : Le Cherry.

— Comment fais-tu pour supporter cette odeur ? Sérieusement, Liam, chaque fois que je viens chez toi, j'ai l'impression d'être un rouleau de printemps géant.

— Je me disais bien que tu étais un peu enveloppée, ces derniers temps.

— Liam !

J'éclate de rire devant son air furibond. Elle feint d'être vexée. Nous avons toujours été proches, Julianne et moi, et si je peux compter sur quelqu'un, c'est bien elle. Nous sommes capables de rire pendant des heures, puis de nous fâcher la minute suivante pour un truc stupide. Nos prises de bec ne durent jamais longtemps : quatre-vingt-quinze pour cent du temps, je m'excuse dans les vingt-quatre heures qui suivent, car c'est souvent moi qui tiens le rôle du connard de service.

— Le loyer n'est pas cher.

C'est une justification comme une autre, même s'il est peu probable qu'elle l'accepte.

— Tout y est écrit en chinois ! Regarde ton tiroir, il est plein de baguettes. Je n'ai d'ailleurs toujours pas compris comment on s'en sert !

— S'il te plaît...

Malgré ma mise en garde, elle poursuit. Quand ma sœur a une idée derrière la tête, elle ne l'a pas ailleurs.

— J'étais sincère, l'autre jour, lorsque je t'ai proposé de squatter notre canapé.

— Écoute, Julianne, je sais que tu t'inquiètes pour moi, mais on en a déjà discuté, c'est temporaire. Je ne compte pas prendre racine dans les parages. Dès que j'aurai amassé assez de fric, je partirai.

— À Los Angeles, murmure-t-elle tristement.

J'acquiesce. Mon projet ne la rend pas heureuse, mais elle sait que je n'ai pas le choix. Je dois agir en fonction de mes priorités, c'est non négociable.

— C'est la seule solution ?

— Oui, ma puce. La seule et unique.

J'écrase ma cigarette dans le cendrier posé sur le rebord de la fenêtre et retourne vers le canapé. Ma sœur n'a pas bougé, elle reste adossée contre le mur, les bras croisés, perdue dans ses pensées. Les derniers mois n'ont été faciles pour personne, aussi je choisis mes mots avec soin pour ne pas rallumer la poudrière. Ma frangine peut se révéler explosive dans certaines occasions.

— Ne pas vouloir tricher ne fait pas de moi un homme trop gentil, Julianne. Je dirais même que cela fait de moi une personne honnête, avec des principes et des valeurs.

— Qui te parle de tricher ?

Sa voix a grimpé dans les aigus, signe d'un profond désaccord. Mon sourire moqueur aggrave la situation, mais sa mauvaise foi est si évidente que je suis obligé de réagir. La main sur la poitrine, elle monte sur ses grands chevaux. Génial, j'ai droit à une scène !

— Quoi ?

J'ignore son ton agacé et m'allonge sur le canapé, un

bras replié sous la tête, l'autre sur le visage. Il est beaucoup trop tôt pour se disputer, sans compter que c'est mon seul jour de repos de la semaine.

— Donc, tu abandonnes ?

Ses intentions ne sont pas mauvaises, mais son ton plein de reproche me tape sur le système. Elle semble avoir décidé de jouer les emmerdeuses jusqu'au bout.

— Je n'abandonne rien du tout, je me concentre simplement sur moi et non sur les autres participants.

— Concurrents.

Je me redresse, me pinçant l'arête du nez. Avec force.

— Concurrents, si tu veux.

Mon énervement ne lui échappe pas, ce qui ne l'empêche pas de poursuivre. Merci les origines italiennes !

— C'est une compétition, Liam. Une COM-PÉ-TI-TION.

— Depuis quand ma petite sœur est-elle si condescendante ?

Nous nous affrontons du regard durant de longues secondes. Bien décidé à ne pas perdre cette manche, je me concentre sur la trotteuse de l'horloge. Elle cède la première.

— Depuis que mon grand frère se comporte comme un parfait abruti.

— Putain, Julianne ! Tu me fais chier ! Tout ça, c'est des conneries, et tu le sais très bien.

Je me lève et file dans la cuisine en maugréant, le diable sur les talons.

— Lâche-moi deux minutes et laisse-moi gérer ce foutu concours à ma façon !

Je sors une bouteille de rhum ambré et un shaker.

— Se renseigner sur les autres ne fait pas de toi un tricheur, mais une personne prévoyante.

Je ricane. Parfois, je me demande comment nous pouvons être si différents.

— Une personne prévoyante ? Tu te fous de moi ou quoi ?

— Oui, prévoyante. Tu te renseignes simplement sur les autres participants, insiste-t-elle, mimant des guillemets. Ce qui te permettra de savoir comment aborder les prochaines étapes. CQFD.

— Comment as-tu obtenu cette liste, au fait ?

Le sourire victorieux qu'elle affiche souligne mon erreur. Une erreur de débutant, car Julianne vient d'interpréter ma question comme un aveu de collaboration. Si elle savait que j'ai cédé à la tentation, hier soir…

La semaine dernière, elle s'est pointée chez moi, exactement comme ce matin, s'est assise sur le canapé et m'a tendu une feuille comprenant soixante noms de personnes et de bars, répartis dans six villes : Boston, Chicago, Washington, Atlanta, Miami et New York. Les participants au concours. Mes adversaires. Je n'ai posé aucune question, je connais ma sœur. Elle voulait bien faire.

J'aurais dû brûler sa fichue liste à la minute où elle a quitté mon appartement, sauf que j'ai voulu jouer au plus malin en la laissant traîner sur la table basse. Au début, j'ai résisté, puis ma curiosité a grandi, tout comme cette petite voix dans ma tête. J'ai essayé de l'ignorer, de me convaincre que je valais mieux, mais un courant d'air l'a plaquée sur mon torse, et je l'ai dépliée.

Aucun nom ne m'était familier, dans la colonne New York. En revanche, mon patron avait mentionné le Brooke's bar, une fois, comme étant un lieu sympa où des groupes de rock se produisaient certains soirs. Dix minutes plus tard, j'enfilais mon cuir et dévalais les escaliers, direction Green Street, une rue de Brooklyn à quarante minutes de métro. Qu'est-ce qui m'empêchait d'y faire un saut pour assouvir ma curiosité et boire une bière ? Julianne n'était pas obligée d'apprendre mon escapade nocturne.

Le bar était presque vide et n'avait rien d'exceptionnel. Je n'ai pas eu de mal à localiser cette Harper Stanford. Déjà, elle était derrière le bar, ce qui faisait d'elle la principale suspecte, mais c'est surtout grâce à sa chevelure atypique que je l'ai démasquée. Voici deux mois, Blake, mon collègue, s'est vanté de s'être envoyé en l'air avec la barmaid sexy de ce bar, une rouquine sauvage. Et, justement, la femme accoudée au comptoir avait de longs cheveux aux reflets roux. Il m'a suffi de quelques minutes pour conclure que son attitude n'était qu'une façade et que cette fille était un joli mirage sans saveur.

Au fil des années, j'ai appris à déchiffrer les gens avant même qu'ils ouvrent la bouche. Savoir observer est la qualité numéro un d'un barman. Harper Stanford pense sans doute être une bonne actrice, mais son attitude, ses mimiques et son regard l'ont trahie en cinq minutes. Je ne prétends pas la connaître, simplement, je suis certain qu'elle jouait un rôle. Je me suis d'ailleurs demandé si la fille avec qui elle discutait en avait conscience. Peu importe, ce n'était pas mon problème.

J'ai commandé une bière et, cinq minutes plus tard, j'ai migré vers les tables de billard, regrettant d'être venu. Je n'avais rien à foutre ici.

Un raclement de gorge me tire de mes pensées. Julianne m'observe, suspicieuse, son sixième sens aux aguets. Je reste impassible, ouvre la bouteille d'alcool et en verse dix centilitres dans le récipient.

— Pousse-toi, s'il te plaît.

Elle se décale et je fouille dans le frigo, à la recherche des jus nécessaires : ananas et abricot. J'ai toujours un stock de petites bouteilles à la maison pour faire des essais de cocktails.

— Qui a du jus d'abricot chez soi ?

— Un barman qui s'entraîne pour un concours, peut-être ?

J'épluche ensuite une orange sanguine sans prêter attention à son regard ébahi et, une fois le jus extrait, je le verse dans le shaker. Puis je termine ma préparation avec une cuillerée à café d'extrait de vanille.

— Bon sang, qu'est-ce que tu fais, Liam ?

Je ne réponds pas : secouer un shaker est un indice suffisamment explicite. Sous l'îlot central, je récupère deux verres en forme de cône et répartis le contenu dedans. L'idéal serait de cercler les verres de sucre et d'ajouter une jolie petite brochette de bonbons, seulement, je fais avec les moyens du bord. L'objectif est de faire taire cette forte tête.

Je fais glisser l'un des verres dans sa direction. Ses yeux incrédules passent plusieurs fois du cocktail à mon visage.

— Liam, il n'est même pas 11 heures.

— Bois !

— 11 heures, merde ! Je viens juste d'avaler un café serré. Tu veux que je vomisse sur ton carrelage ?

— On va jouer selon mes règles. Bois.

Mon ton est sans appel, et je remercie le ciel qu'elle s'exécute, même si c'est à contre-cœur. Elle sait qu'elle vient d'atteindre mon point de non-retour et que continuer dans cette voie n'est pas dans son intérêt.

Je l'observe porter le verre à ses lèvres et essaye d'analyser ses réactions. C'est important dans mon métier. Ses yeux s'arrondissent de surprise, puis elle soupire de contentement. Pari réussi !

— Délicieux. On ne sent même pas l'alcool.

— Punch du paradis, fais-je avec un clin d'œil complice.

— J'adore.

— J'aurais pu ajouter du nectar de mangue, mais je ne crois pas que tu aurais accepté d'aller m'en acheter chez Lee.

— Tu m'étonnes, dit-elle en souriant.

Je soupire de soulagement, elle semble maintenant plus disposée à discuter calmement.

— À quoi rime cette petite démonstration ?

Cette femme est plus têtue qu'une mule ! Je m'approche d'elle et l'enlace avec tendresse. Elle ne résiste pas et me rend mon câlin en me caressant le dos.

— Je sais que tu veux bien faire, Julianne. Je n'ai aucun doute là-dessus.

— Je souhaite que tu gagnes, même si je ne veux pas que tu partes.

Sa précision me fait sourire, et je lui embrasse le haut du crâne.

— Tu pourrais venir avec moi.

Elle raffermit son étreinte.

— J'ai ma vie ici, mes amis, mon association de danse. Là-bas, je ne connaîtrais personne. En plus, il fait beaucoup trop chaud de ce côté du pays.

— Tu adores les maillots de bain.

— Je t'aime, mais on sait tous les deux que c'est ton combat.

Je ressens le besoin de me justifier, même si elle n'a jamais jugé mes choix.

— Il faut vraiment que j'aille en Californie. Ce n'était pas le plan initial, je te l'accorde, mais je dois m'adapter.

Nous restons ainsi serrés l'un contre l'autre sans rien dire, dans un silence confortable. Notre lien indéfectible est une force, et exprimer notre amour, notre reconnaissance mutuelle avec des mots est inutile. Julianne en a autant conscience que moi.

— Ce concours, je vais le gagner parce que je suis le meilleur. Pour chaque heure, chaque personne, chaque situation, il existe un cocktail. Il me suffira d'analyser l'ambiance, le lieu, l'examinateur, le testeur, et je trouverai la recette miracle. Sois en certaine, Ju.

Je vais réussir.

Je dois réussir.

La petite peste recule légèrement la tête et me fixe, les yeux pétillants de malice. Je la dévisage, méfiant, persuadé qu'elle n'a pas dit son dernier mot.

— Au cas où ton plan « j'y vais au talent » ne fonctionnerait pas, j'ai décidé de mener ma propre enquête, histoire d'assurer tes arrières ! Ciao, Liam.

Puis elle se dégage de mes bras, se hisse sur la pointe des pieds, m'embrasse sur la joue et sort de mon appartement en claquant la porte.

Saloperie d'Italienne têtue !

Chapitre 4

19 mai 2018

Harper

Ce soir, c'est de la folie ! Il y a tellement de monde que les commandes fusent de tous les côtés. Le ballet incessant des serveurs, les clients qui m'apostrophent, la musique rock en fond sonore, la chaleur étouffante et les vapeurs d'alcool me donnent le tournis. Je charge le plateau de Paige, tout en enregistrant les consommations que me hurle Sidney. Certes, l'affluence est toujours plus élevée le samedi, mais là, on se croirait un soir de finale de Super Bowl.

— Quatre bières, un mojito et un whisky sec ! lance une des serveuses.

Je lève la tête, tout en maintenant la pression sur la poignée de la tireuse à bière et en faisant signe à un client de patienter.

— OK, prêts dans dix minutes.

Je prépare des cocktails, sers des shots de tequila et des mousses à la chaîne depuis plus de deux heures, sans la moindre pause.

Et il est à peine 23 heures !

En un sens, cette agitation m'évite de cogiter. Ce n'est pas plus mal.

J'ai passé la journée à l'hôpital, espérant que ma mère se réveille, mais elle n'a pas quitté son état comateux et ne m'a offert aucun moment de conscience, aucun signe, aucun minuscule espoir auquel me raccrocher. J'ai un mauvais pressentiment. Un très mauvais pressentiment. Le Dr Chang m'a pourtant prévenue que certains jours seraient plus difficiles que d'autres, seulement, aujourd'hui, rester assise à ses côtés, à tenir sa main molle et froide dans un silence oppressant, m'a méchamment fait prendre conscience de la réalité.

Une nouvelle réalité loin d'être réjouissante.

Une nouvelle réalité sordide et triste.

Une nouvelle réalité solitaire.

Et si elle avait décidé d'abandonner ?

Cette question m'a torturée toute la journée.

Inéluctable.

Le mot est revenu me frapper de plein fouet, hantant les tréfonds de mon âme. La mort est la seule issue, et je le sais. C'est son dernier combat, dont elle ne sortira pas vainqueur. Le crabe abject qui la dévore de l'intérieur depuis des mois gagne du terrain.

Mon téléphone vibre dans ma poche arrière, et mon cœur se serre à la simple idée de ne pas être avec elle au moment fatidique. Et si elle mourait seule ?

La voix agacée d'Aubrey me ramène à la réalité, et je me dépêche de me plaquer un sourire factice sur le visage. Tom et elle ne sont pas au courant de la dégradation de son état de santé.

— Pardon, pardon, pardon ! Laissez-moi passer !

Aubrey joue des coudes pour se faufiler jusqu'au comptoir. Le visage rougi par l'effort, elle pose son plateau en râlant et me tend sa commande. Elle est bien la seule personne à me redonner le sourire, aujourd'hui. À moins que ce soit sa robe à plumes et son... Minute ! Où est passé son serre-tête ultra-kitsch ? Je suis certaine qu'elle a fait exprès de le poser quelque part. Ce soir, elle est déguisée en flamant rose, une création de son ami Stan, car elle est l'employée la plus maladroite du mois. Tom adore donner des gages. Le mois dernier, Marco, le seul serveur masculin de l'équipe, n'avait pas le droit de parler, il était seulement autorisé à miauler. Je n'ai jamais autant ri !

Je crie :

— C'est moi, ou c'est de la folie, ce soir ? On dirait que les clients se sont multipliés en quelques minutes.

— Carrément, répond-elle en soupirant.

— Pourquoi tu ne portes pas ton serre-tête ? Tu as déjà joué la mauviette avec le masque, alors un petit effort !

Marco nous rejoint, son sempiternel sourire de dragueur collé au visage.

— Vous avez vu qui est là ?

Je me penche, curieuse.

— Qui ?

— Regarde sur ta droite ! Et il me faut un rhum Orangina, s'il te plaît. Pour le Mai Tai, la cliente veut que tu ajoutes du sirop de cassis et elle a demandé des glaçons dans un bol.

— Pour quoi faire ?

— Si tu crois que je lui ai posé la question ! Ça va, Aubrey ? Cette tenue rose à plumes est très sexy. De quoi trouver un mec sans problème, ce soir.

— Tu parles de tous ces pervers bourrés, Marco ? Merci, mais non merci, je passe mon tour.

Un Mai Tai avec du sirop de cassis et du rhum dans de l'Orangina ? C'est quoi, cette étrange association ? Je lui demande confirmation, mais monsieur est trop occupé à faire le joli cœur. Je tape du poing sur le comptoir pour attirer son attention.

— Oh ! Marco ! Au lieu de chauffer Aubrey, écoute-moi, tu veux ! Tu es sûr que je dois ajouter du rhum dans l'Orangina ? Tu ne t'es pas gouré en prenant la commande ?

— Non, m'dame ! Je cite : « Ajoutez un peu de rhum, il me faudra au moins ça pour trouver le courage d'aborder le putain de canon, là-bas. Ce n'est pas tous les jours qu'on passe la soirée dans le même bar qu'une star ! »

— Et on peut savoir qui est cette fameuse star ?

— Jace Adam ! C'est quand même dingue qu'il soit là. Tu me diras, ça explique la horde de nanas qui a envahi les lieux. Elles sont carrément chaudes ! Je ne vais pas me gêner pour en ramener une, ce soir.

Bordel ! Le patron d'Aubrey est là. Il ne perd pas de temps. Je jette un regard discret à mon amie, qui prend soin d'éviter le mien.

— Aïe ! grogne Marco, lorsque je lui administre une claque derrière la tête.

— Tu ne l'as pas volée. Depuis quand tu parles des femmes comme ça devant moi ?

Il éclate de rire, pas le moins du monde vexé par mon geste.

— À votre avis, qu'est-ce qu'un type comme lui vient faire à Brooklyn ? Je veux dire, le bar est cool, mais ce n'est quand même pas le coin le plus branché de New York. Il a dû se perdre, ou alors il a eu envie de se mêler au peuple !

— Si Tom t'entend critiquer son bar, il ne se gênera pas pour te mettre dehors ! Tu sais à quel point il est susceptible. En plus, ce n'est pas la première fois que Jace Adam nous fait l'honneur de sa présence…

— Tu déconnes ?

Aubrey redresse la tête, me suppliant silencieusement de ne rien dire, au moment même où Monica me chuchote quelque chose à l'oreille, un petit sourire aux lèvres. Timing parfait !

— Tiens, tiens... Regarde ce que Monica a trouvé dans les toilettes : ton serre-tête ! Bizarre, non ? Tu as dû l'oublier. Mets-le vite, je suis sûre que tu seras jolie comme un cœur !

Sans un mot, elle enfile le serre-tête surmonté de deux petits flamants roses à lunettes de soleil étoiles que Stan lui a confectionné pour parfaire sa tenue.

— Satisfaite ?

— Parfait ! dis-je en chargeant le plateau de Marco. Il est dans quelle section ?

— Qui ?

— Putain, Marco ! Jace.

— Celle de Sidney.

— Il est accompagné ?

— Oui, de deux mecs. T'as oublié les glaçons.

Je lui tends le bol, tandis qu'il ajoute :

— Merci. Tom a placé l'un des deux vigiles pas très loin de sa table pour éviter qu'il soit emmerdé toute la soirée.

Deux jours après la visite surprise de Jace au bar, Aubrey m'a fait un débriefing très détaillé de leurs échanges. Le premier. Un véritable succès, d'ailleurs ! Comme je voulais lui prouver que je pouvais être une bonne amie, j'ai effectué une recherche Internet sur le rôle de BFF[1] et, quelques heures plus tard, je sonnais à sa porte, munie de glace, de sirop au chocolat, d'un énorme paquet de

1. Best Friend Forever.

chamallows et d'une comédie romantique, *Coup de foudre à Notting Hill*.

Nous nous sommes enfermées dans sa chambre pour ne pas être interrompues par Arthur, le gamin de sa coloc, et comme deux adolescentes de seize ans, nous avons papoté, assises en tailleur sur son lit. C'était très rafraîchissant et ça m'a momentanément distraite de mes problèmes.

Le rire de Marco chasse mes pensées.

— Vous croyez que je peux lui demander un autographe ? s'enquiert-il.

— Si tu veux que Tom te vire, n'hésite pas !

Aubrey rit, récupère son plateau et file vers sa table. Je fais signe à notre collègue de l'imiter tandis qu'une serveuse m'interpelle déjà pour une nouvelle commande.

L'heure suivante se déroule comme les précédentes, dans un énorme brouhaha. Jace est effectivement au centre des conversations. Mon amie a tiré le gros lot ! Je l'aperçois qui se dirige vers les toilettes du personnel, suivie de près par notre célébrité. Tiens, tiens ! Les retrouvailles vont enfin avoir lieu.

— Bonsoir, je pourrais avoir un Paloma, s'il vous plaît ?

Le nom du cocktail m'interpelle car il n'est pas courant. Je fais signe à la jeune femme que je l'ai entendue, finis de charger le plateau de Sidney, puis reporte mon attention sur elle. C'est une jolie brune, avec des grands yeux verts, une bouche pulpeuse rouge vif et un petit air supérieur.

Je pose les coudes sur le comptoir et lui demande de répéter. Ça fait longtemps que je n'ai pas joué à : « Dis-moi ce que tu bois, je te dirai qui tu es. »

— Vous voulez ?

— Un Paloma, réitère-t-elle avec une lueur de défi dans le regard.

Je l'étudie, intriguée par ce choix.

— Sauf, si vous ne savez pas ce que c'est.

— Pas de problème.

Non mais pour qui se prend-elle, cette nana ?

Sans la quitter des yeux, je sors la tequila, un soda au raisin et une tranche de pamplemousse. Elle fixe mes mains durant la préparation, puis je fais glisser le verre devant elle.

— Et voilà.

— Merci.

— J'aime penser que l'alcool que l'on commande est un reflet de notre état d'esprit du moment. La tequila est une boisson joyeuse, choisie pour faire la fête, pour passer une bonne soirée en compagnie d'amis dans la joie et la bonne humeur.

— Et ... ?

— Vous êtes seule.

— Mes amis sont peut-être plus loin.

Je hausse un sourcil, amusée.

— Je ne crois pas, non. Reste à sa...

— Putain, tu es là !

Je me tourne pour dévisager le goujat qui vient de nous interrompre. Même si cette nana est loin d'être sympathique, je ne supporte pas qu'un homme s'adresse à une femme de cette façon. Mais je me fige, ahurie. Devant moi se tient le canon de l'autre jour, le mec qui a refusé ma proposition de passer du bon temps ensemble. Sur le moment, son rejet m'a contrariée. Ce n'était pas tant sa réponse négative que l'étincelle de dédain au fond de ses prunelles caramel. Il lui a suffi d'échanger cinq phrases avec moi pour m'enfermer dans une case. Et, à n'en pas douter, pas la plus glorieuse.

— Vous ? fais-je.

— Vous vous connaissez ? demande la jeune femme, curieuse.

— Oui.

— Non.

Je le fusille du regard.

— Charmant !

Elle plisse les yeux et nous dévisage, suspicieuse.

— Va falloir accorder vos violons.

— Julianne, je peux te parler cinq minutes ? lâche-t-il en ignorant sa réflexion.

Puis, sans attendre sa réponse, il l'entraîne à l'écart du bar, loin de mes oreilles curieuses.

Liam

— Lâche-moi, Liam ! On se donne en spectacle.

— Tu ne peux pas te mêler de ce qui te regarde, Ju ? On est samedi soir, tu ne devrais pas être en train de t'amuser avec tes potes, ou de répéter une de tes chorégraphies, plutôt que de jouer à Colombo ?

Elle croise les bras, vexée par mon sarcasme.

— Je ne t'ai pas pris en traître. Je t'ai dit que je mènerais ma petite enquête.

— Et je t'ai répondu que c'était inutile.

— On se renseigne seulement, Liam, merde, où est le mal ?

— *On* ? J'ignorais que tu visais aussi le premier prix ! Rappelle-moi à quel moment tu t'es inscrite ?

— Arrête tes conneries !

— Mes conneries ? Ce n'est pas un jeu, certaines épreuves se font à l'aveugle.

— Et alors ?

— On n'est pas censés connaître l'identité des autres participants. Tu saisis la nuance ?

Ma précision me donne l'impression d'être un bel hypocrite.

— Si elle te reconnaît lors des dernières épreuves, tu lui diras que votre rencontre a été un hasard, c'est tout. Pourquoi tu fais tout ce foin pour rien ?

J'inspire profondément pour essayer de me calmer, mais Julianne a la capacité à me mettre hors de moi en un temps record. Le mieux est d'en reparler à tête reposée, avant que les mots ne dépassent ma pensée.

— Écoute, j'ai laissé Grant en plan, je dois retourner au bar pour reprendre mon service.

Je mens, mon patron m'a dit de décamper quand il a compris que Julianne m'avait fait un coup tordu. Sauf qu'au lieu de comprendre le message, elle persiste.

— Pas de souci, je te raconterai…

Sa réponse, accompagnée d'un sourire angélique, reste en suspens. Elle ouvre la bouche et la referme comme si elle hésitait à poursuivre. Elle va finir par me rendre dingue à jouer ainsi avec mes nerfs !

— Ou alors, tu restes avec moi pour t'assurer que je ne fais pas de bêtises.

Elle me fixe en haussant les sourcils, provocante. Je me pince l'arête du nez, agacé, et je craque, pressé de la voir s'éloigner.

— J'ai une meilleure idée. *Je* reste et *tu* rejoins tes amis.

Ma proposition est suivie d'un long silence pendant lequel seul le brouhaha ambiant nous enveloppe. Il y a tellement de monde que nous sommes serrés l'un contre l'autre. Étonnant… Le Cherry était presque désert, ce soir, alors que toute la ville semble s'être donné rendez-vous ici.

— Je peux te faire confiance ? Tu ne vas pas te défiler ?

— Promis.

— Très bien, je te crois, dit-elle après m'avoir longuement examiné.

Elle s'agite, m'attrape par le coude et se met sur la pointe des pieds.

— Ta concurrente, c'est la nana rousse avec qui je parlais quand tu as déboulé comme un dingue.

Je me garde bien de lui dire que je sais exactement qui est Harper Stanford, car cela amènerait beaucoup trop de questions, auxquelles je n'ai pas envie de répondre.

— Canon, ajoute-t-elle en suivant mon regard.

— Ce n'est pas mon style.

Elle lève les yeux au ciel dans une attitude surjouée.

— Liam, coucher avec quelqu'un n'implique pas forcément de se marier avec. Heureusement, d'ailleurs.

— Je refuse d'avoir cette conversation avec ma petite sœur !

Les bras croisés, le menton fièrement relevé, elle ne se démonte pas :

— Tu fais bien, ma vie sexuelle risquerait de te rendre jaloux.

— Peut-on arrêter de parler de sexe cinq minutes ?

Elle éclate d'un rire mélodieux, attirant des regards curieux, puis me donne un coup de poing dans l'épaule. La contradiction féminine dans toute sa splendeur ! Julianne est un savant mélange de force et de douceur.

— Je pars, SI tu restes. Observe-la, renseigne-toi auprès des clients et de ses collègues. Du peu que j'ai vu, elle semble être meilleure que les autres.

— Dixit la spécialiste des cocktails.

— Je le sens, elle est différente.

— Laisse-moi deviner… Ton intuition féminine ?

— Moque-toi autant que tu veux. Mais cette nana est

une sérieuse concurrente. Elle a un charisme de dingue. Regarde-la.

Je m'exécute. Harper est en train de quitter le comptoir d'un pas assuré, puis elle se dirige vers un couloir barré d'un vigile, les fesses moulées dans un jean noir, un débardeur blanc ajusté soulignant sa taille. Les mains sur la peau nue de ses hanches, dans une posture très sûre d'elle, elle échange quelques mots avec l'armoire à glace, avant de se faufiler sur le côté en riant.

Son assurance est effectivement très sexy, mais je n'arrive pas à m'ôter de la tête ma première impression. Elle n'est pas naturelle et se cache derrière son physique. Elle est aussi très entreprenante et, sans que je puisse vraiment en expliquer la raison, cela me dérange. Je ne suis personne pour la juger, mais le sexe ne doit pas servir d'exutoire. Enfin, c'est ma façon de penser. Malgré ce que Julianne imagine, ma vie sexuelle se porte très bien depuis ma séparation avec Emy. Je suis simplement discret sur le sujet ; ma sœur n'a pas besoin de savoir avec qui je m'envoie en l'air.

— Tu sais qu'à cause de toi, je pourrais avoir des problèmes au boulot ?

— Je me débrouillais très bien sans toi.

— Merde, Julianne, je ne t'ai rien demandé !

Elle lève la main pour m'interrompre avant de la secouer, comme si ma colère était infondée.

— Tu restes, oui ou non ?

Nous nous défions du regard de longues secondes, même s'il n'y a aucune chance pour qu'elle abandonne. Elle est plus têtue qu'une mule. Déjà enfant, elle était capable de me faire faire n'importe quoi. C'est à elle que je dois ma cicatrice au niveau de l'arcade sourcilière, tout ça parce qu'elle avait décrété que je pouvais, haut la main, sauter en skate les quatre marches de notre impasse et atterrir sur la rambarde. Elle avait menacé de raconter à l'école que j'aimais m'allonger torse nu avec des escargots baveux sur la peau. Sa menace était débile, mais à treize ans la réputation auprès des copains était essentielle. Résultat : cinq points de suture. Julianne, de son côté, a largement répandu la rumeur que je m'étais battu avec deux types et que j'avais gagné. Cette blessure m'a valu l'admiration d'une bonne partie de l'école et, encore maintenant, il m'arrive de mesurer le pouvoir de séduction de cette petite trace blanche.

Voilà à quoi se résument mes relations avec ma sœur : elle imagine et décide, je m'exécute. Il faut vraiment qu'elle se trouve un mec. C'est lui qu'elle emmerdera !

— OK, tu as gagné, mais dégage de là !

Elle se met sur la pointe des pieds et m'embrasse la joue tendrement.

— Je le fais pour lui, tu sais.

Je ferme les yeux et inspire profondément. Comment être en colère contre elle, alors que c'est sa façon de m'aider ?

— Je sais, merci. File, maintenant, je t'appelle demain.

Quelques minutes plus tard, après une montagne de recommandations, je la regarde partir, soulagé.

Je regagne le bar où un siège se libère et commande une bière. Pourquoi rester ? Si je pars, Julianne n'en saura rien, il me suffira de lui dire que j'ai observé Harper, mais que je n'ai rien découvert d'intéressant. Est-ce que je suis curieux, au fond, d'en savoir plus sur cette femme ? Est-ce que Julianne a raison d'affirmer que c'est une concurrente dangereuse ?

J'avale une longue gorgée de bière en la maudissant d'avoir réussi à instiller le doute dans mon esprit. Je suis barman depuis dix ans, j'ai travaillé dans toutes sortes d'établissements, du pub branché au bar plus cosy et classe. Mon instinct compétiteur m'a déjà amené à participer à une dizaine de concours et à les gagner. Les jurys ont souvent salué mon esprit créatif, original et audacieux. Lorsqu'il s'agit de marier des alcools, je n'ai pas froid aux yeux. Je suis constamment à la recherche de nouveaux mélanges et ne recule devant aucune expérience gustative. Ce concours et ses cent mille dollars, c'est ma chance : même si Emy et moi sommes séparés, je lui ai promis de trouver une solution.

Je jette un regard circulaire dans le bar ; toujours aucune trace de Harper. Son service est peut-être terminé ? Quelle soirée merdique !

Il était tout juste 22 heures lorsque Julianne a débarqué au Cherry. Sa visite m'a surpris, mais j'ai naïvement imaginé qu'elle était venue prendre de mes nouvelles, alors que j'aurais dû me méfier de son silence des derniers jours. Lorsqu'elle a décidé quelque chose, elle va jusqu'au bout. J'espérais que, pour une fois, elle se mêle de ses affaires. A priori, c'était trop lui demander. Tout naturellement, elle m'a donc annoncé que je n'avais rien à craindre des participants sélectionnés à Boston et Atlanta.

— Comment sais-tu ça, morveuse ? ai-je demandé, les bras croisés sur la poitrine.

— Ne m'appelle pas comme ça ! Je te l'ai déjà dit, j'ai mes sources.

Elle a battu exagérément des paupières, et j'ai secoué la tête pour chasser les images qui envahissaient mon esprit. Il y a des limites à ce qu'un grand frère peut endurer.

— Je ne veux pas savoir avec qui tu couches.

— Ça tombe bien, je ne comptais pas te le dire. Pour autant, je peux me débrouiller comme une grande fille, le sexe n'est pas le seul moyen d'échange qui existe ! Les réseaux sociaux sont une sacrée mine d'informations.

— Si tu l'dis.

Je me suis décalé pour préparer deux mojitos et une piña colada sans rompre le contact visuel.

— Quelle est ta prochaine cible, alors, Gadget ?

— Harper Stanford.

Évidemment.

Ces derniers jours, tout me ramène à cette femme. Sans raison particulière et surtout en ne l'ayant vue qu'une fois. Pourtant, j'ai l'impression de la croiser partout, au coin d'une rue, dans un métro bondé, à la caisse du supermarché… Une véritable obsession.

— Tu ne veux pas lâcher l'affaire, sérieux ?

— Certainement pas. En plus, contrairement aux trois autres New Yorkais que je me suis déjà coltinés, je…

— *Coltinés* ?

Elle m'a fusillé du regard en comprenant mon sous-entendu.

— Liam, « coltiner » n'est pas un synonyme de « baiser ».

— Très classe, Julianne. Très classe.

— Je n'ai plus seize ans, je parle comme je veux. Bref, cette nana travaille à Brooklyn.

Je sais.

— Et… ?

— Je vais aller l'observer de mes propres yeux. J'en apprendrai plus sur elle, de cette façon. Sa page Insta est super sympa, elle met plein de photos de cocktails hyper originaux, colorés et appétissants.

Devant mon silence, elle a fièrement redressé le menton, me mettant au défi de l'en empêcher. Puis des clients sont arrivés, et elle en a profité pour filer en douce.

Je fais signe au barman de me servir une deuxième bière.

— Je m'en occupe, Tom, lance Harper, me prenant de court.

— Te revoilà ! lui dit-il. Aubrey va bien ?

— Elle est entre de bonnes mains, si tu vois ce que je veux dire.

Elle lui fait un clin d'œil, puis se tourne vers moi.

— À nous deux. Une bière, c'est ça ?

J'acquiesce. Elle remplit le verre, puis le pose devant moi en me dévisageant.

— Ta petite amie est partie ?

Je choisis de ne pas répondre et trempe les lèvres dans la mousse fraîche. J'ai envie de l'agacer pour voir si sa véritable nature prendra le dessus.

— Il y a de l'eau dans le gaz ?

— Pas à ma connaissance.

— Tu es toujours aussi loquace ?

Je me redresse et l'étudie plus attentivement. De grands yeux verts, mis en valeur par la couleur de ses cheveux, une peau claire. Des lèvres roses pulpeuses, un cou gracile et une poitrine ni trop petite ni trop grosse. Julianne a raison, elle est vraiment jolie. Mais je préfère les blondes. LES. BLONDES. J'ai beau me le répéter, je l'imagine très bien entortillée dans mes draps, le souffle court, alanguie par les orgasmes d'une nuit de sexe.

Je chasse le fantasme et reprends d'un ton détaché et froid :

— Explique-moi en quoi ça te concerne…

Elle lève les mains devant elle pour tempérer ma réaction et je suis surpris de voir que l'intérieur de son poignet est tatoué d'un phénix.

— Tout doux. Je demande simplement si c'est la raison pour laquelle tu as refusé ma proposition, l'autre soir ?

Je la contemple une dizaine de secondes, sans que cela ne la perturbe. Elle a même l'air de trouver ce petit jeu très amusant.

— Tu es directe.

— Je sais ce que je veux, nuance. Je ne perds pas mon temps, c'est tout.

— Julianne est ma sœur.

Elle plisse les yeux et me fixe longuement.

— Ça ne doit pas t'arriver souvent, dis-je en camouflant avec peine un sourire moqueur.

— Ce qui signifie… ?

— Que tu aimes bien être celle qui tient les rênes. Sauf que j'ai un scoop pour toi, ce n'est pas toujours très séduisant.

— Ah ouais ?

— Personnellement, je déteste n'être qu'un numéro parmi d'autres.

— Est-ce que tu insinues que je suis une fille facile ? répond-elle en m'assassinant du regard.

— J'en ai bien l'impression.

Soudain, son assurance vacille et, pendant une seconde, je me demande si je ne suis pas allé trop loin. Puis je comprends que son changement d'attitude est lié à son portable. C'est étrange car, à cet instant précis, je jurerais que je viens d'entrevoir la véritable Harper. Une femme sensible, perdue et acculée. La sensation est fugace, presque imperceptible. En un rien de temps, elle se recompose un visage de circonstance.

— Tom, je dois prendre cet appel, lance-t-elle à l'autre barman en lui montrant son portable.

— Harp, ce n'est pas le moment ! Il y a une tonne de monde.

— Je n'ai pas le choix.

Son ton sec lui fait redresser la tête, et ils échangent un regard lourd de sens.

— Vas-y, je gère.

La jeune femme forte qui se tenait devant moi et minaudait disparaît sans attendre. Je la suis des yeux, curieux de savoir ce qui a réussi à fracturer sa carapace.

Le quart d'heure suivant s'écoule avec une lenteur insoutenable. Je devrais en profiter pour rentrer chez moi, mais je n'arrive pas à m'ôter de l'esprit la peur qui a furtivement assombri son beau visage, ni que j'ai été odieux avec elle en insinuant sans honte qu'elle couchait avec n'importe qui. Mes doigts battent le rythme de la musique sur le zinc sans que j'arrive à me décider.

Merde ! N'y tenant plus, je me lève d'un mouvement brusque et emprunte le même chemin qu'elle. Je veux m'assurer qu'elle va bien. Rien de plus.

L'épaule contre le mur, le téléphone à l'oreille, je l'entends remercier son interlocuteur et lui promettre de venir dès la fin de son service.

Quel con ! Dire que je m'inquiétais, alors qu'elle est en train de programmer son futur plan cul. Je serre les poings, furieux, refusant de donner du sens à cette réaction impulsive.

— Tout va bien ?

Ma voix la fait sursauter. Elle se retourne et me scrute, étonnée.

— Euh oui… Merci, répond-elle, incertaine, le même masque figé sur le visage.

— À l'origine, je voulais m'excuser pour ma remarque déplacée.

Je m'arrête, tandis qu'elle hoche la tête.

— Et… ?

— Et j'ai entendu la fin de ta conversation, alors je vais rester sur mon avis.

Elle blêmit une demi-seconde avant de relever fièrement le menton, dans une attitude qui me rappelle ma sœur. Elle ouvre la bouche et la referme, puis fait un pas vers moi, les yeux flamboyants de colère.

Intéressant. Je viens de réveiller la véritable Harper.

Elle pose un doigt rageur sur mon torse.

— Écoute-moi bien. Tu ne me connais pas, et je t'interdis de me juger, comme tous les autres abrutis. Pour ton information, j'étais en ligne avec une infirmière qui me prévenait qu'après presque quarante-huit heures d'inconscience, ma mère s'était enfin réveillée, avait mangé quelques cuillères de soupe, mais surtout avait demandé à me voir. Alors, tu sais quoi ? Va. Te. Faire. Foutre.

Son index martèle mon torse, ses yeux lancent des éclairs. Elle est furieuse, à juste titre. Je l'ai jugée sans la connaître. Je devrais m'excuser, mais je suis incapable de prononcer un mot, subjugué par sa colère. Elle est magnifique. Vraiment très belle.

Alors que le silence s'étire entre nous dans ce couloir impersonnel, elle fixe son doigt, les yeux écarquillés, se rendant compte qu'elle me touche.

Eh oui, prise en flagrant délit de spontanéité !

Prudemment, elle recule de quelques pas, fuyant mon regard, comme si elle se sentait humiliée d'avoir été honnête. Elle inspire et expire plusieurs fois, et relève la tête. Sans un mot, elle plonge son regard dans le mien – un regard vide, où il n'existe plus la moindre trace d'émotion – me contourne et disparaît.

Chapitre 5

Harper

— Alors, tu pactises avec l'ennemi, Harp ?

La voix amusée de Tom détourne mon attention de la porte que j'observe depuis plus de deux heures. Je ne l'ai pas quittée des yeux, au cas où le type canon se décide à revenir et à s'excuser. Je continue d'essuyer les verres et ignore mon patron. Il est presque 3 heures du matin, et le bar va bientôt fermer.

— Ne fais pas celle qui ne m'entend pas !

— Huuummm. Je pensais que tu parlais tout seul, dis-je en levant les yeux au ciel, exprès pour l'agacer.

— Ce gars, c'est l'un des barmans du Cherry.

— Quoi ?

Tom vient de piquer ma curiosité.

— Le mec que tu espères voir revenir depuis un sacré moment, il bosse au Cherry, sur Mapple Street, pas loin de Flushing.

— Comment tu le sais ?

— Je le sais, c'est tout, répond-il en haussant les épaules.

Je regarde à nouveau l'entrée, refusant de m'attarder sur les raisons de ma déception. Tom a raison, depuis son départ, je nourris le stupide espoir de le voir réapparaître. Qu'est-ce qui m'arrive ? Depuis quand l'avis des autres a-t-il une importance pour moi ? Ce type n'est pas le premier, ni le dernier, à me juger.

— Ne t'attache pas trop, j'ai entendu dire qu'il ne comptait pas rester dans les parages.

— En quoi ça me concerne ?

Tom ne me répond pas et informe l'ensemble de la salle que le bar va bientôt fermer.

— Dans vingt minutes, tout le monde dehors !

Agacée, je me plante devant lui, les mains sur les hanches, soucieuse de rétablir la vérité. Enfin, celle dont j'essaye de me persuader.

— Il ne m'intéresse pas.

— Très bien.

— Arrête de sourire, Tom !

La bouche pincée, il arbore une fausse expression sérieuse et ferme la caisse.

— C'est mieux ?

— Tu es un très mauvais comédien. Si tu veux tout savoir, c'est moi qui ne l'intéresse pas. Pas l'inverse.

— Bien sûr !

Il éclate de rire, comme si ma précision était un ramassis de bêtises.

— Il n'aime pas les salopes.

Mon aveu jette un froid glacial autour de nous, et Tom se fige, décontenancé.

— Quoi ?! Ce mec a osé venir dans *mon* bar pour t'insulter ?

— Oui. Enfin, pas vraiment en ces termes, mais c'est ce que ça signifiait. Je ne suis pas bête, je sais lire entre les lignes.

Sur le moment, je me suis sentie humiliée, même s'il n'a

fait qu'énoncer à voix haute ce que la plupart des gens pense de la barmaid rousse, bien foutue. En temps normal, je n'y prête pas attention, ravie de provoquer leur petite morale étriquée. Mais pas ce soir, alors que mon cœur venait de se gonfler d'amour et de soulagement à la nouvelle que ma mère m'avait réclamée. Son accusation m'a profondément blessée. J'en aurais pleuré de rage. Heureusement, je suis habituée à dissimuler mes états d'âme. Pendant quelques secondes, j'ai été prise de court par son insulte et je lui ai laissé entrevoir la véritable Harper, une gamine à fleur de peau qui s'efforce de rester intouchable et insensible. Comment ai-je pu être aussi bête ?

Tom me dévisage, curieux, et je pars me réfugier à l'autre bout du comptoir, pour occuper mes mains tremblantes. Il ignore ma tentative de fuite et me rejoint, me forçant à affronter la situation.

— Le nettoyage du bar peut attendre, dit-il en posant la main sur mon bras.

Je m'acharne à continuer, avec le faible espoir qu'il abandonne.

— Ne t'inquiète pas pour moi, Tom. Je m'en fiche, j'ai l'habitude.

— Harp...

— Je t'assure, ce n'est pas grave. Vraiment.

— Pourquoi t'évertuer à donner une fausse image de toi ?

Je lève la tête et croise son regard empli de douceur et de bienveillance. Tom a des défauts, comme tout le monde, mais, du haut de sa petite quarantaine, il est pour moi ce qui se rapproche le plus d'une figure paternelle aimante.

Soudain, une vanne cède, et je comprends que son avis est important.

— C'est-à-dire ? murmuré-je.

Il cligne des yeux, surpris par ma réaction. Comment

lui en vouloir ? Il a sûrement imaginé que, comme à mon habitude, je me fermerais, ou pire, que je l'enverrais sur les roses. Il sourit.

— Écoute, Harper. On se connaît depuis quoi ? Quatre ans maintenant ?

J'opine, inquiète d'entendre la suite.

— Je ne t'ai jamais vue te lier avec personne, pas même avec moi, alors que je ne représente aucun danger. Je suis très heureux avec Mél et je ne t'ai jamais fait d'avances. Je pense avoir toujours eu un comportement exemplaire avec toi, ou les autres filles qui bossent ici. Je ne vous pose jamais de questions, j'accepte de modifier vos horaires sans rechigner pour vous arranger et ce, même quand vous le demandez à la dernière minute, et je n'interviens pas dans vos embrouilles débiles. Mais cela ne veut pas dire que je n'en ai rien à faire de vous. Au contraire, vous comptez pour moi. Tous.

Je baisse les yeux, mais il me redresse le menton de son index.

— Tu comptes pour moi, Harper, au même titre que Marco, Paige ou Aubrey. Tu pourrais tomber le masque, tu y gagnerais beaucoup, surtout avec ce que tu traverses en ce moment.

Je tente de sauver les apparences, de maintenir l'image que je me suis façonnée au cours des dernières années.

— Je n'ai besoin de personne, Tom. Je suis très bien comme ça. Ne compter que sur moi me permet de ne pas être déçue. Je ne prends aucun risque et, jusqu'à présent, je n'ai pas eu à me plaindre.

— Et Aubrey ?

— Quoi, Aubrey ? dis-je, sur la défensive.

— Tu crois que je n'ai pas remarqué qu'elle, tu l'avais laissée t'approcher ? Pour peu, j'en serais jaloux !

— Je... je...

— Laisse tomber, c'est une femme, je sais. C'est différent. Le problème vient des hommes, inutile de m'expliquer pourquoi, j'en ai une vague idée.

Je regarde autour de moi, gênée que les derniers clients assistent à ma psychanalyse en direct.

Tom m'attrape le bras avec douceur.

— Personne ne nous écoute. Tu sais pourquoi, Harp ? Parce que tout le monde s'en fout, de tes bagages. Alors, si je peux me permettre un conseil : pose-les et vis un peu.

Il me fixe longuement, pour me laisser digérer ses paroles.

— Ce n'est pas agréable d'être amie avec Aubrey ?

Je hoche la tête avec lenteur, incapable de parler. En cinq petites minutes, il vient de me prouver qu'il voit clair dans mon jeu depuis des années. Il fait un pas vers moi, puis un second, et me prend dans ses bras.

— Tu n'en as peut-être pas conscience, mais je te considère comme mon amie, et Mél aussi.

Je me crispe au début, avant de me laisser aller et d'accepter son étreinte.

— Tu as le droit de me rendre mon câlin, tu sais. J'ai l'impression de passer pour un vieux pervers, comme ce tonton qu'il y a dans toutes les familles.

Grâce à son humour habituel, il détend l'atmosphère et je passe les bras autour de sa taille en laissant échapper un long soupir salvateur.

— Merci, Tom.

Il recule le visage et plonge le regard dans le mien en souriant. Il vient de rejoindre le club très sélect des amis de Harper !

Chapitre 6

Liam

Le concours doit rester mon objectif.

Lui et rien d'autre.

Lui et personne d'autre.

Personne.

Perdre n'est pas une option ; cela remettrait trop de choses en question. Je dois absolument rester concentré, ne pas quitter l'objectif des yeux. Simple et efficace. Alors, si c'est si facile, pourquoi j'ai les yeux grands ouverts deux heures après m'être couché ?

Avant de rencontrer Harper Stanford, je n'avais que les cent mille dollars en tête : je vivais concours, dormais concours, pensais concours. Comment a-t-elle réussi à s'immiscer dans ma tête aussi rapidement ? C'est un véritable mystère. Me rendre au Brooke's bar, ce soir, pour récupérer Julianne a été une erreur. Il y a dix jours, Harper était une inconnue, et c'était très bien comme ça.

Seulement, après notre échange tendu au milieu de ce couloir, tout a changé. Qu'est-ce que ça pouvait me faire qu'elle ait prévu un plan cul après son service ?

Ne suis-je pas le premier à m'accorder des nuits de sexe sans lendemain ? Maintenant, à cause de mon impulsivité, elle n'est plus une simple concurrente sans visage. Elle a une histoire et a priori des problèmes. Et puis, comment ignorer le phénix symbolique tatoué sur l'intérieur de son poignet ? Je suis curieux de savoir ce qu'il représente pour elle.

J'étouffe un juron dans mon oreiller : si sa mère est malade, elle a sûrement autant besoin de cet argent que moi. Merde. Ce cirque est allé beaucoup trop loin : Harper Stanford doit au plus vite redevenir un numéro parmi d'autres. En théorie, rien de compliqué. Pourtant, dès que je ferme les yeux, la jolie rousse s'invite à la fête, seulement le sourire étincelant de notre première rencontre s'est désormais mué en une expression de tristesse.

D'un geste rageur, je sors du lit et attrape mon paquet de clopes avant d'ouvrir la fenêtre du salon. Je tire une première latte rapide, puis une seconde, bien plus longue, le regard tourné vers le ciel, espérant apaiser mon esprit. Je me suis conduit en véritable abruti, tout à l'heure. La brûlure de la nicotine me calme une poignée de secondes, avant que ses prunelles vertes désenchantées reviennent à la charge. *Génial.*

L'épaule contre l'encadrement de la fenêtre, j'observe la rue animée : les premières camionnettes de livraison déchargent des caisses de produits frais alors que les fêtards quittent les bars à la recherche d'un lieu où finir la nuit. Ici, peu importe l'heure, il règne toujours une forte effervescence et une odeur de bouffe.

New York ne dort jamais, ce n'est pas une légende. Si les gratte-ciel de verre, les quartiers chics autour du sublime Central Park ou le mystique pont de Brooklyn ont forgé sa réputation, l'envers du décor est moins reluisant. New York est grouillante, polluée, sale, mais c'est ma ville et je l'aime. J'ai grandi à Williamsburg, à l'est de l'Hudson, j'y ai fait les quatre cents coups et l'école buissonnière avec mes potes. Les rues de ce quartier n'ont aucun secret pour moi, je connais chaque recoin, chaque ruelle où se planquer pour jouer au foot, où embrasser une fille sans être dérangé.

Déménager voici cinq mois a été un crève-cœur, mais le loyer était devenu trop élevé. Puis tout s'est enchaîné, et j'ai dû prendre une décision radicale : quitter la Grosse Pomme pour Los Angeles. Je tire à nouveau sur ma cigarette pour chasser la nostalgie qui m'assaille. C'est tellement étrange de penser qu'à la fin du concours, une page se tournera définitivement, alors que j'avais imaginé construire ma vie ici.

Mon téléphone vibre, et je souris en pensant à la connexion qui nous a toujours liés, Emy et moi. À cette heure tardive, ce ne peut être qu'elle. Mon ex est une couche-tard : un des nombreux points communs que nous partagions au début de notre relation.

Tu faisais beaucoup de cauchemars, quand tu étais petit ?

J'écrase ma clope dans le cendrier et m'assois sur le canapé. J'inspire en fixant le plafond quelques secondes, assailli par la mélancolie. Comment en sommes-nous arrivés là ? Sur le papier, nous avions tout. Il faut croire que la vie aime jouer des tours. Emy et moi n'avons rien à nous reprocher, notre couple a simplement été un dommage collatéral de notre quotidien surchargé. Notre relation s'est essoufflée jusqu'à ne plus exister et, en six ans, nous sommes passés de fou amoureux à simples colocataires. Pas de drame, ni de cris, une simple usure douce et lente que nous n'avons pas vue venir. Pendant des mois, nous avons refusé l'inévitable. Se voiler la face était plus facile. Mais, un soir, après une longue discussion, nous avons compris qu'aucun effort ne rallumerait la flamme. Il n'y avait rien à ajouter, plus rien à espérer : nous ne nous aimions plus. Admettre l'évidence a été douloureux. Mais, si accepter la fin de notre histoire a été difficile, ce n'est rien comparé à la souffrance insupportable de ne plus partager la vie de mon fils.

Pourquoi ?

Les premiers mois, nous avons essayé de garder nos habitudes, mais très vite Emy a voulu déménager prétextant que notre cohabitation allait perturber Milo.

— Je peux dormir sur le canapé et te laisser la chambre.

— Écoute, Liam, si nous sommes séparés, je dois apprendre à m'en sortir seule.

— Tu n'es pas seule, je suis là. Je serai toujours là pour vous.

Elle a souri et m'a embrassé tendrement sur le front.

— Je le sais et lui aussi. Tu es son papa, personne ne te retirera jamais ça.

Le sujet était clos. J'aurais pu argumenter pendant des heures, mais nous serions arrivés au même résultat. Je n'ai jamais su dire non à Emy, et je ne le saurai jamais. J'imagine qu'être la mère de mon fils la place sur un sacré piédestal.

Milo dort mal depuis trois jours. Je me demandais s'il tenait ça de toi !

Voilà à quoi ressemble ma vie, maintenant : parler de mon fils en pleine nuit par écrans interposés. Ce n'est pas vraiment l'image que je me faisais de la paternité.

Pourquoi ne pas m'en avoir parlé hier au téléphone ?

Mon message sonne comme un reproche. Immédiatement, je me sens coupable de ma réaction. Emy fait de son mieux pour s'occuper de notre fils. Les points de suspension s'agitent, mais aucun message n'arrive.

Conscient de ma maladresse, je fais le premier pas :

Excuse-moi, j'ai plein de choses en tête en ce moment.

Sa réponse ne tarde pas.

Tu veux en parler ?

Lui expliquer qu'une inconnue m'a retourné le cerveau ne me semble pas l'idée du siècle.

Non, c'est bon. Tu parlais de cauchemars ?

Émy me décrit les dernières nuits de notre fils, ses réveils en pleurs, puis revient à sa question initiale. Je fouille dans mes souvenirs.

Pas à ma connaissance, mais vu que mon père ne pourra pas le confirmer et que ma mère a disparu de la circulation il y a un million d'années, personne ne te le certifiera. Je l'appellerai demain, je lui parlerai. Tu devrais aller dormir, notre fils est un lève-tôt !

Je soupire, contrarié. Si j'étais là-bas avec lui, je le prendrais dans mes bras pour le rassurer. Quand il est né, j'ai promis à Emy de toujours veiller sur lui, sur eux. Il est hors de question que je ne tienne pas ma parole. Harper a certainement ses raisons pour participer à ce concours, mais ce n'est pas mon problème. Milo est ma priorité, il n'y a de place pour personne d'autre.

Chapitre 7

Bar le Spyglass, 24 mai

Harper

— Tenez, fixez-le à votre décolleté, ce sera parfait.

Miller, le type qui m'a accueillie voici cinq minutes, me tend un micro minuscule. Il a un style détendu, une casquette à l'envers qui couvre ses cheveux blonds et une radio autour du cou qui n'arrête pas de crépiter. Je m'exécute, le cœur battant. C'est la première épreuve du concours, dans ce bar à cocktails branché de Manhattan, avec vue panoramique sur l'Empire State et le Chrysler.

Pour le moment, nous sommes dans une toute petite pièce où sont entassés une dizaine de packs d'eau et de sodas. Les murs défraîchis sont décorés de posters vieillis et cornés de New York.

J'attache avec maladresse le micro sur la couture de mon débardeur noir en dentelle. Une idée d'Aubrey. Mes longs cheveux roux sont nattés en une tresse lâche qui repose sur mon épaule, et je porte un jean skiny bleu et des talons rouges. Encore un conseil de mon amie qui a failli s'étrangler lorsque je lui ai désigné ma paire de Converse fétiche. Aubrey n'a rien d'une enfant de chœur et elle sait très bien faire entendre son point de vue. Selon elle, la première impression est fondamentale. D'ailleurs, Miller n'arrête pas de me reluquer. Il a beau être mignon, je n'ai pas la tête à une session de pelotage.

— OK, Harper, on va faire un essai. Je sors de la pièce et vous parlez… On va vérifier que tout fonctionne correctement.

J'imagine que cocher la case « J'accepte les conditions » lors de mon inscription faisait référence à la possibilité d'être filmée. Une campagne publicitaire, si j'ai bien compris, pour promouvoir Constellation Brands, le troisième vendeur de spiritueux et vins des États-Unis, l'organisateur du concours.

Je grimace. Ce détail m'a échappé, sûrement parce que je me suis concentrée sur les photos de cocktails à joindre au dossier d'inscription, ainsi que sur la vidéo de cinq minutes où je devais mettre en avant le thème du concours - *Have a fun delirium* – en expliquant ce qu'il m'évoquait au travers d'une rue, d'un lieu, d'un restaurant, d'une œuvre d'art, d'un objet et d'un cocktail.

Est Houston Street – à l'angle de Bowery –, avec son mur recouvert d'art urbain coloré, et Balloon Shop, le magasin de ballons, source inépuisable de bonne humeur, ont été des évidences. Les œuvres de Phentex d'Olek, un artiste qui recouvre de laine rose et mauve le mobilier urbain, se sont inscrites dans la même lignée. En revanche, il m'a fallu réfléchir un peu plus longtemps pour le restaurant et l'objet. J'ai finalement opté pour Best Pizza, une pizzeria de Williamsburg aux murs tapissés d'assiettes en carton décorées par les clients et ses lampes à lave. Gamine, les bulles colorées qui se déplaçaient avec une infinie lenteur me fascinaient. Enfin le Galaxy vodka limonade, une boisson magique présentant un dégradé sublime et féerique de bleu et violet, est venu parfaire ma vidéo de présentation.

— Un, deux. Un, deux. Vous m'entendez, Miller ?

Je me sens stupide, seule dans cette pièce exiguë, à parler à voix haute comme une star de téléréalité.

— Parfait, Harper, je vous reçois cinq sur cinq.

Il réapparaît et effectue une dernière vérification sur l'émetteur attaché à l'arrière de mon jean, me faisant prendre conscience de la réalité. Et si je faisais une erreur ?

— Rassurez-moi, ce n'est pas une de ces émissions où tout est scénarisé ?

— Absolument pas, répond-il en riant. Le but est simplement de réaliser un spot publicitaire pour mettre en avant CB. Nous allons effectuer quelques prises de vues des candidats avec des gros plans sur leurs mains, les verres et les cocktails.

J'opine tandis qu'il me gratifie d'un clin d'œil.

— Votre visage sera peut-être même coupé au montage, ce qui est dommage, car vous êtes charmante.

Je soupire, soulagée, sans relever sa tentative de drague. Je suis stressée comme jamais. Il faut dire que l'enjeu est de taille : si je suis éliminée, je peux dire adieu à mon projet. Il ne me restera plus alors qu'à trouver un vieux riche pour payer une infirmière à plein temps, car il est hors de question que ma mère pousse son dernier soupir dans cette horrible chambre d'hôpital impersonnelle.

Ces derniers temps, la mort semble m'accorder un peu de répit. Cela fait trois jours que maman est consciente à chacune de mes visites. Nous avons même pu discuter et regarder une demi-heure de son film préféré. Elle a fait quelques tentatives pour aborder l'inévitable issue, mais j'ai pris soin de les ignorer, trop heureuse de pouvoir me raccrocher à un infime espoir de guérison. Elle va mieux.

C'est positif. Le Dr Chang reste prudent, mais j'évite avec soin ses mises en garde. Il n'y a pas pire sourd que celui qui ne veut pas entendre.

— Les miracles n'existent pas, Harper, pas à son stade.

Il a affiché un visage neutre avant d'échanger un regard entendu avec la psy. Je n'ai pas voulu épiloguer et les ai laissés discuter dans le couloir. Si je veux espérer, me raccrocher à la moindre parcelle d'espoir, c'est mon droit.

— Bon, récapitulons…

Je reporte mon attention sur Miller, ce n'est pas le moment de manquer un élément essentiel.

— Le thème général du concours : *Delirium*. Cette première épreuve est individuelle, vous ne croiserez donc aucun autre participant. Le jury est composé de quatre membres : Paul, Steeve, Jasmine et Terrence. Ils sont noyés dans la foule pour corser le jeu. À la fin de votre prestation, vous découvrirez deux d'entre eux. Les deux autres resteront en retrait pour vous noter à partir d'une liste de critères établis par CB. Je vous rappelle la liste des alcools autorisés : Corona, gin Skol, whisky Black Velvet, vodka Fleischmann's, Martini, Baileys, Cointreau, cognac, rhum et champagne. Ce premier tour s'étend sur quarante-huit heures pour permettre aux soixante candidats d'être évalués. À l'issue de ces deux jours, la moitié sera éliminée. Seuls trente d'entre vous accéderont à la deuxième phase. Les résultats seront communiqués d'ici une petite semaine. Vous serez filmée tout au long de votre prestation, non pas dans le but de produire une émission, comme je vous l'ai expliqué, mais pour permettre au jury de délibérer.

Mes oreilles bourdonnent à cause de l'adrénaline qui m'envahit et du flot d'informations. C'est mon premier concours, je ne sais pas du tout à quoi m'attendre. Si j'avais eu plus de temps, j'aurais fait quelques recherches. Malheureusement, entre mon boulot au Brooke's bar, ma mère et les démarches compliquées pour recruter une infirmière, je n'ai pas eu une minute à moi.

— Des questions ?

Je secoue la tête, incapable de parler.

— Très bien, il ne me reste plus qu'à vous donner l'enveloppe qui renferme le thème de l'épreuve du jour.

J'attrape l'enveloppe grise d'une main tremblante, espérant être inspirée par le mot qu'elle contient.

— Bonne chance, Harper. C'est à vous dans dix minutes.

Il sort de la pièce sans recommandation supplémentaire, et je m'empresse de mettre fin au suspense. Je déplie la feuille et lis :

Girl Power

Girl Power.

OK.

C'est faisable.

Je me mets à faire les cent pas dans ce petit espace, rassemblant et organisant mes idées.

Hier, après mon retour de l'hôpital, Aubrey a insisté pour me faire réviser. Elle m'a interrogée pendant des heures et, lorsque je suis rentrée chez moi, j'étais beaucoup trop excitée pour me coucher. J'ai donc passé une grande partie de la nuit à étudier mon carnet avant de m'endormir au petit matin, les yeux brûlants de fatigue.

Au réveil, j'ai parcouru une dernière fois la longue liste de cocktails. Je les référence depuis des années du plus classique au plus avant-gardiste. J'y note la moindre idée, je les dessine, inscris les associations intéressantes et celles à éviter, et reporte même les commentaires que certains clients ont pu faire (les bons comme les mauvais).

Dommage que je ne puisse pas le consulter maintenant. Miller m'a fait vider mes poches dans une panière à mon arrivée.

Réfléchis, Harp. Réfléchis.

Girl power.

Il me faut un cocktail doux et coloré. Un rendu peps, centré sur la féminité. Du rose ? Ou bien je pourrais me concentrer sur…

— Harper ?

Je sursaute lorsque la porte s'ouvre sur un Miller souriant.

— Allez, c'est parti !

D'un geste encourageant, il m'invite à le suivre. J'inspire profondément, m'efforçant de calmer mes tremblements. Il est primordial que mes gestes soient précis et assurés pour me rapporter un maximum de points. Ma technique doit être parfaite.

La salle est bondée et bruyante. Les conversations se mêlent à la musique branchée et au tintement des verres. Je grimace en découvrant une imposante caméra installée face au bar. Moi qui avais espéré qu'elle se fonde dans le décor, c'est raté.

Je détourne le regard pour apprécier le reste de la salle, meublée de canapés design et confortables, de tables basses en bois et de luminaires en aluminium et verre ultra-tendance.

Je continue d'avancer à travers la foule, soufflée par les immenses baies vitrées ouvertes sur une terrasse illuminée de dizaines de guirlandes blanches. Le lieu est réputé pour sa vue exceptionnelle et, lorsque les deux célèbres buildings apparaissent devant moi, je ne peux qu'abonder dans ce sens. Telles des œuvres d'art, ils se dessinent dans la nuit, impressionnants et majestueux. Il n'y a pas un seul espace inoccupé. Que ce soit en extérieur ou à l'intérieur, des gens discutent en sirotant un verre, rient, plaisantent, inconscients de l'importance du moment. J'envie leur insouciance, alors que je suis écrasée par l'angoisse, acculée par la peur de l'échec.

Je me glisse derrière le comptoir, impressionnée par la taille du bar. Je suis accueillie par une jeune femme de mon âge, les cheveux rouge flamboyant et des lentilles violettes. Drôle d'association ! Un large sourire étire ses lèvres noires, et elle crie pour se faire entendre. Elle me paraît tout de suite sympathique.

— Salut, Harper, moi, c'est Midnight. Miller a dû te briefer sur le déroulement de l'épreuve et les alcools.

Elle désigne les bouteilles derrière elle, ainsi que des sodas, des jus et des corbeilles remplies de fruits et de bonbons.

— Tout est à ta disposition. Là, tu as les différents types de sucre, des brochettes, des pailles et toutes sortes de décorations. Les glaçons sont dans ce bac à glace et, ici, tu as un assortiment de verres. Tu choisis ta technique, shaker, mixer… Enfin, tu gères et tu nous sors un cocktail du feu de Dieu, ma belle. Si tu le sens, n'hésite pas à nous sortir un *flair*[1].

— Et le jury ?

— Incognito, chérie. Deux au comptoir, deux dans la salle.

J'essaye de les repérer en un regard circulaire, mais aucune des personnes assises en face de moi ne semble sortir du lot, ni me prêter attention. C'est dommage car, parfois, rien qu'en étudiant le physique ou l'attitude de quelqu'un, je sais quel alcool utiliser.

1. Art de jongler, de faire tournoyer les bouteilles pendant la préparation d'un cocktail.

— Ils n'ont pas d'étiquette collée sur le front, Harper !

Je hausse les épaules en riant.

— À partir du moment où j'enclenche le chrono, tu as cinq minutes pour faire tes choix, puis dix minutes pour préparer quatre cocktails. Enjoy !

Dès qu'elle me fait signe, je ne perds pas une seconde et passe en revue les ingrédients à ma disposition en imaginant le cocktail parfait.

Girl power.

Delirium.

Les deux thèmes m'évoquent la joie, la couleur, la bonne humeur. Les femmes aiment les mélanges sucrés et girly. C'est réducteur, mais malheureusement vrai. Je n'ai pas d'amies, mise à part Aubrey, mais j'ai servi suffisamment de verres au Brooke's bar pour connaître leurs goûts et leurs attentes.

Seulement, ce soir, j'ai envie de surprendre. Les femmes sont contradictoires, c'est avéré : une main de fer dans un gant de velours. C'est ça ! Voilà la définition parfaite qui doit m'inspirer.

Alors que je devrais choisir du gin ou du champagne, j'opte pour un whisky. Le Black Velvet, commercialisé par Constellation Brands, est réputé pour être plus doux que le célèbre Jack Daniel's. J'hésite car, ce soir, je n'ai pas droit à l'erreur. Au Brooke's bar, il m'arrive de servir des verres à l'aveugle pour pimenter la soirée, mais si le cocktail ne plaît pas, je le change. Il n'y a pas d'enjeu, pas de risque.

La voix assurée de Midnight m'informant que les cinq minutes sont écoulées fait finalement pencher la balance. Elle est l'exemple parfait de ce que je cherche à prouver grâce à mon cocktail.

J'inspire et m'enjoins au calme. C'est parti !

J'attrape deux *jiggers*[1] et quatre *tumblers*[2]. Je dépose la cassonade au fond des verres, ajoute le whisky, la canneberge et le jus de pomme. Je presse trois citrons pour apporter une touche d'acidité et termine par la décoration, créant des roses de pomme maintenues par un cure-dent et agrémentées d'une framboise à l'autre extrémité. Je dépose délicatement mes brochettes à l'intérieur des verres et lève la main.

— Fini !

Je recule d'un pas, comme me l'a précisé Miller lors de sa longue liste de recommandations, et j'attends patiemment que le cameraman fasse un gros plan des verres. Mon cœur tambourine à une vitesse folle, mais je suis satisfaite. Je regarde les verres colorés avec fierté, essayant d'apaiser les battements erratiques de mon cœur.

Soudain, deux personnes me font signe – les deux premiers membres du jury –, et je dépose les cocktails devant eux. Ils les observent, le regard impassible, puis y trempent les lèvres dans un ballet de mimiques expertes.

J'attends, cherchant à deviner leurs premières impressions, mais les indices sont maigres. Après une éternité qui ne doit être en réalité qu'une minute ridicule, le plus âgé d'entre eux prend la parole.

— Je suis Steeve et voici Terrence dit-il en désignant l'homme à sa droite. Harper, du Brooke's bar à New York, c'est bien ça ?

Je confirme tandis qu'il demande à Midnight d'apporter les deux autres verres à Jasmine et Paul. Je la suis du regard, curieuse, mais très vite elle disparaît dans la marée humaine qui se presse autour du bar.

1. Outil de mesure du barman en forme de sablier.

2. Verre haut et droit, parfait pour les cocktails colorés.

— Alors, Harper, expliquez-nous votre choix et surtout, donnez-nous le nom de cette petite merveille !

Je déglutis et inspire, consciente que l'épreuve n'est pas terminée.

— Mon cocktail s'appelle La Divine.

Ils inscrivent le nom sur une feuille.

— Quels sont les ingrédients utilisés ?

— Une cuillerée de cassonade, six centilitres de whisky Black Velvet, quatre centilitres de jus de canneberge, quatre centilitres de jus de pomme, deux centilitres de jus de citron pressé et quelques feuilles de menthe.

— Le whisky est un choix audacieux. Pouvez-vous nous expliquer pourquoi vous avez mis en avant cet alcool plutôt qu'un autre ?

— Aujourd'hui, les femmes revendiquent leur indépendance et refusent d'être la cible d'idées préconçues. Elles souhaitent véhiculer une nouvelle image grâce à leur attitude, leur tenue vestimentaire ou leur choix en matière d'alcool. Au même titre que les hommes, elles aspirent à passer une soirée entre amies autour d'un verre sans que la société leur impose telle ou telle boisson. Elles veulent être libres de leurs choix dans tous les domaines. Le whisky est un incontournable, mais il est, pour beaucoup, l'alcool masculin par excellence. Les whiskies comme le Jack Daniel's ont une couleur ambrée, avec des notes de cuir, tabac et bois, des éléments que nous avons tendance à associer à l'univers masculin justement à cause de nos idées préconçues. Je me suis souvenue que le Black Velvet avait des notes plus douces en bouche. Les femmes apprécient les cocktails qui ont du caractère, mais elles recherchent aussi la douceur et le sucré. J'ai donc eu l'idée d'allier le whisky avec la pomme, la canneberge et la cassonade, pour atténuer sa force.

— Votre cocktail se définit donc comme une virilité féminine ?

— C'est bien résumé, dis-je en souriant. Nous, les femmes, avons toutes en nous un zeste de masculinité. Vouloir l'étouffer ne nous fait pas honneur. Et si le girl power était tout simplement de revendiquer cette masculinité ?

Les deux jurés me dévisagent, visiblement conquis par mon exposé, car de grands sourires illuminent leurs visages, austères au début. Je m'autorise à souffler et serre discrètement les poings derrière le dos. J'ai un bon pressentiment.

Il ne me reste plus qu'à attendre une semaine. Verdict le 31 mai, jour de mon anniversaire. Dommage que cette date ne me porte pas chance, de manière générale !

Chapitre 8

Seize ans plus tôt

Je suis tout excitée !

Demain, c'est mon anniversaire, je vais avoir neuf ans et, comme pour toutes les petites filles, c'est un jour important. L'année dernière, nous avons fait l'impasse : papa nous avait quittées la veille. Maman était en larmes. Je ne comprenais pas très bien ce qu'il se passait, mais mentionner ce détail ne me paraissait pas une bonne idée. La journée s'est écoulée avec une infinie lenteur. Personne n'a pensé à moi. Ni carte ni cadeau. Aucune attention gentille. Ma mère est restée couchée, peu disposée à me faire souffler mes bougies. J'ai ravalé mes larmes et me suis autorisé un gros bol de céréales et la moitié d'un paquet d'Oreo. C'était nul, un anniversaire qui tombait un samedi ! S'il avait eu lieu en semaine, je suis sûre que Mme Thomas, ma maîtresse, me l'aurait souhaité. À l'école, je me suis sentie obligée de mentir aux autres, en inventant une super fête et des cadeaux.

Je chasse ces mauvais souvenirs et regarde par la fenêtre, espérant que les nuages se dissipent. Avec un peu de chance, nous pourrons installer la petite table pliante en bas et inviter quelques voisins. Lucy et Violetta, les locataires du deuxième étage, sont adorables. Je vais souvent chez elles, quand maman ne se sent pas très bien. C'est-à-dire assez souvent.

Un grincement attire mon attention. Maman sort de sa chambre, le visage fermé, et se dirige vers la salle de bains sans un mot. J'hésite à aller la voir : si elle est de mauvaise humeur, elle risque de ne pas être très agréable. D'un autre côté, je suis inquiète à l'idée qu'elle ait oublié mon anniversaire. Est-ce qu'une maman fait ce genre de chose ? Si je lui glisse de façon subtile que c'est demain, juste au cas où, peut-être aura-t-elle le temps d'aller à la supérette acheter des œufs et de la farine pour faire un gâteau ? Peut-être même qu'elle s'arrêtera chez Stella, la gentille couturière qui vend des headbands rayés trop stylés. À l'école, mes anciennes copines en ont toutes un. Celui de Chrystal est de loin le plus joli, mais je n'ai pas osé la complimenter, car plus personne ne me parle.

C'est ma faute, j'ai suivi les conseils de maman.

— Reste seule, Harper, c'est le mieux pour ne jamais être déçue. Jamais. Les gens qu'on aime finissent toujours par partir.

Elle m'a prise dans ses bras et m'a serrée si fort qu'elle m'a fait mal. Je n'ai pas répondu, mais elle a insisté.

— Promets-le-moi, ma fille.

J'ai hoché la tête, appréciant ce câlin inopiné. Des jours qu'elle m'ignorait.

— C'est nous contre le reste du monde, juste nous deux, ma chérie.

— Même pas Chrystal ?

— Plus personne d'autre, a-t-elle répondu en me serrant fort. Tu ne voudrais pas faire de peine à ta maman ?

Bien sûr que non. Mes amies me manquent, mais

maman avait raison. La preuve, Chrystal déménage à la fin de l'année scolaire. Elle m'abandonne. Je l'ai entendue en parler à la récré, mais j'ai fait comme si ce n'était pas important, comme si mon cœur ne se serrait pas à l'idée que je ne la verrais plus jamais.

Je passe la tête dans le couloir. Maman est maintenant dans la cuisine. Je m'approche prudemment et l'observe quelques secondes. Elle est de dos, dans sa robe de chambre élimée et fait la vaisselle. Avant le départ de papa, elle riait tout le temps.

— Tu aurais pu ranger, Harper. Je ne te demande pas grand-chose quand même !

Je sursaute, déstabilisée par son reproche. Je me charge déjà de presque tout le ménage de l'appartement. Je baisse la tête, je ne veux pas qu'elle crie.

— Pardon, maman.

Comme elle reste silencieuse, j'en déduis qu'elle n'est pas fâchée, alors je me lance :

— Tu sais quel jour on sera, demain ?

Elle se retourne, une expression neutre sur le visage.

— Dimanche.

Elle hausse les épaules et reprend la vaisselle.

— Où veux-tu en venir ?

Je déglutis, mal à l'aise, et me triture les doigts. Je chuchote, espérant presque ne pas être entendue. J'ai le sentiment que la suite de la discussion ne va pas être agréable.

— Mon anniversaire…

Un long silence s'ensuit, puis un éclat de rire, qui n'a rien d'amusant. Elle coupe l'eau, s'essuie calmement les mains dans le torchon avant de me fusiller du regard. Je me crispe et froisse la liste de cadeaux dans la poche de mon short. Rien d'extravagant ni de cher.

— Et tu crois que ça intéresse quelqu'un ?

Je pince les lèvres. Fort. Très fort. Je sens les larmes s'amonceler au coin de mes yeux, mais je résiste à l'envie de partir en courant car je sais que ma réaction décuplera sa colère et que ses mots seront encore plus méchants. Avant, elle n'était pas comme ça. Violetta m'a dit un jour que c'était à cause de la dépression et du départ de papa. Elle m'a promis que ça s'arrangerait, que maman redeviendrait comme avant. Je dois simplement lui laisser du temps et ne pas tenir compte de ses sautes d'humeur.

— Écoute-moi, Harper. Ton anniversaire n'a aucune importance et ce, pour personne. Demain sera un jour de merde de plus dans notre petite existence misérable et pitoyable. Remercie ton père de nous avoir abandonnées. Aujourd'hui, ça fait pile un an.

Je me pétrifie en la voyant s'avancer vers moi. J'ai peur de recevoir une claque, mais elle me surprend en m'embrassant tendrement sur le front, avant de regagner sa chambre sans un mot.

Chapitre 9

31 mai

Liam

Le visage familier d'Emy apparaît à l'écran. Il est à peine midi à New York – 9 heures sur la côte Est – et la bonne nouvelle est enfin tombée. Je suis sélectionné pour la deuxième épreuve, qui aura lieu dans un mois.

— Je l'ai fait ! dis-je sans préambule.

Un sourire solaire illumine son regard et accentue ma fierté.

— Sérieux ? Liam, c'est génial ! J'étais certaine que tu les mettrais tous dans ta poche. Tes cocktails sont toujours à tomber.

Je lui fais un clin d'œil, ravi. Je suis sur mon petit nuage depuis l'appel de Paul, l'un des jurés du concours.

— Ses mots exacts ont été : La Diablesse a conquis le jury, Jasmine ne s'en est toujours pas remise !

Répéter à voix haute son compliment rend la chose concrète. J'ai réussi !

La première étape du concours s'est déroulée il y a sept jours, et même si j'étais confiant, la semaine m'a semblé interminable. L'attente est toujours vectrice de doute. Samedi dernier, à peine Miller m'avait-il remis le thème, que j'ai imaginé mon cocktail. Il serait composé de Martini blanc et de framboises. Je l'ai agrémenté de fleur de sureau, une liqueur connue pour sa douceur et sa subtilité. Deux qualités féminines qui méritaient d'être mises en avant. C'était le cocktail idéal. Seul problème, je n'avais pas de boutons de roses pour parfaire la décoration. J'aurais pu trouver une alternative et ajouter des zestes de citron vert, mais je savais, pour l'avoir expérimenté, que la combinaison roses, agrumes avait beaucoup de succès auprès de la gent féminine. Heureusement, Midnight, la jeune femme au look atypique qui m'avait accueilli au Spyglass, a fait une demande via sa radio et, cinq minutes plus tard, alors que je filtrais mon cocktail en le versant dans des verres piscine, elle déposait devant moi une panière contenant différentes sortes de fleurs. Le rendu était très élégant. Très féminin.

Annoncer en premier lieu la bonne nouvelle à Emy était naturel. Logique. En dépit de notre séparation, nous sommes restés amis et, quoi qu'il arrive, il y aura toujours ce lien fort entre nous. Elle sait que je fais ça pour Milo. Pour elle. Pour les rejoindre et pouvoir m'occuper de notre fils.

— La purée de framboises, c'était une super idée. Je rêve de goûter à ce cocktail moi aussi, maintenant !

— Aucun souci. Je t'en ferai autant que tu voudras dans quelques mois.

— Sans pépin, tu sais que…

— Tu les as en horreur, oui !

Nous rions tandis que je m'affale sur le canapé, le téléphone face à mon visage. Emy est dans sa cuisine et se prépare un café. Ses journées ne commencent jamais sans, heureusement pour le reste de l'univers ! Mon ex est douce et d'une extrême gentillesse à la seule condition d'avoir eu sa dose de caféine.

— Il dort encore, tu sais.

J'acquiesce. Étrange, cette faculté que nous avons à communiquer par la pensée.

— Je peux rappeler plus tard, si tu veux.

— Non, il ne va pas tarder à se réveiller. Nous sommes rentrés bien après minuit de chez ma sœur.

Malgré son sourire, je sens qu'elle est fatiguée. Être parent à plein temps n'a rien de reposant, mais jamais elle ne l'admettra. Elle est forte et courageuse.

— C'est aujourd'hui, ton entretien au Joe's diner ?

Après notre séparation, elle a perdu son travail, les crédits se sont accumulés et, même si je l'ai soutenue financièrement, elle ne s'en sortait pas. Emy n'est pas originaire de New York. En 2011, elle y est venue en vacances avec ses deux meilleures amies, et le destin l'a mise sur ma route. Ici, elle n'avait personne, alors rejoindre sa famille et ses amies à Los Angeles lui est apparu comme la seule solution. Nous avons toujours été sur la même longueur d'onde, mais, le soir où elle m'a annoncé sa décision, nous nous sommes disputés pendant des heures, avant de nous embrasser furieusement. C'était insensé. Nos sentiments se sont mélangés, et le seul moyen que nous avons trouvé pour les exprimer a été le sexe. Une erreur. Enfin, selon moi. Emy, elle, a laissé entendre que notre couple pourrait trouver un second souffle si nous changions d'air. Depuis, nous n'en avons pas reparlé, même lorsque je lui ai appris que je comptais les rejoindre. Je n'entretiens pas l'ambiguïté, mais tirer un trait sur le passé m'est difficile. Les jours heureux, nos éclats de rire, nos heures de discussions, nos corps mêlés ; tous ces bons souvenirs me rendent nostalgique. Notre vie n'était pas rose, elle était même devenue insipide et monotone, avec pour seul point d'ancrage notre fils, Milo. Du haut de ses trois ans, il était la bouée qui permettait à notre couple de ne pas sombrer. Malheureusement, cela n'a pas été suffisant.

— Emy, tout va bien ?

Elle hausse les épaules et se tourne vers l'écran.

— Oui, c'est juste que ce n'est pas aussi facile que je l'espérais. Et puis, tu manques à Milo.

— Écoute, ce n'est plus qu'une question de mois.

— Je me sens coupable de te faire quitter New York.

— Rien ne me retient ici, Emy.

— Tu ne peux pas savoir.

— Mammaaan !

La voix aiguë de notre fils se fait entendre, et je sens un grand sourire m'étirer les lèvres. Je l'appelle tous les matins pour lui dire bonjour. Je cherche sa petite tête sur l'écran. Il apparaît soudain, les cheveux ébouriffés, avec une expression espiègle qui me fait fondre. Emy le prend dans ses bras et le câline. J'aimerais tellement être avec lui, plonger le nez dans son cou, respirer son odeur de bébé. Trois longs mois que je ne l'ai pas serré contre mon cœur à cause du prix exorbitant des billets d'avion. Je leur envoie le maximum d'argent pour les aider et ne garde que le strict nécessaire. C'est pour cette raison que j'ai décidé de quitter New York. Voir mon fils deux fois par an seulement n'est pas envisageable. Je veux les parties de foot, les réveils en pleine nuit, les câlins du matin, les histoires du soir, même les caprices. Je veux tout, même si ce n'est qu'une semaine sur deux.

— Regarde qui est là !

Milo se tortille lorsque sa mère lui désigne le téléphone. Elle le pose au sol et lui donne le portable. En quelques secondes, mon fils ne se résume plus qu'à un demi-œil et un nez. J'éclate de rire.

— Salut, mon grand !

J'ai maintenant une vue magnifique sur le plafond qui bouge dans tous les sens. Je suppose qu'il court chercher quelque chose dans sa chambre. J'ai à peine le temps de voir les motifs Snoopy de sa couette que l'écran devient noir. Les bruits étouffés, en fond, m'indiquent qu'il n'a pas raccroché. J'attends patiemment qu'il réapparaisse, curieux. Une minute plus tard, il est à nouveau à l'écran, plutôt bien cadré cette fois, sa gourde autour du cou. Je la lui ai achetée dans une boutique à côté du bar. C'est une bouteille à l'effigie du célèbre chien noir et blanc qu'il adore, avec une paille intégrée et un cordon rouge assorti au bouchon. Emy n'a pas menti, il la trimballe partout. Nous repartons dans le salon, où, cette fois, il escalade le canapé, me donnant une vue plongeante sur ses narines. Il me semble même apercevoir une matière suspecte atterrir sur l'écran.

— Emy, Milo a le nez sale, faut le moucher !

Je l'entends rire, mais elle n'intervient pas, nous laissant en tête à tête. Elle sait combien ces moments sont importants pour moi, pour nous. Pour rien au monde je ne manquerais ces appels quotidiens. C'est court, mais précieux. Milo est toute ma vie et je n'aspire qu'à une chose : le retrouver.

Plus que quatre mois à tenir.

Chapitre 10

La journée se passait plutôt bien jusqu'à présent. Jusqu'à ce qu'elle apparaisse. Je plisse les yeux… Aucun doute, c'est bien Harper qui fend la foule du Cherry d'un pas déterminé. Cela fait quinze jours que je ne l'ai pas vue, conscient que je devais arrêter de croiser son chemin, mais elle a apparemment décidé de se rappeler à mon bon souvenir. Jamais deux sans trois.

Sans surprise, les clients – des hommes essentiellement – se retournent sur son passage pour admirer sa silhouette sexy. Une veste courte en cuir, un jean noir, des talons hauts rouges, sa longue chevelure libre et son attitude provocante. Le péché à l'état pur.

Bordel !

Qu'est-ce qu'elle vient foutre ici un samedi ? Surtout le soir de son anniversaire. La date de naissance de chaque candidat est inscrite sur la liste que Julianne m'a donnée et je n'ai pas pu m'empêcher de remarquer que la sienne coïncidait avec le résultat de la première épreuve.

Je l'observe approcher, intrigué. A-t-elle appris – par je ne sais quel moyen – que je participe aussi au concours ? Elle avance, sûre d'elle, le regard braqué sur moi. À moins que…

Blake, mon collègue, siffle et je lui lance un coup d'œil mauvais. Il a déjà couché avec elle et me le remémorer m'agace. Est-ce qu'elle est venue pour lui ? Je serre les dents, refusant de m'attarder sur cette colère injustifiée.

— Cette nana est un sacré avion de chasse.

— Classe, mec !

Il réajuste discrètement sa braguette sans la quitter des yeux, et je serre les poings. De mieux en mieux ! J'attrape un torchon et essuie un verre au hasard, pour contenir mon envie de violence. Qu'est-ce qu'il m'arrive ? Mon service est terminé depuis dix minutes, mais j'ai soudain envie de faire une heure supplémentaire, alors que filer serait la meilleure solution. La plus sage.

— Si tu veux tout savoir, tu ne seras pas le seul à t'envoyer en l'air ce soir, dit-il en désignant Taylor d'un léger mouvement de tête.

C'est décidé : je reste encore un peu.

Taylor est installée sur la droite et sirote un mojito, le téléphone à l'oreille. Lorsqu'elle s'aperçoit que je l'observe, elle me fait un grand sourire. Ce n'est un secret pour personne que je couche régulièrement avec elle. C'est une jolie blonde, discrète, mais qui aime s'amuser. Elle est venue avec des amies, ce soir, et quand je lui ai dit que je finissais tôt, elle a choisi de rester. Il y a quarante minutes, ce programme me convenait parfaitement. À présent, quelque chose me dit que mes plans vont changer.

Blake charge son plateau d'une dizaine de bières et passe devant Harper en la saluant. Elle lui sourit, s'installe au comptoir sur un tabouret haut. Elle ôte ensuite sa veste en cuir, révélant un top en dentelle transparent. Inutile de préciser que son soutien-gorge blanc est tout aussi sexy que le reste de sa tenue. Je tente d'ignorer le galbe de sa poitrine et croise les bras pour me concentrer sur son visage.

— Qu'est-ce que tu fais là ?

— Toujours aussi charmant.

Elle relève le menton, une habitude chez elle, j'en ai maintenant la certitude.

— C'est mon anniversaire. Je suis venue voir si tu voulais jouer le rôle du cadeau.

Je lève les yeux au ciel, soufflé par son audace, puis appuie les mains sur le bar, avant d'avancer le visage à quelques centimètres du sien. Elle ne se dérobe pas. Un léger sourire vient même taquiner ses lèvres pulpeuses. Ses prunelles vertes étincellent de malice.

— Je te l'ai déjà dit, je ne suis pas intéressé.

Mensonge. Je ne crois pas me souvenir d'avoir été aussi attiré par une femme depuis Emy. Son parfum, un mélange de pêche et de vanille, me chatouille les narines, et je me recule avant de craquer et d'effacer le peu de distance qui me sépare de ses lèvres. Je ne me fais pas confiance.

— Mec, tu peux y aller si tu veux, je prends le relais, lance Grant, les bras chargés d'un panier de verres propres. Je vais m'occuper de la demoiselle.

— C'est bon, je gère.

Il pose son chargement sur le comptoir et reporte son attention sur moi, déconcerté.

— Blake m'a dit que tu étais attendu.

Il coule un regard en direction de Taylor. Harper l'imite, attentive, puis se fige en découvrant la jeune femme aux cheveux blonds, au teint de porcelaine et à l'allure sage. Une minuscule lueur de déception assombrit son visage, mais, très vite, elle remet en place son masque d'indifférence et hausse les épaules, comme si la présence de Taylor ne lui faisait ni chaud ni froid. Quelle comédienne !

Je l'observe à la dérobée, convaincu que son physique et son attitude lui servent de carapace. Qui est-elle vraiment ? Grant finit par nous abandonner sans chercher à comprendre.

Harper, elle, contemple la salle d'un air détaché en caressant son tatouage.

— Très bien. C'était à tout hasard. J'aurais dû me douter que tu ne serais pas disponible.

— Parfait, j'imagine que tu ne restes pas ?

Elle ignore mon commentaire et poursuit son examen. C'est amusant car il lui arrive parfois, durant une infime seconde, de laisser transparaître ses émotions. C'est d'ailleurs ce qui se passe lorsqu'elle aperçoit la piste de danse. Celle-ci n'est pas très grande, mais il s'y trouve toujours quelques clients qui aiment bouger en sirotant un cocktail ou une bière.

Les yeux brillants, elle remue la tête en rythme et se déhanche légèrement, accentuant une chute de reins déjà très sensuelle. Je suis ses mouvements en l'imaginant au-dessus de moi. Stop ! Je secoue la tête. Génial, je suis excité à mort.

— Non, maintenant que je suis là, je vais rester.

Évidemment.

Je grogne. Blake, tout sourire, nous rejoint.

— T'es toujours là ? me demande-t-il.

J'opine sans me justifier.

— Dans ce cas, il me faudrait trois bières et deux whiskies secs.

Il s'accoude au comptoir en dévorant Harper des yeux avec une subtilité proche de zéro. Abruti.

— Va voir Grant, je ne suis plus en service.

Il ne commente pas mon ton sec et se concentre sur Harper.

— Alors, miss Brooke's bar, que nous vaut cet honneur ?

Elle le détaille des pieds à la tête avec un sourire appréciateur, avant de se tourner vers moi et de me faire un clin d'œil, amusée.

— Je confirme : je reste.

Son allusion me fait grincer des dents.

— Tes clients attendent, dis-je à Blake.

Même si Harper ne m'intéresse pas, je n'ai pas envie qu'ils couchent ensemble. Savoir que c'est arrivé une fois suffit à me mettre en rogne. Blake me lance un regard intrigué, mais je reste neutre. Il peut toujours courir pour que je lui donne une explication. Je n'en ai pas moi-même. Il me soumet à un long examen silencieux, avant d'abandonner et d'interpeller Grant pour sa commande. Ouf !

Harper, à qui notre échange bourré de testostérone n'a pas échappé, me dévisage sans un mot, mais il est évident qu'elle est surprise. Ses yeux reflètent la longue liste de questions qu'elle meurt d'envie de me poser. Questions auxquelles je ne veux pas répondre. Mon objectif est simple : la servir et m'assurer qu'elle quitte le bar rapidement. Seule.

— Je vais prendre un shot de tequila.

Sans la quitter yeux, j'attrape la bouteille, puis fais glisser le verre devant elle.

— Cadeau de la maison.

— Merci, mais ce n'est pas nécessaire.

— Je croyais que tu étais venue chercher un cadeau.

Elle ricane et boit d'une seule traite, une expression provocante fièrement affichée sur le visage. Elle me fait signe de la resservir, et le second verre subit un sort similaire, accompagné du même air de défiance.

— Un autre, s'il te plaît.

— Un troisième ? Si je peux me permettre, tu devrais ralentir.

— C'est mon anniversaire, je me mets dans l'ambiance.

— En te soûlant ?

— Pourquoi pas ! Il paraît que l'alcool a quelques vertus positives.

— Il file surtout une sacrée gueule de bois si on en abuse. Journée difficile ?

Je n'ai aucune idée d'où sort cette question, mais force est de constater que c'est bien moi qui l'ai posée. Ses épaules s'affaissent.

— J'ai connu mieux. Tu n'as jamais l'impression qu'une force cosmique s'acharne contre toi ?

— C'est-à-dire ?

— Ce matin, j'ai reçu une bonne nouvelle, mais presque tout de suite après, l'hôp…

— Je t'offre un verre ?

Un type sorti de nulle part nous interrompt avec la finesse d'un éléphant. Peu réceptive à sa technique de drague et ses yeux baladeurs, Harper recule de quelques centimètres pour le soumettre au même examen.

— C'est gentil, mais non merci, décline-t-elle, les lèvres pincées.

Il désigne une table un peu plus loin, occupée par trois mecs qui sifflent. Super, le club des lourds est de sortie !

— Si tu changes d'avis, je suis juste là, avec quelques potes.

Elle acquiesce poliment, mais n'ajoute rien. Heureusement pour lui – je ne suis pas d'humeur –, il n'insiste pas, et nous nous retrouvons à nouveau tous les deux. Un silence gêné s'installe.

— Je croyais que tu cherchais un cadeau ? répété-je d'un petit air conspirateur.

Elle se met à rire, puis suce sa rondelle de citron sans me quitter des yeux.

OK, là, ça commence à devenir très difficile de résister. Très.

— C'est mon anniversaire, pas les soldes !

Je pose les coudes sur le comptoir. Nos visages sont maintenant très proches, si bien qu'un éclair de panique illumine son regard d'émeraude.

— Et … tu ne devrais pas être en train de le fêter avec tes amis, à rire et à danser, plutôt que d'être ici, seule, à la recherche d'un plan cul ?

Elle blêmit et déglutit, certainement blessée par mes mots, puis très vite, elle se redresse.

— Ça n'intéresse personne.

— Quoi ?

— Mon anniversaire.

— Ah bon. Pourquoi ?

— Tu n'es pas censé rejoindre ta copine ?

Je souris à sa pitoyable tentative de diversion.

— Tu changes de sujet.

— Et alors ? On ne se connaît même pas.

— Tu n'as pas répondu à ma question, insisté-je, soutenant son regard, déterminé.

— Un autre verre, s'il te plaît.

— Je te sers seulement si tu réponds.

— En quoi ça te regarde ?

— Je suis curieux, c'est tout.

— Je te préviens, tu vas être déçu.

— C'est à moi d'en décider.

Elle plisse les yeux, visiblement étonnée par mon ton autoritaire.

— Si ça peut te faire plaisir, lance-t-elle avec un signe de tête en direction de la bouteille.

Elle fait glisser son verre sur le bar, au cas où je n'aurais pas compris le message.

— D'abord, je bois, ensuite tu me psychanalyses à défaut d'autre chose.

— Pourquoi es-tu si provocante ?

— Parce que c'est ce qu'on attend de moi.

Elle me fait un clin d'œil, mais je ne suis pas dupe. Son attitude indifférente, voire insensible, cache une vérité plus douloureuse.

— Très bien, dis-je en la servant.

Elle porte le verre à ses lèvres sans la moindre hésitation et avale la petite dose d'alcool, le regard toujours ancré au mien. Ses prunelles incandescentes semblent me défier. Elle repose son verre et se lèche les lèvres.

— Tu sais ce qu'on dit des enfants ?

— Non.

— Que ce sont des éponges. Ils absorbent tout. Ils ne trient pas.

— Où veux-tu en venir ? je demande, soudain mal à l'aise, l'image de mon fils s'imposant à mon esprit.

— Tu es bien impatient.

Elle ponctue sa remarque d'un petit rire, mais nous savons tous les deux qu'il sonne faux. Elle cherche simplement à gagner du temps, se donner contenance.

— Continue, s'il te plaît.

— Très bien, murmure-t-elle. La veille de mes neuf ans, on m'a dit que mon anniversaire n'avait aucune importance et n'intéressait personne. Un jour de merde comme un autre. J'imagine que ça m'a marquée et que depuis je préfère ne pas embêter les gens avec ça. Je ne fête jamais mon anniversaire.

J'ouvre la bouche, choqué par sa révélation.

— Quoi ? Mais…

Je suis incapable de former une phrase cohérente, tant je trouve son aveu triste. Je pense à Milo, et mon cœur se serre d'imaginer un enfant vivre une situation si difficile. Je me retiens même de frapper le zinc, furieux pour la petite fille qu'elle a été. À chaque rencontre, Harper me surprend un peu plus, et je découvre qu'elle n'est pas aussi lisse qu'il y paraît.

Son tabouret racle le sol dans un bruit strident et elle saute au sol, fuyant mon expression abasourdie.

— Tu m'excuseras, dit-elle en enfilant sa veste, je vais danser. Et puis, je crois qu'on t'attend. Bonne soirée et merci pour les verres.

Harper

Venir ici était une fausse bonne idée.

La capacité de cet homme à me résister me foudroie. Ce n'est pas fréquent, et ma fierté en prend un coup. Après sa première apparition au Brooke's, j'en ai fait une affaire personnelle, mais je n'ai rien dit à Aubrey lorsqu'elle m'a interrogée sur ce mec canon. Je ne sais rien de lui à part qu'il s'appelle Liam, bosse au Cherry et ne devrait pas rester longtemps dans les parages. Moi aussi, j'ai des envies d'évasion, seulement mes rêves devront attendre. Ma mère a besoin de soutien.

Je laisse la musique m'envahir et chasser mes idées noires. Je peux bien m'accorder quelques heures de répit et oublier que tout part en vrille en ce moment. Pas tout, pour être honnête, car, ce matin, j'ai appris ma qualification pour la deuxième épreuve du concours. C'est bien la première fois qu'une chose positive se produit le jour de mon anniversaire !

Je lève les bras, respectant sensuellement le rythme de la chanson tandis que les paroles de *Missile*, de Dorothy, s'imprègnent dans mon esprit embrumé par les trois shots que j'ai bus.

Je ferme les yeux et fredonne. « *I am a missile / I am the fire / Love is destruction / But this war is mine, this war is mine*[1]. »

Est-ce que cette chanson a été écrite pour moi ? Les mots résonnent douloureusement. Depuis le départ de mon père, je ne crois plus en l'amour. Personne n'a d'ailleurs cherché à me convaincre qu'il existe. Sauf Aubrey. Mais même elle s'est découragée, lassée de mon obstination. J'ignore les sifflements dans mon dos. Danser n'a rien de provocant, et je ne vais pas cesser sous prétexte qu'une bande d'abrutis en manque est excitée. Je me déhanche, bouge la tête de droite à gauche, désireuse de disparaître dans un autre monde. Un monde où tout irait bien, où ma mère ne serait pas en train de mourir. Un monde où lâcher prise ne serait pas un aveu de faiblesse. Un monde où être moi sans artifice ne serait pas synonyme de lutte quotidienne.

La chanteuse entame le dernier couplet, et je résiste à l'envie de me retourner, curieuse de savoir si Liam m'observe de son petit air dédaigneux. Il ne m'apprécie pas. J'ignore ce que j'ai fait pour mériter cette aversion, mais cela m'agace. Pire, cela m'attriste. Spoiler alert :

1. Je suis un missile
Je suis le feu
L'amour, c'est la destruction
Mais cette guerre m'appartient, cette guerre m'appartient.

assumer ses envies et ses besoins sexuels n'est pas un crime !

C'est très étrange, ce n'est pas mon genre de développer une telle obsession. Je ne lui ai pas menti. Ce soir, je suis venue dans un seul et unique but : m'offrir une bonne partie de jambes en l'air, certaine que le sex-appeal de Liam adoucirait le feu qui brûle en moi. Malheureusement, il a refusé, ravivant par la même occasion le sentiment de rejet qui me suit depuis des années.

Qu'est-ce qui m'a pris de venir ? Ce n'est jamais moi qui cours après un mec, d'ordinaire. Mon plan était simple : je me pointais, lui faisais part de mon idée, il acceptait, et nous partions nous envoyer en l'air tous les deux, après son service. Dans ma tête, il n'y avait aucun obstacle. C'était lui et moi. Seulement, rien ne s'est déroulé comme prévu, et je me suis retrouvée à lui faire une confidence. Encore une. Même Aubrey ne sait rien de ce triste épisode de mon enfance.

Je soupire et me concentre sur la voix éraillée de la chanteuse. Franchement, j'ai été naïve ! Un mec comme lui ne pouvait pas être disponible. Le regard lourd de sens que son collègue a lancé en direction de la blonde élégante installée au bar était limpide. Parfaitement clair et humiliant. Dire que j'ai passé les quinze derniers jours à espérer le voir entrer dans mon bar. Suis-je devenue pathétique à ce point ?

Occupée à chercher un moyen de quitter le bar la tête haute, je sursaute lorsque deux grandes mains me plaquent contre un torse solide. Inutile de me retourner, je sais que c'est lui. Je ferme les yeux, le corps confiant et alangui. Soudain, la musique n'est plus qu'un lointain brouhaha, étouffé par la violence de mon pouls. Je pose les mains sur les siennes et les caresse, réfléchissant à son subit changement d'attitude. Son nez glisse le long de mon cou. J'incline la tête sans résistance, avec le vif espoir de lui donner un meilleur accès. Mais Liam semble avoir envie de jouer. Parfait, je suis une adversaire de taille ! J'effleure sa nuque du bout des doigts et presse mes fesses contre son érection, ravie de constater qu'il n'est finalement pas insensible à mes charmes.

— Tu n'étais pas attendu ? dis-je en orientant mon visage vers le sien.

Il raffermit sa prise autour de mes hanches, tandis que son index court sur la dentelle de mon haut et laisse des traînées brûlantes sous ma poitrine. Folle de désir, j'accentue mon déhanché pour l'encourager à continuer.

— Est-ce que tu es sûre de ce que tu es venue chercher ici, ce soir ?

Sa voix rauque trahit son désir.

— Je crois avoir été transparente sur mes envies.

Il me presse un peu plus contre lui, et nous continuons de danser. Ce sont les préliminaires les plus excitants de ma vie !

— Si tu as fini et que personne ne t'attend, on pourrait finir la soirée ailleurs.

Il ne répond pas. Son silence n'est pas gênant car ses doigts glissent toujours sur ma peau, attisant mon désir. Toujours dos à lui, je murmure :

— Attention, dernière chance… Après cette chanson, je disparais.

Espérant le faire craquer, je frôle de mes lèvres le lobe de son oreille, puis trace un sillon humide le long de sa gorge. Vous connaissez le phénomène de combustion spontanée ? C'est exactement ce qui risque d'arriver s'il ne nous fait pas quitter ce bar dans la minute. Par chance, il cède et, en l'espace de quelques secondes, nous nous retrouvons plongés dans l'air frais d'une rue déserte.

Liam

Je la plaque sans ménagement contre un mur en brique et l'embrasse comme si ma vie en dépendait. J'ai essayé de résister, mais plus je l'observais danser, plus mon désir enflait et ma détermination faiblissait. Je suis allé expliquer à Taylor que j'avais un contretemps et que mes projets de soirée avaient changé. Elle s'est contentée de sourire et de m'embrasser sur la joue, puis elle a quitté le bar sous les regards dubitatifs de Grant et Blake. Ni l'un ni l'autre n'ont osé me poser de questions, mais je suppose qu'ils n'ont pas perdu une miette de ce qui s'est passé ensuite sur la piste.

Je relègue au second plan les warnings qui clignotent, m'enjoignant de ne pas approcher Harper Stanford. J'ai besoin de céder à la tentation, de la toucher, de la sentir se liquéfier sous mes caresses, de la goûter. Juste une fois. Une seule fois. C'est une connerie monumentale car trop de choses sont en jeu autant pour elle que pour moi, seulement elle m'obsède.

Encouragé par un gémissement sensuel, je lèche ses lèvres, suis soigneusement leur contour avant de glisser la langue dans ce petit paradis. La timidité ne nous embarrasse pas et, très vite, notre baiser devient plus profond, plus fiévreux. Lorsque je sens ma résistance capituler, au point que glisser la main dans sa culotte devient une option tout à fait sérieuse, je calme nos ardeurs.

À bout de souffle, je pose mon front contre le sien en

gardant les yeux fermés. Notre baiser a été violent et passionné. Je suis dans la merde.

— J'étais certaine que nous ferions des étincelles ensemble, dit-elle dans un chuchotement amusé. Au fait, je m'appelle Harper.

J'ouvre les yeux en l'entendant prononcer son prénom. Les siens pétillent d'espièglerie et ses joues sont rosies d'excitation. Elle a raison, nous ne nous sommes même pas présentés.

— Liam.

— Je sais !

Ses doigts caressent ma nuque. Mon rythme cardiaque peine à redescendre à la normale. Bon sang ! Je dois me barrer, et tout de suite. Seulement, lorsque sa bouche couvre à nouveau la mienne, je ne proteste pas. Bien au contraire. Cette fois, notre étreinte est plus mesurée, plus douce. Presque lente et beaucoup moins désordonnée. Elle a raison : il y a une sacrée alchimie entre nous.

Je me presse contre elle. Un long gémissement lui échappe et exalte mon désir, mais je l'étouffe en intensifiant le ballet de nos langues. Quand l'air commence à nous manquer, je m'écarte pour ne pas être tenté de passer à la vitesse supérieure. Y a-t-il une chance pour que nous oubliions ce qui vient de se passer ?

— Tu devrais rentrer, maintenant, dis-je.

— Pardon ?

— Il est tard.

— Tard ? C'est quoi ton problème, sérieux ?

Sa voix est tendue. Je recule d'un pas supplémentaire pour éviter de replonger vers cette bouche addictive et délicieuse, puis me concentre sur une brique au-dessus de sa tête.

— Je n'ai aucun problème.

— Bien sûr que si ! Tu m'embrasses comme un dingue et après, tu me jettes. Tu sais quoi : va te f...

— Tout le monde te matait, ça m'a rendu fou.

— Quoi ?

Nos regards s'accrochent. Les bras croisés en une attitude de défi, elle m'observe d'un air perplexe. Qu'est-ce qu'elle est belle ! Son allure sauvage ne laisse planer aucun doute, elle se prépare au combat, et l'issue va m'être fatale, c'est certain.

— Et ... donc ?

— Ça m'a fait chier.

Ses sourcils s'arquent de surprise.

— Ça t'a fait chier ? C'est ça, ton explication ? Non, mais je rêve !

J'essaye de conserver une attitude neutre, alors qu'une colère sourde se déchaîne en moi lorsque je repense aux commentaires et sifflements dégueulasses de cette bande de porcs.

— Tu sais quoi ? lâche-t-elle, vibrante de rage. Maintenant que tu m'as bien allumée, je vais aller voir si Blake ne veut pas finir le boulot. Au moins, je ne serai pas venue pour rien.

Pardon ?

Ma réaction est immédiate : je l'attrape au vol alors qu'elle s'apprête à entrer dans le bar.

— Certainement pas !

Son regard lance des éclairs, elle est furieuse. C'est compréhensible. Malheureusement, je ne peux pas lui expliquer que je fais ça pour nous. Tout ça, c'est la faute de Julianne. Pour une fois, ma sœur n'aurait-elle pas pu se mêler de ce qui la regarde ?

— Hors de question que tu couches avec Harrison, dis-je en la retenant.

Mon injonction la fait rire. Je serre les mâchoires, son poignet toujours prisonnier de mes doigts. Ma prise est lâche, pourtant elle ne cherche pas à se dérober. Elle relève le menton d'une façon si effrontée que je craque et fonds sur elle avec désespoir. Je suis vraiment le dernier des abrutis.

Elle résiste et me mord la lèvre, alors je m'écarte. Seulement, cette option ne semble pas lui convenir car elle me retient fermement, plongeant son regard déterminé dans le mien. Nous nous dévisageons de longues secondes.

— Est-ce que tu as envie de moi, Liam ? demande-t-elle en approchant ses lèvres.

J'inspire, déchiré entre l'envie et la raison.

— Parce que, moi, j'en crève depuis le premier soir où tu t'es pointé au bar.

Son souffle me chatouille, mais elle reste immobile, sage, me laissant le choix. Je déglutis. Sous sa veste en cuir, je raffermis d'une main ma prise sur sa taille, tandis que l'autre caresse sa nuque. C'est le moment de vérité.

— Moi aussi.

J'habite à vingt minutes du Cherry, pourtant nous mettons plus d'une heure à rentrer. Il faut dire que s'arrêter tous les cinquante mètres pour se peloter comme des adolescents découvrant les prémices de l'amour ne nous aide pas. Nous nous embrassons à plusieurs reprises en riant et en gémissant.

La montée de l'escalier est délicieusement interminable et surtout très chaotique. Je n'ai jamais éprouvé un tel désir pour une femme.

Lorsque nous entrons enfin dans mon appartement, les bouches toujours soudées, je la prends dans mes bras et claque la porte avec mon pied. Elle enlève sa veste avec empressement. Un bruit sourd accompagne sa chute.

— Merde, lâche-t-elle en se tortillant pour s'accroupir.

Elle ramasse son portable ainsi qu'un vieux carnet et s'assure qu'il n'est pas abîmé.

— Qu'est-ce que c'est ?

— Mon bébé ! plaisante-t-elle. Ce sont toutes mes notes concernant les cocktails depuis que je suis gamine. C'est une véritable mine d'or, tu sais ! Enfin, ce n'est pas à toi que je vais apprendre l'importance des associations et la richesse des alcools. Il y en a beaucoup trop pour que je puisse tous les mémoriser !

Sérieux ? Je camoufle l'éclair d'intérêt que sa révélation suscite, avant de me fustiger. Harper, inconsciente de mon état d'esprit, continue de babiller à propos de son trésor. Et si je m'arrangeais pour y jeter un œil ? Simplement pour voir si certaines de ses idées peuvent m'inspirer. Stop ! C'est n'importe quoi. Tricher n'est pas mon style, d'autant plus que je n'en ai pas besoin. Je suis le meilleur. Le meilleur. Je ramasse sa veste, récupère son portable, son carnet, et pose le tout sur le canapé avant de l'entraîner dans ma chambre.

Cinq minutes plus tard, nous atterrissons sur mon lit, essoufflés et nos membres emmêlés. Ses pupilles sont dilatées, ses lèvres gonflées, et un premier suçon à la base de son cou apparaît déjà. Elle est magnifique et à ma merci !

— Je suis désolé.

— Quoi ? s'écrie-t-elle. Tu me refais le même coup que tout à l'heure ?

— Non, dis-je en riant, mais je me suis mal comporté avec toi ce soir et l'autre jour, alors je trouve normal de m'excuser. Ce n'est pas mon genre d'être si…

— Con ?

— Ouais, j'allais dire « méchant », mais « con » me paraît aussi bien coller à mon attitude. J'ai un peu trop de trucs en tête, en ce moment, et tu as fait les frais de ma mauvaise humeur.

Elle me contemple en silence, attendant peut-être que je développe, mais je n'ai rien à ajouter, alors je pose doucement mes lèvres sur les siennes.

— Merci, murmure-t-elle.

Elle frotte son nez contre le mien pour se soustraire à mon regard ; je devine qu'elle n'a pas non plus l'habitude de se dévoiler.

— Tu sais, Liam, une femme qui assume ses envies n'est pas une salope. C'est simplement un bon coup !

Je la soupçonne de vouloir sauver les apparences et rester cachée derrière son épaisse carapace.

— Ce soir, tu étais venue pour Blake ?

Un éclair de surprise illumine ses yeux, puis son rire résonne dans la pièce.

— Il m'a dit que vous aviez déjà couché ensemble.

— Dans ses rêves, peut-être !

Elle me sourit avec douceur, puis me picore les lèvres.

— Est-ce que tu veux vraiment parler de lui ? Je trouverais ça très bizarre, vu notre position !

Elle me caresse les joues de ses petites mains chaudes et soutient mon regard.

— Je te jure sur ce que j'ai de plus cher au monde que je n'ai jamais couché avec ce mec. Je te l'ai dit, c'est pour toi que je suis venue.

Elle m'embrasse langoureusement, et mes hanches se mettent naturellement en mouvement.

— Pour mon anniversaire, ajoute-t-elle avec un soupçon de fragilité.

C'est cette légère fêlure dans sa voix qui me convainc qu'à cet instant précis, je suis en compagnie de la véritable Harper, une femme authentique, qui ne triche pas.

— Pour ton anniversaire, tu disais ?

Je fais courir mes lèvres le long de son cou en une délicieuse torture, puis me redresse pour l'observer. Ses yeux papillonnent de plaisir, et elle se mord la lèvre.

— Tu n'en as pas marre de m'allumer, Liam ?

Elle m'attire contre elle pour m'embrasser avec ferveur et, cette fois, je me laisse aller.

Chapitre 11

Quelques heures plus tard, je me réveille en sursaut, l'esprit embrumé d'un voile de terreur. Il me faut quelques secondes pour comprendre que Harper est dans mon lit. Le visage enfoui dans l'oreiller, ses longs cheveux auburn étalés autour en corolle, elle semble dormir paisiblement. Je ne m'attarde pas sur le drap qui recouvre la naissance de ses fesses et me lève rapidement pour attraper mon téléphone, sans me soucier de la réveiller. Ma veste est par terre, au milieu du couloir, comme un rappel moqueur de ce que nous avons fait cette nuit.

Six vidéos WhatsApp.

Quatre appels en absence.

Deux SMS.

Tous de la même personne.

Je suis maintenant totalement réveillé. Sans attendre, je rappelle Emy, qui ne décroche pas. Quatre tentatives plus tard, j'abandonne, furieux. Jamais je n'ai loupé un réveil de mon fils en six mois. Je suis le seul à blâmer, pourtant, je sens ma colère enfler et se diriger contre la diablesse dans mon lit. Il a suffi qu'elle entre dans ma vie pour bouleverser mon petit quotidien bien huilé. Si je lui avais dit de partir après qu'on a eu couché ensemble, je n'aurais pas manqué l'appel de Milo.

Aujourd'hui est un jour important pour lui car il visite sa future école. Il fera sa rentrée en septembre. Il est ravi à l'idée d'apprendre à écrire son prénom et de se faire des amis. Ce matin, il devait me montrer sa tenue et aller acheter un petit sac à dos. Comme Emy sait qu'être loin de lui me pèse, elle a proposé de filmer la matinée pour que je participe à cette étape importante. Emy est la gentillesse incarnée, elle cherche toujours à m'inclure dans la vie de notre fils.

Seulement, Harper a tout fait foirer en passant la nuit ici. Ce raisonnement – injuste, j'en ai conscience – a le mérite de recentrer mes priorités.

Ma priorité.

Milo.

Mon fils passera toujours avant tout le monde.

Harper

Allongée sur le ventre, je cligne des yeux, désorientée et légèrement nauséeuse. Le manque de sommeil a toujours cet effet désagréable sur moi. Le lit est vide, mais la place encore chaude à côté de moi m'indique que Liam n'a pas disparu depuis très longtemps. Je fais courir mes doigts sur le drap, espérant me rendormir, mais un éclat de voix attire mon attention.

— Salut, Emy, désolé d'avoir manqué tes appels, j'ai eu un imprévu. Rappelle-moi dès que tu peux.

Un imprévu ?

Génial.

Les draps froissés sentent encore le sexe, et il est déjà en train d'appeler une autre femme ? Comment a-t-il dit que sa sœur s'appelait, déjà ? Julie ? Julianne ? Certainement pas Emy, en tous les cas.

Je contemple la porte de la chambre ouverte, regrettant de ne pas avoir suivi mon mode opératoire habituel, à savoir rentrer chez moi, une fois l'orgasme atteint. Lorsque le soleil a commencé à se lever, j'ai songé à m'éclipser, mais j'étais si bien dans ses bras que j'ai repoussé l'échéance. Ses doigts caressaient paresseusement ma peau, et mes yeux papillonnaient. Nous avons rapidement sombré, alanguis par ces nombreuses heures de sexe.

Je ferme les yeux pour réfléchir, mais mon esprit est envahi de flashs érotiques. Je viens de vivre la nuit la plus torride de toute ma vie ! Je devrais être détendue, seulement j'ai un mauvais pressentiment. J'imagine qu'entendre Liam jurer n'est pas un très bon signe. Le charme est rompu. Dommage que je ne puisse pas me volatiliser.

— Tu dois partir.

Je sursaute et me redresse immédiatement : son ton est sec et froid. Sans attendre, je remonte le drap sur ma poitrine nue, ce qui est ridicule car notre nuit a été sauvage et décomplexée. Pendant des heures, Liam a voué un véritable culte à mes seins. Loin d'en être intimidée, je l'ai encouragé à s'amuser avec eux. Si ça lui faisait plaisir ! Coucher avec lui a été une expérience riche en sensations. Il était à la fois doux et exigeant, tendre et sauvage.

— Désolé, mais j'ai des choses à faire.

Il irradie la contrariété et l'agacement.

— Bonjour à toi aussi.

— Tu n'étais pas censée rester dormir.

D'un geste brusque, il lâche mes fringues sur le lit avant de tourner les talons et claquer la porte sans rien ajouter. Charmant...

J'essaye d'ignorer ma déception, mais mon cœur bat à toute allure. Cet homme est l'exact opposé de la personne avec qui je me suis endormie voici quelques heures. Je n'attends rien des hommes. Les câlins, les mots doux, ce n'est pas mon genre. Mais, cette nuit, je me suis laissée aller à apprécier cette tendresse inattendue sans en mesurer les conséquences.

Les mains tremblantes, j'attrape mes vêtements, mais mon soutien-gorge est aux abonnés absents. Je balaye la pièce des yeux, regarde sous le lit… Introuvable. Seul un emballage de préservatif abandonné me nargue.

Si j'avais le temps, je le chercherais, seulement je ne veux pas risquer de me retrouver nue dans le couloir. Je ravale les larmes d'humiliation qui me brouillent la vue et m'habille rapidement. Ma blouse en dentelle ne laisse aucune place à l'imagination, alors j'enfile ma veste en cuir et remonte la fermeture Éclair. Je suis un peu à l'étroit, mais si je veux éviter de me faire agresser dans le métro, c'est plus prudent. Je renonce à dompter ma crinière et l'attache avec l'élastique qui se trouve à mon poignet.

J'inspire longuement avant de rejoindre Liam, puis me compose un visage de façade. Le secret, c'est de rester impassible. Ne jamais rien laisser transparaître. Jamais.

Il est assis sur le canapé, les yeux rivés sur son téléphone, le visage fermé, probablement en train d'attendre l'appel de cette fameuse Emy. Je devrais quitter son appartement sans un regard en arrière, afin de ménager mon amour propre, mais je n'ai pas envie de le laisser s'en sortir aussi facilement. Je veux le confronter.

— Ôte moi d'un doute, dis-je, les bras croisés. Je n'ai pas le souvenir que tu m'aies demandé de partir, cette nuit ?

Alors que ses doigts courent sur le clavier de son portable, il relève la tête pour m'observer.

— Je pensais qu'une femme comme toi savait ce genre de chose.

Aïe.

Sa réponse est blessante et insultante, mais je refuse de lui montrer à quel point je suis touchée. Je n'ai rien fait de mal. Certes, je suis entreprenante, mais cela ne fait pas de moi une fille facile. Il n'est pas le premier à me juger et, en temps normal, je n'y accorde aucune importance. Mais là, ça me dérange. Je caresse discrètement mon poignet. Toucher mon tatouage m'apaise et me rappelle que je suis une femme forte. Une survivante.

— En d'autres circonstances, j'aurais peut-être été déçue, mais ce n'est pas comme si, d'entrée jeu, tu ne m'avais pas montré que tu étais un connard.

— C'est toi qui es venue me chercher, pas l'inverse.

Je secoue la tête, lasse. Cette discussion ne mènera nulle part, il est certain de m'avoir cernée.

— J'ai un scoop pour toi, dis-je en reculant vers la porte, baiser comme un dieu ne te dispense pas d'être respectueux. La prochaine fois, pense simplement à…

— Il n'y aura pas de prochaine fois.

Sa remarque fuse telle une giclée d'acide. Il semble savoir exactement quoi dire pour me mettre en rogne.

— Pas avec moi, connard ! Plutôt crever que de revivre une nuit pareille.

— Je croyais que je baisais comme un dieu.

Je lève les yeux au ciel.

— Heureusement pour moi, je suis polythéiste. Je devrais donc trouver un autre dieu du sexe à New York.

Je suis persuadée que notre premier baiser devant son bar était sincère. Sa passion et son désir n'étaient pas surjoués, ni la jalousie qu'il a nourrie à l'égard de son collègue. Je relève le menton pour le provoquer, mais il reste silencieux, une expression neutre sur le visage.

— Blake a un très bon potentiel. Ciao !

— Je croyais que tu ne te l'étais pas tapé ! hurle-t-il alors que la porte se referme.

Je dévale l'escalier et me précipite dehors, le souffle court. L'air frais me prend par surprise et je frissonne, des larmes amoncelées sous les paupières.

Chapitre 12

— SURPRISE !

La journée a mal commencé, c'est un fait, mais ce n'est rien comparé à la scène dont je suis témoin. Aubrey est devant moi, les bras en l'air, le visage illuminé d'un grand sourire, un serpentin à la bouche. Tom, visiblement très mal à l'aise, tient un ballon rose sur lequel « happy birthday » est inscrit en lettres d'argent. Merveilleux ! Il se balance d'un pied sur l'autre, la mine inquiète. Il a raison de craindre ma réaction car je fais un effort surhumain pour contenir mon agacement. Je le fusille du regard : cette date devait rester entre lui et moi.

Nous sommes dans son bureau. Le bar est encore fermé, et je commence à comprendre pourquoi mon amie a insisté pour que j'arrive en avance. Inconsciente de mon état émotionnel, elle me présente avec fierté un gâteau au chocolat décoré d'un grand H en M&M's. Je note qu'elle a pris soin d'exclure les verts, elle sait que je déteste cette couleur. L'attention est adorable et atténue la colère qui gronde au creux de mon estomac.

— Souffle, Harp !

Je fixe la flamme qui vacille pendant quelques secondes, avant de reporter mon attention sur Aubrey. Elle est surexcitée et arbore un air ravi, comme si elle avait eu la meilleure idée du monde. Tom reste en retrait, silencieux. C'est le comportement le plus sage. S'il ouvre la bouche, il y a fort à parier que je lui saute à la gorge. Je déteste cette date et il le sait, même s'il en ignore la raison.

— C'était hier.

— Oui, il paraît !

— Je ne fête jamais mon anniversaire, dis-je, la mâchoire serrée.

— Quoi ? Mais...

— Écoute, Aubrey, merci pour la surprise, mais je n'ai pas envie d'en parler.

— Tu es témoin de Jéhovah ?

— Excuse-moi ?

— J'ai entendu dire qu'ils ne célébraient pas les anniversaires.

Sa remarque inattendue et innocente a le mérite de détendre l'atmosphère, et je sens un sourire poindre sur mes lèvres. Tom laisse échapper un drôle de gloussement.

— Non. Je n'aime pas cette journée, c'est tout.

— Je te l'avais dit, Aubrey, précise notre patron.

Je me tourne vers lui, agacée par sa remarque.

— Tu avais promis, Tom.

— Mais, moi, j'adore les anniversaires ! lance Aubrey. Techniquement, le tien était hier, c'est vrai, mais comme je n'étais pas au courant, je me suis dit que ce serait sympa de le fêter aujourd'hui.

Je me masse les tempes et tente de me calmer. La situation m'échappe complètement, et j'ignore comment apaiser la forte tension qui nous gagne. Tom s'approche et éteint la bougie d'un souffle impatient. Son visage fermé contraste avec son attitude joyeuse habituelle. J'ai l'horrible impression de le décevoir, alors que c'est lui qui a commis une erreur.

— Pourquoi as-tu éteint ma bougie ?

Il pivote vers moi, une expression neutre sur le visage.

— Tu ne comptais pas la souffler, de toute façon.

Il redresse le menton pour me provoquer. Pourquoi tout le monde cherche constamment la bagarre ? Liam, il y a quelques heures, maintenant lui.

— Tu lui as dit.

Ma colère ne faiblit pas, si bien que je ne prends pas la peine de déguiser mon reproche devant Aubrey. Je sais qu'elle va être blessée et se sentir exclue – je suis une amie pitoyable –, mais je n'ai pas envie de dévoiler certaines facettes de mon passé. Durant mon enfance, j'ai connu une année difficile et, même si ma mère s'est excusée mille fois depuis, la blessure reste profonde.

— Et alors ?

— C'était un secret.

— Aubrey ne dira rien. C'est ton amie, tu me l'as confié toi-même. Tu vois d'autres personnes que nous, dans ce bureau ? s'enquiert-il, les bras croisés.

Ses yeux lancent des éclairs qui me transpercent le cœur. Je soutiens néanmoins son regard, essayant de ne pas me laisser impressionner par sa colère. Pourquoi est-il si énervé ?

— Réponds !

Son injonction me fait frissonner. J'ai le sentiment désagréable d'être une gamine grondée par son père.

— Non, concédé-je d'une petite voix.

— Dans ce cas, on peut dire que seule Aubrey est dans la confidence, reprend-il d'une voix plus calme. Alors, arrête d'en faire une affaire d'État ! Je pensais que nous avions déjà réglé cette histoire de bagages.

— Quoi, tu t'en vas ? couine Aubrey, les yeux pleins de larmes. Et tu ne m'as rien dit ? Tu pars quand ?

Aubrey en pleurs est la dernière chose que j'ai envie de voir.

— Non, non, non. Calme-toi, Aubrey. Je… C'est pas vrai ! Comment dire ça sans passer pour une folle ? Écoute, je ne vais nulle part, c'est juste une façon de parler de mes casseroles.

Je ferme les yeux et inspire profondément avant de leur faire face. Ils me fixent sans la moindre animosité, et je sens une boule enfler dans ma gorge. Ce gâteau d'anniversaire est une attention d'une extrême gentillesse. Il est temps que je mesure la chance de les avoir tous deux dans ma vie.

— Merci. Merci, Aubrey, pour cette petite fête improvisée et le gâteau. C'est adorable de ta part.

Heureusement, elle n'est pas rancunière. Sans attendre, elle tend la pâtisserie à Tom et me prend dans ses bras pour me faire un énorme câlin. Avec un petit sourire moqueur, Tom me regarde me crisper. Je lui tire la langue, avant de me détendre et d'accepter son étreinte. Sans le quitter des yeux, je lui murmure un « désolée » silencieux qu'il accueille d'un bref hochement de tête, avant de nous rejoindre et de nous entourer de ses grands bras de patron poule.

Lorsque nous nous séparons, Aubrey rallume la bougie, je la souffle puis nous dévorons la moitié du moelleux au chocolat. Il est délicieux !

Pour la seconde fois en vingt-quatre heures, je me laisse aller à quelques confidences sur mon enfance sans évoquer la dépression de ma mère et je suis surprise de constater à quel point mon cœur semble apprécier.

Quinze jours se sont écoulés depuis ma nuit avec Liam. Je n'ai pas cherché à provoquer de nouvelle rencontre et n'ai rien raconté à Aubrey. Cette histoire est bien trop humiliante. Je n'ai pas le cœur brisé, seulement un peu fêlé, mais je refuse d'y réfléchir pour la simple et bonne raison que j'ai des choses plus importantes à gérer. Je n'ai pas le temps de m'apitoyer sur mon sort, le cancer qui consume ma mère est passé à la vitesse supérieure, la plongeant dans de très longues périodes d'inconscience.

Perdue dans mes pensées, je sursaute lorsque les portes du métro s'ouvrent pour décharger le flot habituel de voyageurs. Je ravale les larmes qui menacent de rouler sur mes joues et me concentre sur mon reflet dans la vitre sale. Il est à peine 10 heures, et je suis en chemin pour rencontrer Miranda Lopes, une infirmière à domicile qui pratique dans le Queen's. Je n'ai toujours pas les moyens de la payer, mais j'espère négocier un délai. Avec un peu de chance, cette femme sera compréhensive. J'ai besoin d'aide, j'ai enfin arrêté de me bercer d'illusions. Ma mère est en train de dépérir et, même si le Dr Chang ne s'avance pas sur le temps qu'il lui reste, j'ai compris qu'il s'agissait au mieux de quelques semaines. Mon cœur se serre, je ne suis pas prête à lui dire adieu. Je ne le serai jamais.

Ces derniers jours, lors de mes visites à l'hôpital, je n'ai pas fait preuve d'un grand courage. Je suis devenue une véritable professionnelle dans l'art d'esquiver les infirmières et la psychologue, qui, bien que sympathique, cherche sans cesse à m'analyser. J'ai également boycotté les visites du Dr Chang qui a fini par employer les grands moyens en me laissant, hier, un message vocal sur mon téléphone. Il est malin, il m'a appelée avec un numéro privé, sachant que la plupart des gens ne décrochent jamais, dans ces cas-là. Il a ainsi eu tout le loisir de me laisser un long message sur l'évolution du cancer généralisé de ma mère.

Je m'attendais à du démarchage, en consultant mon répondeur, et ses premiers mots m'ont clouée sur place. « Harper, docteur Chang à l'appareil, ne raccrochez pas, s'il vous plaît, j'ai besoin de vous parler. C'est important. » Il a fait une pause, pour m'accorder le temps de me préparer, puis il a enchaîné : « L'état de santé de votre mère s'est fortement dégradé cette semaine. Elle ne réagit plus au traitement. Je sais que vous avez à cœur de la ramener chez vous, je vous engage donc à trouver rapidement une infirmière. » La suite n'a été qu'une longue liste de détails sordides.

Cette fois, je n'ai pas fait l'autruche et l'ai rappelé aussitôt, tremblante. Il n'a fait aucun commentaire sur mon attitude fuyante de la semaine et m'a informée qu'une infirmière travaillant en partenariat avec l'hôpital acceptait de me rencontrer.

Après notre discussion, je suis restée un long moment sans bouger, le téléphone à la main, ignorant les appels de Tom et Aubrey qui s'inquiétaient de mon retard au bar. J'étais incapable de parler, acculée, terrorisée par les événements à venir. Peu à peu, mes épaules se sont affaissées sous le poids de la fatalité, et je me suis roulée en boule sur le canapé, m'autorisant à pleurer. Pour la première fois depuis une éternité, j'ai regretté que personne ne partage ma vie ; quelqu'un sur lequel j'aurais pu me reposer, à qui j'aurais pu confier mes doutes et mes angoisses.

Le signal sonore indiquant le départ du métro semble durer une éternité. Un homme court sur le quai et se faufile de justesse dans le wagon tandis que les portes se referment, faisant trembler les vieilles parois bringuebalantes. Je le regarde reprendre sa respiration et s'installer en face de moi. Il me sourit ; je ne lui rends pas la politesse. « C'est nous contre le reste du monde, Harper. » Ma mère m'a répété ces mots tant de fois qu'ils ont fini par faire partie intégrante de ma personnalité. L'année suivant le départ de mon père a été un véritable enfer. La pire de ma vie. Je caresse le phénix tatoué sur mon poignet, retenant mes larmes avec peine. Certaines blessures ne guérissent jamais.

Miranda, l'infirmière, est en retard. Sa collègue m'installe dans une petite salle d'attente. Le cabinet est propre et bien entretenu. Aux murs, sont affichées quelques campagnes de prévention, et des flyers sont à disposition pour ceux qui souhaitent en apprendre davantage. J'attrape un prospectus concernant la fin de vie et l'étudie avec minutie, avant de fixer le plafond en expirant longuement. Il y a quelque chose de surnaturel à être ici. Un an plus tôt, lorsque ma mère m'a demandé de l'accompagner chez le médecin pour des maux de tête, jamais je n'aurais imaginé que ma vie prendrait ce tournant. Une simple visite de contrôle s'est transformée au fil des mois en un éprouvant parcours du combattant. Et ce n'est rien, comparé aux prochaines semaines.

Miranda est la seule infirmière à domicile du cabinet, elle prend en charge les patients en fin de vie pour soulager les familles. Je n'ai aucune idée des questions qu'elle va me poser, mais j'espère la convaincre de m'aider. Le Dr Chang n'a pas tari d'éloges sur cette professionnelle, arguant que nous ferions une bonne équipe. Pourvu qu'il ne se soit pas trompé !

Alors que je m'évente avec le prospectus, la porte s'ouvre sur une femme noire, corpulente et pas très grande. Elle avance vers moi et me tend la main en me saluant.

— Bonjour, désolée pour le retard. Je suis Miranda.

— Harper, dis-je en me levant précipitamment.

Malgré la fatigue qui se lit sur son visage, elle arbore un sourire avenant et m'invite à la suivre en me proposant un café. Je refuse poliment, trop angoissée, et lui emboîte le pas, le cœur battant.

Chapitre 13

Bar 230 Fifth, le lendemain, 16 juin

Liam

La deuxième étape du concours a lieu au 230 Fifth, un rooftop branché et hyper touristique de la Cinquième Avenue, célèbre pour sa vue. Du haut de son vingtième étage, l'établissement domine une grande partie de New York avec, en toile de fond, l'Empire State Building. Le panorama y est dégagé et spectaculaire, plus que dans les autres bars du même style. Avant ce soir, je n'y avais jamais mis les pieds. Lorsque j'ai reçu la convocation par mail, j'ai fait quelques recherches. Mieux vaut savoir où on s'aventure.

C'est une nouvelle fois Miller qui m'accueille. Lui et Midnight sont le capital sympathie de ce concours. Nous avons eu un bon feeling lors de la première épreuve.

— Voici l'enveloppe. Le déroulé de l'épreuve n'a pas changé, mis à part le nombre de concurrents. Tu as des questions ?

— Non, c'est bon.

— Parfait. Alors, tu as dix minutes à partir du moment

où je quitte la pièce, ajoute-t-il, en vérifiant une dernière fois mon micro.

Je me dépêche d'ouvrir l'enveloppe.

Fascination

Le moins que l'on puisse dire, c'est que les idées ne se bousculent pas. Je ferme les yeux et me pince l'arête du nez, espérant stimuler l'inspiration. Je passe en revue mes cocktails fétiches, ceux que je réalise généralement pour épater la galerie, avec la conscience accrue que je n'ai pas droit à l'erreur.

Malheureusement, aucun ne me semble à la hauteur.

Je fixe alors avec appréhension les murs de la pièce, décorés d'affiches de fruits encadrées. Une jolie pêche scintillante avec une feuille verte retient mon intention, et soudain mon cerveau se réveille. Tout s'éclaire ; le voile de doute qui obscurcissait mes pensées s'efface au profit d'une image très nette : un petit verre à shot rempli d'un mélange aux couleurs psychédéliques. C'est bon, j'ai la recette miracle !

— Liam, c'est à toi !

Sur le pas de la porte, Miller m'invite à le suivre. Je fais craquer mon cou et roule les épaules dans une vaine tentative de me détendre. En temps normal, je supporte bien la pression, mais là, l'enjeu est trop important pour qu'elle ne vienne pas mettre à mal mon habituelle confiance. « Allez, papa, t'es le meilleur, on t'aime ! » Je repense avec émotion à l'adorable message enregistré par Emy et Milo pour me soutenir et je m'encourage silencieusement. Je dois y arriver. Pour eux, pour lui. Pour ne pas passer à côté de son enfance, pour être présent dans les moments qui comptent.

La salle principale, éclairée de lumières tamisées roses et

bleues, est noire de monde, ce qui m'empêche d'apprécier le décor. D'après le site Internet, il y a du parquet au sol, de larges canapés en velours gris et du mobilier design. Pas vraiment ma came. Trop impersonnel. Je préfère les bars plus petits, plus typiques, avec une histoire. Des établissements sans faux-semblant comme le Cherry ou le Brooke's, avec leur clientèle de quartier, des serveurs accessibles et une barmaid canon qui tape la discute.

La silhouette pulpeuse (et nue) de Harper s'invite dans ma tête, et les souvenirs de notre nuit totalement folle apparaissent en pagaille. Je cligne des yeux pour les faire disparaître. Hors de question de penser à elle maintenant. Je dois rester concentré. Con-cen-tré. Mais c'est trop tard, et un flot de questions me submerge. A-t-elle déjà passé la deuxième épreuve ? A-t-elle trouvé sa recette miracle grâce à son carnet ? A-t-elle été satisfaite de son cocktail ?

Je ne l'ai pas revue depuis que je l'ai mise à la porte de chez moi, il y a deux semaines. J'ai honte de mon attitude, mais sur le moment j'ai été incapable de réagir autrement. Notre nuit a été naturelle, explosive, et je regrette la façon dont elle s'est terminée. J'ai pensé lui rendre visite le soir même, au Brooke's, pour m'excuser, puis j'ai renoncé, persuadé qu'elle me rirait au nez. Cela n'aurait rien eu d'étonnant compte tenu de ma réaction démesurée (et inacceptable). Ce n'est évidemment pas de sa faute si j'ai manqué l'appel de Milo. Seulement, notre dispute est allée trop loin, et son sous-entendu à propos de Blake a malmené mon ego. J'aurais pu me renseigner à la source, mais plutôt crever que de demander à mon collègue si elle l'avait contacté. J'ai donc laissé la jalousie nourrir ma colère, refusant d'admettre que j'étais l'unique coupable de ce fiasco. Reconnaître ses torts n'est pas évident !

— Pardon, pardon ! Excusez-nous…

Comme c'est souvent le cas dans les bars le samedi soir, les conversations se mêlent à la musique, au bruit des verres et aux commandes hurlées par les serveurs. Malgré la foule compacte, Miller joue des coudes et avance vers le comptoir sans difficulté. Il semble rodé à l'exercice. Il est déjà 23 heures, je suis sûrement le dernier participant du jour. Cette épreuve doit mobiliser au moins deux ou trois soirées, car le jury ne peut décemment pas boire trente cocktails en quelques heures, même si ses membres n'y trempent que les lèvres.

Au bout de notre périple, Midnight, vêtue d'une robe moulante bleu électrique, m'accueille avec entrain et le même sourire avenant qu'au Spyglass.

— Salut, Liam !

— Je te laisse entre de bonnes mains, bonne chance, mec.

Miller me donne une claque sur l'épaule et disparaît dans la foule.

— À nous deux ! Comme l'autre jour, tu as tous ces alcools et liqueurs à ta disposition. Les verres sont sur les étagères à droite, les shakers, pipettes, cuillères sur le bar, les softs, jus de fruits et sirops sur ta gauche. Là, tu as les pailles et tous les éléments de déco. Dernière chose, les glaçons, sorbets et crèmes glacées sont dans le congel sous le comptoir. La caméra est face à toi et les deux derniers membres du jury installés quelque part autour de nous, ajoute-t-elle avec un clin d'œil. Je pense que je t'ai tout dit.

J'opine, attendant la suite de ses recommandations.

— Tu as cinq minutes pour choisir les ingrédients, puis dix pour nous fasciner. C'est à toi ! Bonne chance, beau gosse.

J'avance d'un pas déterminé vers les alcools et les passe rapidement au crible. Parfait. J'attrape une bouteille de schnaps à la pêche, puis le Baileys, avant de jeter mon dévolu sur le sirop de grenadine. Midnight fait alors un mouvement sur le côté, et la couleur de sa tenue me donne une nouvelle idée. Je fais volte-face et retourne devant les alcools. Il ne me faut que quelques secondes pour trouver ce que je cherche : du curaçao. Je récupère ensuite quatre verres à shot, des cuillères à soupe et deux pipettes. Ce soir, pas besoin de décoration, le mélange des quatre liquides se suffira à lui-même. Je vérifie une dernière fois les bouteilles et fais un signe de tête à Midnight. Elle s'approche et examine mon choix avec curiosité.

— J'ai hâte de voir ce que ça va donner. Il est prêt, ajoute-t-elle en portant sa radio au niveau des lèvres. Bien d'accord avec toi, c'est l'un des plus sexy !

Elle me gratifie d'un nouveau clin d'œil et laisse retomber sa radio contre sa poitrine.

— Tu es le dernier… Si ça te dit, on peut boire un verre ensemble après.

Son invitation à peine voilée devrait me flatter car c'est une très belle femme, pétillante, souriante, un brin mutine, mais elle ne me fait aucun effet. Je décline poliment, espérant ne pas la vexer.

— Ça fera les affaires de Miller ! dit-elle en souriant.

— Tant mieux, je m'en serais voulu de me le mettre à dos. Il a l'air plutôt cool comme mec.

— Il s'est surtout pris un vent par une déesse rousse, il a besoin de soigner son ego.

Pardon ?!

Je me fige.

— Une autre participante ?

— Il ne s'est pas remis de sa petite robe noire, ni de sa

crinière outrageusement sexy. J'avoue que, même moi, elle ne m'a pas laissée indifférente. À mon avis, il n'a pas dit son dernier mot, mais pour ce soir, il est libre !

Sa radio grésille, puis une voix étrangère l'interrompt.

— C'est bon, Mid ? Ça s'impatiente en régie !

— Yes, on est bon. Tu peux lancer le décompte.

Puis, comme si de rien n'était, comme si elle ne venait pas de jeter un pavé dans la mare, elle me fait signe de commencer et recule d'un pas pour sortir du champ de la caméra.

Harper

— Écoutez-moi tous ! crie Tom. Ce soir, exceptionnellement, nous servons des bières pression, des softs, mais aucun alcool fort mis à part deux cocktails en l'honneur de Harper et du concours auquel elle participe.

J'écarquille les yeux, surprise par son annonce. Tom semble avoir oublié que la recette de la semaine et la majorité des pourboires se font le samedi soir.

Je lance un regard autour de moi, inquiète à l'idée de m'attirer les foudres de mes collègues, mais leurs visages souriants et fiers me rassurent aussitôt. Ces personnes que je côtoie tous les jours et que je m'évertue à tenir éloignées de ma vie personnelle ont vraiment l'air ravies. Je souris, légèrement émue par leur sollicitude. Être le centre de l'attention ne me dérange pas lorsque c'est moi qui l'ai décidé.

— Harp, viens, s'il te plaît.

Alors que mon cœur bat à toute allure, Tom me tend la main et m'invite à le rejoindre sur le comptoir, sous une salve d'applaudissements. Touchée par son enthousiasme, j'accepte son aide et renonce à lui faire remarquer que si les services d'hygiène débarquent à l'improviste, on risque de se faire épingler.

— Harper ! Harper ! Harper !

Marco, le seul serveur masculin de l'établissement, siffle comme un chien aux abois, déclenchant l'hilarité générale.

— Merci, Marco, je suis sûr que Harp apprécie ton engouement !

— C'est pas ma faute, crie-t-il, c'est sa petite robe noire ! Harp, t'es carrément canon.

Je secoue la tête, regrettant de ne pas être passée chez moi me changer. D'habitude, je ne m'habille jamais de cette façon pendant mon service. Ma tenue fétiche se résume plutôt à un jean et un débardeur moulant, mais Aubrey peut se montrer très convaincante.

Les clameurs de l'assemblée redoublent, et je prends conscience que ces gens – pour la plupart des clients réguliers du bar – sont heureux de partager mon succès.

— Donc, je disais qu'en l'honneur de notre barmaid, la meilleure de tout New York, ça va sans dire, seuls...

— Et la plus sexy !

— Oui, Marco, et la plus sexy, si tu veux ! Donc, en son honneur, ce soir, seuls deux cocktails seront à la carte : la Divine et le Glittery[1]. Je vous engage à les goûter, ils sont excellents. Je vous en rappelle rapidement la composition. Le premier est composé de Black Velvet, canneberge, pomme, citron vert et menthe et le second... Harp, rafraîchis-moi la mémoire !

— Vodka, purée de myrtilles, dis-je en souriant, alors qu'il se fait huer par le public.

— Ah oui, c'est vrai ! Mea culpa. Vodka et myrtilles,

1. Le Pailleté.

bien sûr. Pour la petite histoire, ce cocktail a été inventé ce soir, lors de la deuxième épreuve du concours. Je précise en passant que le jury a été conquis. Pendant que j'y suis, je remercie Marco d'avoir couru chez Food Bazaar pour acheter un stock de paillettes comestibles et des barquettes de fruits frais.

Il a raison. La simplicité de la recette que j'ai proposée ce soir a émerveillé trois jurés sur quatre. Le dernier n'était pas friand de myrtilles, mais il a tout de même été fasciné par les paillettes comestibles ajoutées en fin de préparation.

Je ris en repensant à la tête de Marco, lorsque Tom lui a confié cette étrange mission, et je lui envoie un baiser.

— Deux cocktails délicieux et visuellement magnifiques à découvrir ! Allez, un tonnerre d'applaudissements pour notre Harper !

Je roule des yeux, feignant d'être agacée par cet excès de démonstration, et regrette qu'Aubrey ne soit pas avec nous. Ce soir, elle ne travaille pas car c'est la soirée clients de l'entreprise de son mec, le sexy et célèbre Jace Adam.

— Quand est-ce que tu sauras si tu es sélectionnée pour la troisième épreuve ?

— Le 28 juin.

— Très bien, le rendez-vous est donc pris. Le 28, si Harper est sélectionnée, ce sera tournée générale au Brooke's. Passez le message autour de vous !

— Tom ! Non, tu n'es pas obligé…

La fin de ma phrase est étouffée par la liesse générale. Tom descend du bar, se tourne vers moi et me gratifie d'un clin d'œil.

— Saute, ma jolie ! s'écrie Marco en face de moi. J'ai toujours rêvé de te prendre dans mes bras !

— Bas les pattes, dis-je en lui faisant signe de se décaler.

— Moi aussi, je t'aime, Harp !

— Dans tes rêves !

Sans s'offusquer de notre échange, il attrape son carnet et file en salle, tandis que les clients se pressent déjà autour du bar.

— Au boulot ! lance Tom. Les clients ont soif !

— Je ne devais pas travailler, et voilà que tu te la joues patron autoritaire ?

— Ouais, bah, maintenant que tu es là, j'en profite.

Il m'a donné ma journée, mais après avoir concouru en début de soirée au 230 Fifth, je n'ai pas résisté à l'envie de faire un saut au Brooke's pour partager ma joie et mon excitation. Je ne m'attendais pas à un tel accueil !

— Pour ce que ça vaut, Harp, je suis fier de toi.

Je sens une boule enfler dans ma gorge, mais je refoule mes larmes et opte pour l'humour.

— Je te préviens, je ne veux pas de câlin.

— Ça tombe bien, ce n'est pas au programme. Allez, file !

J'éclate de rire, reconnaissante qu'il soit entré dans mon jeu, et me tourne vers les clients.

— Je suis à vous dans deux minutes, dis-je, juste le temps de nettoyer le zinc !

Je passe les trois heures suivantes à servir des cocktails dans la bonne humeur ambiante. Moi qui pensais que l'idée de Tom se solderait par un échec, je suis agréablement surprise. Chaque client y va de son petit mot d'encouragement, si bien que je n'arrête pas de sourire avec sincérité. Une première !

Lorsque le dernier client quitte le bar, Tom lui emboîte le pas pour verrouiller la porte. Je passe un ultime coup de torchon sur le comptoir pendant que Marco lessive le sol et discute base-ball avec Mike, notre vigile, qui attend patiemment de me raccompagner chez moi. Même si j'habite à un quart d'heure à pied et que je sais me défendre, Tom est intraitable sur le sujet. Un vrai papa poule !

— On dirait que tu as de la visite, Harp !

— Quoi ? dis-je, surprise, en redressant la tête.

— Le type du Cherry est adossé au mur sur le trottoir d'en face et, à mon avis c'est pas Mike qu'il attend.

— T'es sérieux ?

— Absolument. Tu veux qu'il lui dise de dégager ?

Qu'est-ce que Liam fait là ? Après notre dernier échange, je pensais ne plus jamais avoir de ses nouvelles. Il a été plutôt clair à ce sujet. Son attitude m'a blessée, mais je n'ai pas eu le temps de m'apitoyer sur mon sort. Les démarches administratives se sont multipliées, et le désert de ma vie sexuelle n'a pas trouvé place dans tout ce chaos. Si Aubrey savait… sauf que je n'ai pas eu une minute pour lui en parler. Je crois aussi que j'avais honte qu'il m'ait traitée de la sorte. J'ai préféré me concentrer sur le point positif du moment, et lui annoncer que l'infirmière avait accepté de prendre en charge ma mère, m'accordant un délai de paiement. Je parie que le Dr Chang y est pour beaucoup, bien qu'il ait prétendu le contraire.

Le rire moqueur de Tom me tire de ma rêverie, et je comprends que mon absence de réponse m'a trahie.

— Ne va rien t'imaginer, dis-je, sur la défensive. Nous ne sommes pas en très bons termes.

— Raison de plus pour que Mike intervienne.

— Je suis une grande fille, Tom.

— Mike te raccompagne.

Je lève les yeux au ciel, agacée par son comportement protecteur.

— Je sais me défendre.

— Ce n'est pas le sujet.

— Bien sûr que si !

— Voilà ce qu'on va faire. Tu vas sortir, aller voir ce qu'il te veut et, dans cinq minutes, tu m'envoies un message pour me dire ce qu'il en est.

— C'est une blague ?

— Est-ce que j'ai l'air de plaisanter ? Marco, c'est bon, tu peux y aller. À demain.

— Et lui ? Tu ne le fais pas raccompagner ?

— C'est un mec, c'est différent, et ne me sers pas ton discours féministe. Marco risque nettement moins de se faire violer au coin d'une rue.

— Violer non, mais agresser, oui.

— C'est mon dernier mot, mais Mike peut te suivre directement, si tu préfères. Je suis certain que le type du Cherry sera ravi d'avoir un spectateur.

Je jette mon torchon dans un mouvement d'humeur. Tom m'ignore et ouvre la caisse pour en sortir la recette de la soirée.

— Pas mal ! J'étais sûr que tes cocktails feraient un malheur.

— Salut, Tom ! Harp, à demain.

— Salut, Marco, répondons-nous en chœur.

Mike se lève pour lui ouvrir la porte, avant de la verrouiller à nouveau, tandis que j'enfile ma veste en jean.

— Je fais ça pour te protéger, Harper.

— Tu n'es pas obligé.

— C'est ce que font les gens qui s'aiment. Mets-toi bien ça dans le crâne. Je te laisse cinq minutes pour tâter le terrain, après... Mike rappliquera.

— Bien, papa !

— Bonne nuit, Harp.

— Embrasse Mel pour moi.

— Je n'y manquerai pas.

— Salut, Mike.

— Ne sois pas si pressée de lui dire au revoir ! Pour le moment, il te raccompagne toujours.

Je laisse échapper un long soupir, mais n'ajoute rien et me dépêche de sortir, curieuse de connaître la raison de la présence de Liam.

Il est adossé contre le mur, dans une attitude nonchalante, les mains dans les poches et les yeux rivés sur moi. Une drôle de sensation gronde au creux de mes reins, puis un violent frisson me parcourt sans que je sache si cette réaction épidermique est liée à la fraîcheur de la nuit contrastant avec l'ambiance chaleureuse du bar, ou à l'intensité de son regard. Une brève seconde, j'envisage de rentrer chez moi pour fuir la discussion, avant de me souvenir des recommandations de Tom. Si je lui fais un coup pareil, il me passera un savon ou – pire – succombera à une crise cardiaque et hantera ma conscience pour le reste de mes jours.

Je jette un coup d'œil discret vers le bar et le découvre en train de jouer la commère. Génial ! Comme si cela ne suffisait pas, il se permet de secouer le poignet, sa montre bien en évidence, pour que je n'oublie pas notre marché. Je lève les yeux au ciel, consciente que Liam ne perd pas une miette de notre échange immature. Je soupire, désabusée par cette fin de soirée imprévue, et traverse la rue déserte, prête à en découdre.

— Qu'est-ce que tu fais là ? dis-je, lançant les hostilités.

Il délaisse le mur de briques et se redresse de toute sa hauteur, me surplombant largement. Les mains sur les hanches, j'attends qu'il daigne répondre, mais il se contente de m'observer en silence.

— Tu n'as rien de mieux à faire un samedi soir ?

— A priori non.

Je croise les bras et relève le menton, l'invitant à se montrer plus loquace.

— Je suis désolé.

Mon mouvement de recul ne peut pas passer inaperçu, et je suis presque certaine que mes sourcils grimpent au milieu de mon front tant ses excuses me prennent par surprise.

— Pardon ? *Désolé ?* Et de quoi, au juste ? fais-je d'une voix haut perchée, sachant très bien à quoi il fait allusion.

— Pour l'autre jour.

J'éclate d'un rire mauvais au souvenir des mots blessants qu'il m'a crachés au visage.

— Et c'est tout ? Je suis censée me contenter de ça ?

Mon ton sec ne semble pas l'impressionner. Il fait un pas vers moi et se paye même le luxe de sourire. Ce type est tellement canon que j'ai très envie de le toucher pour m'assurer que je ne suis pas en train de rêver. Heureusement, des feulements de chats qui se battent au loin, puis un bruit de poubelles renversées témoignent de la réalité du moment et m'évitent de me ridiculiser.

Je recule d'un pas, bien décidée à résister à cette attraction spéciale qui crépite entre nous.

— Tu crois que ça suffit ?

Alors que je le toise avec toute l'arrogance dont je suis capable, il efface un peu d'espace entre nous. Cette fois, je ne cède pas de terrain et relève fièrement le menton, même si sa proximité me désarçonne. Savoir qu'il m'attend peut-être depuis un long moment attise ma colère, les battements de mon cœur et me trouble tout à la fois. Un cocktail dangereux et destructeur.

— J'avais envie de te voir.

— Ôte-moi d'un doute. L'autre jour, tes mots exacts ont bien été : il n'y aura pas de prochaine fois ?

Il hoche la tête et un sourire discret apparaît au coin de ses lèvres. Fascinée, je les fixe une seconde de trop car il se racle la gorge pour attirer mon attention.

— Tu as terminé ton service ? demande-t-il d'une voix rauque.

— Possible. Pourquoi ?

— À ton avis ?

— C'est une blague ? Tu crois qu'il te suffit de te pointer comme une fleur en t'excusant pour effacer les horreurs que tu m'as balancées ?

— Je crois surtout qu'il existe une forte attraction entre nous.

— Il n'existe rien du tout ! Nous avons couché ensemble, puis tu m'as jetée comme une malpropre. Rien de plus, rien de moins.

Des souvenirs très nets de notre nuit envahissent mon esprit, et je sens mes joues s'échauffer.

— J'ai envie de t'embrasser.

— Tu rêves !

— Je voulais simplement te prévenir.

— Et si je ne suis pas d'accord ?

— Alors, dis-le maintenant, chuchote-t-il.

— Emy n'est pas dispo ?

À la simple mention de ce prénom, il se fige et plisse les yeux.

— Je t'ai entendu l'appeler, l'autre matin. Tu sais, quand j'étais à poil dans ton lit.

— Ce n'est pas ce que tu crois, Emy n'est pas ma petite amie.

Intéressant.

— Oh ! Je te rassure, je ne crois rien du tout ! On n'est pas ensemble, de toute façon. C'est son problème si tu la trompes. J'imagine que t'as eu un éclair de bonne conscience au réveil, ça arrive même au pire connard, il paraît. Enfin, peu importe, juste, je n'aime pas qu'on me prenne pour une conne et c'est clairement ce que tu es en train de faire.

Il ferme les yeux et se frotte la nuque, la tête baissée. Il a au moins le mérite d'être gêné.

— Néanmoins...

Il relève aussitôt la tête, surpris par la perche que je lui tends.

— Néanmoins ? répète-t-il en souriant.

Je hausse les épaules, le cœur battant.

— Si Emy n'est pas ta petite amie, je suis ouverte à toutes propositions intéressantes.

— Tu veux dire que j'ai carte blanche ? Aucune restriction ?

J'acquiesce en observant mes ongles comme si c'était la chose la plus passionnante du monde.

— Est-ce que tu t'apprêtes à me faire un long discours en me vantant tes prouesses sexuelles ?

Il penche la tête, un air arrogant sur le visage.

— Je pense qu'on est tous les deux d'accord pour dire que j'ai largement fait mes preuves.

— C'est moi, ou tu parles beaucoup ?

Ma remarque déclenche un rire très sexy, alors que j'essaye de garder mon sérieux. Liam a un charisme intimidant.

— Tu as raison.

Son souffle caresse mon visage, et les battements de mon cœur s'intensifient. Il ne me touche pas encore, mais je meurs d'envie qu'il le fasse. Malgré son attitude odieuse et les signaux qui me mettent en garde, je plonge mon regard dans le sien. Pendant quelques secondes, nous restons silencieux à observer le feu réciproque qui danse dans nos yeux, puis, avec une extrême lenteur, ses mains remontent le long de mes bras, avant de se loger sous mes cheveux et d'emprisonner ma nuque. Je m'humidifie les lèvres, anticipant son baiser. Lorsque, enfin, il se penche pour caresser mes lèvres des siennes, un véritable feu d'artifice éclate dans mon cœur. Quel bonheur !

— Harper !

La voix grave de Mike nous fait sursauter comme deux adolescents pris en flagrant délit.

— Tout va bien ? crie-t-il.

Alors que je grommelle une série de mots fleuris, je sens le regard de Liam, incertain, peser sur moi. Il faut dire que Mike, avec sa carrure imposante, a tout du mec alpha.

— C'est qui, lui ? demande-t-il.

— Mike doit me raccompagner.

Les mâchoires de Liam se crispent légèrement, et une lueur meurtrière illumine ses prunelles sombres.

— Jaloux ? dis-je en arquant un sourcil.

Pour toute réponse, il m'attrape la main et entrelace nos doigts.

— Alors, Harp ? insiste Mike.

— C'est bon, maman, Liam me raccompagne. Rassure papa et dis-lui que nous avons fait la paix !

Mike nous étudie quelques secondes, comme s'il cherchait à s'assurer que je ne mens pas, puis il hoche la tête, convaincu, et nous souhaite bonne soirée.

Une fois que nous sommes à nouveau seuls, je me tourne vers Liam en riant.

— Maintenant que j'ai la permission, on y va ?

Chapitre 14

Liam dort paisiblement, épuisé par nos ébats. Je tends la main pour le toucher, seulement au dernier moment je me ravise et mes doigts restent suspendus à quelques centimètres de sa peau. J'expire lentement : il était moins une. La tendresse n'est jamais à mon initiative. Je glisse les mains sous l'oreiller, pour éviter de faire une bêtise.

La soirée n'a pas pris la tournure escomptée, mais pour une fois l'imprévu n'a pas été désagréable ! Je calque ma respiration sur la sienne et ferme les yeux. Mon esprit tourmenté semble incapable de se mettre en veille. Je me détourne de l'adonis nu qui occupe mon lit et fixe le plafond, concentrant mes pensées sur le concours.

Un peu plus tôt dans la soirée, alors qu'elle me raccompagnait auprès de Miller, Midnight a laissé entendre que je faisais partie des favoris. Elle semblait sincère. Je suis si proche du but ! Cent mille dollars. La somme à elle seule suffit à me donner le tournis. Si ma mère n'était pas malade, ça pourrait être ma chance de me lancer, de quitter New York, de voyager en Europe, d'ouvrir un bar sur la magnifique plage d'Abalone Cove, en Californie. Ma chance de vivre.

Liam remue, et ma bulle de bonheur artificielle éclate.

Dans une autre vie, tout serait différent… Seulement, mon existence est ce qu'elle est : un cancer en phase terminale, des dettes et un boulot avec des horaires crevants. Seule consolation : un mec canon dans mon lit.

Je reporte mon attention sur ce dernier, me demandant comment ce type sympa peut devenir le pire enfoiré qui soit. C'est comme s'il avait plusieurs personnalités et qu'il me réservait les deux extrêmes. Il peut être à la fois si sexy et si blessant.

Quelques heures plus tard, le réveil a des airs de déjà-vu, à un détail près : je suis chez moi, Liam ne pourra donc pas me mettre à la porte. Il a déserté le lit, mais du bruit me parvient du salon, et je m'autorise un sourire. Ce sentiment sera sûrement éphémère, mais l'imaginer cherchant son boxer est une source de satisfaction. Juste retour des choses ! Après tout, il m'a virée de chez lui les seins à l'air, me volant par la même occasion un sublime soutien-gorge en dentelle. Cacher ses sous-vêtements n'était pas prémédité, l'idée m'en est venue dans la nuit, alors que j'étais perdue dans mes pensées. C'est peut-être enfantin, mais c'est ma revanche.

Je soupire longuement, peu pressée de me confronter au monde réel. Meilleure nuit de ma vie ! Encore. Moi qui pensais que la précédente en sa compagnie avait été exceptionnelle, je m'étais plantée. Royalement. Comment est-il possible que ce soit si volcanique entre nous ?

La sonnerie d'un portable, suivie d'un juron, met fin à ma divagation. La voilà, ma réalité ! Le cœur battant, j'attends la réaction de Liam. Ses options sont minces : fuite ou confrontation. Je ne serais pas surprise d'entendre la porte claquer, ou de le voir débarquer furieux dans la chambre pour me sommer de lui rendre son caleçon. Il peut toujours courir !

— Salut, mon grand !

— Papa !

Pardon ?

Je me redresse, prise de court. Papa ? C'est quoi, ce délire ? Est-ce que j'ai rêvé ?

Je tends l'oreille, à l'affût.

— Hello, on va le faire ensemble, intervient une voix douce et mélodieuse. Prêt, Milo ?

Sa femme ? C'est une blague ? Me voilà maintenant au milieu d'une réunion familiale. Je ferme les yeux, soufflée par cette découverte.

— Je vous écoute.

Le timbre calme de Liam résonne dans mon appartement comme s'il ne se souciait pas de me savoir aux premières loges. Je déglutis, envahie par un sentiment de honte. Je couche avec un homme marié. Génial. Absolument merveilleux.

Liam

Torse nu, assis sur le canapé, un sourire aux lèvres, j'écoute Milo réciter un poème pour la fête des Pères, enfin plus exactement je l'écoute finir les phrases de sa mère. Mais peu importe, c'est parfait. À la fin de sa prestation, il s'applaudit, et mon cœur se gonfle d'amour et de fierté.

— Bravo, mon grand !

— Bonne fête, papa ! hurle-t-il en sautillant.

— Merci, je t'aime fort.

— Maman, je peux aller regarder la télé, maintenant ?

Avoir des enfants, c'est aussi accepter de se faire voler

la vedette par une bande de chiots ou de voitures qui parlent. Emy me lance un regard interrogatif et j'acquiesce. J'aime sa prévenance à mon égard. Même si nous sommes séparés, elle fait toujours attention à ne pas me blesser.

— Vas-y, chéri. Je vais discuter à côté avec papa.

Je remue discrètement pour essayer de rendre ma position moins inconfortable. Être à poil sous un jean est loin d'être agréable. Ce matin, impossible de remettre la main sur mon caleçon. Nos vêtements ôtés dans la précipitation sont éparpillés aux quatre coins de la pièce et, à première vue, rien ne manque à l'appel. Mon regard s'attarde sur le soutien-gorge ultra sexy qui pend au coin de la télé et… Minute ! Est-ce que la disparition de mon caleçon aurait un lien avec la lingerie qu'elle a oubliée chez moi ? L'objet du délit avait glissé sous un coussin du canapé, et je ne m'en suis aperçu qu'après son départ. Je lance un coup d'œil curieux vers la porte de la chambre fermée, mais la voix d'Emy retentit.

Le décor a changé pour laisser place à la cuisine. Elle pose le téléphone sur le plan de travail et s'affaire à la préparation d'un café. J'avoue qu'en boire un ne serait pas de refus, seulement je ne suis pas chez moi et, après cet appel, je suis presque certain que Harper ne me proposera pas de petit déjeuner. Je n'ai pas été discret. Elle va tirer ses conclusions et m'accuser avant même de m'avoir laissé une chance de m'expliquer. Je retiens un soupir de frustration. C'est l'issue la plus sage. Nous avons beau nous entendre à merveille sur le plan sexuel, la rivalité qui nous oppose rend toute relation impossible. Seul le gagnant remportera les cent mille dollars.

La soirée avait bien commencé. Malgré les vaines tentatives du jury pour rester neutre, je suis certain d'avoir réussi l'épreuve. Je suis barman depuis des années, aucun regard, aucune expression n'a de secret pour moi. Les yeux ne mentent pas.

Une fois à l'extérieur du 230 Fifth, j'ai appelé Emy pour lui faire part de mon excitation. Lorsque j'ai raccroché, cependant, une chape de plomb s'est abattue sur mes épaules. La rue grouillait de monde, pourtant tout était étrangement silencieux, et j'ai senti le poids de la solitude m'écraser. La situation devenait trop pesante, l'enjeu primordial. Qu'arriverait-il, si je ne remportais pas les cent mille dollars ? Comment allais-je gérer la distance ?

Soudain, j'ai eu l'impression d'étouffer. J'avais conscience d'être en pleine crise de panique, mais je n'arrivais pas à me calmer, à relativiser. Le manque était suffocant, la douleur viscérale.

Un instant, j'ai pensé retourner à l'intérieur et accepter la proposition de Midnight, seulement ce n'était pas avec elle que j'avais envie de passer la nuit. Tout mon désir se concentrait sur une seule et unique personne. Harper. Cela n'avait aucun sens, surtout après la méchanceté dont j'avais fait preuve lors de notre dernière rencontre. Mais, pour une raison inconnue, c'était elle dont j'avais besoin.

J'ai donc attendu la fin de son service pendant plus d'une heure, réfléchissant à ce que j'allais lui dire. Pour commencer, je lui devais des excuses et j'espérais qu'elle accepterait de m'écouter.

— Tu m'entends, Liam ?

Emy fronce les sourcils tandis que je cligne des yeux pour chasser les souvenirs de la soirée.

— Tout va bien ?

— Oui, oui. Parfaitement bien.

— Tu n'es pas chez toi ?

Un ange passe, et je murmure :

— Effectivement.

— Je la connais ? C'est Cynthia ? demande-t-elle, faisant allusion à l'une de nos voisines, qui me tournait autour.

Je laisse échapper un soupir gêné. Parler de la femme avec qui je viens de passer la nuit à la mère de mon fils n'est pas recommandé. La psychologie féminine est la plupart du temps un mystère pour moi, mais j'ai quand même quelques bases !

— Emy, je crois que nous devrions changer de sujet, dis-je avec diplomatie.

J'essaye de prendre des pincettes, mais je ne suis pas stupide au point de ne pas remarquer son regard blessé. Elle tente de masquer sa déception par un sourire, mais c'est trop tard. Est-ce qu'elle entretient toujours un espoir à propos de notre couple ? Elle y a déjà fait allusion, mais je pensais que c'était la nostalgie qui parlait. L'amour entre nous a disparu depuis longtemps, seul reste un profond attachement et un lien très fort. Enfin, pour moi.

— Est-ce qu'on peut se rappeler plus tard ?

— Oui, bien sûr. Fais-nous signe quand tu seras rentré chez toi.

— Promis, dis-je avec enthousiasme.

Son sourire n'atteint pas ses yeux, mais je l'ignore et raccroche, conscient de la lourde discussion qui nous attend.

Les coudes sur les genoux, je regarde par la fenêtre, perdu. Je dois parler à Harper, pour ne pas la laisser imaginer que je suis un enfoiré qui trompe sa femme. Nous n'avons pas d'avenir elle et moi, mais rétablir la vérité me tient à cœur, ce qui est d'ailleurs surprenant car en temps normal l'opinion des autres m'importe peu.

Alors que je cherche mes mots, mon téléphone sonne. Ma sœur a décidé d'ajouter une couche à ce joyeux bordel.

— Pourquoi tu n'ouvres pas, alors que je suis en bas de chez toi à sonner depuis cinq minutes ?

— Bonjour à toi aussi, minus.

— Ouais, salut. Allez, ouvre !

— Je ne suis pas là.

Ma réponse a le mérite de la surprendre. J'imagine sans mal l'expression qui doit se refléter sur son visage.

— Ah bon ? Tu es déjà au boulot ? Il est à peine 10 heures.

— Tu voulais un truc en particulier ?

— Tu n'as pas répondu. Est-ce que tu me caches quelque chose ?

— Je n'oserais pas !

— J'en ai pourtant bien l'impression.

— J'ignorais que je devais te tenir au courant de mon emploi du temps.

— Tu recommences !

— Tu n'étais pas censée passer.

— Parce que j'ai besoin d'une invitation pour venir voir mon frère ? Et puis, c'était implicite que je sois là aujourd'hui. Je pensais que tu n'aurais pas envie d'être seul pour la fête des Pères, mais visiblement je me suis plantée.

— Désolé, je ne sais pas lire entre les lignes.

— J'avais même apporté des donuts de chez Barney ! Tu fais chier, sérieux !

— Je peux être chez moi dans trois quarts d'heure, une heure max.

— Très drôle ! Si tu crois que je vais t'attendre dans la rue pendant près d'une heure, tu rêves !

— Et si on se rejoignait chez toi ?

Je peux presque entendre les rouages de son cerveau se mettre en branle.

— Hum. Pourquoi ? Tu n'es pas loin de mon appart ?

— Possible.

Elle se tait, listant certainement la montagne de questions qu'elle compte me poser dès mon arrivée.

— OK mais tu apportes des fleurs !

— Quoi ?!

— Pour te faire pardonner de m'avoir posé un lapin.

— Quel lapin ? On ne devait même pas se voir !

— Je t'ai déjà dit que j'avais prévu de venir. Ce n'est pas ma faute si tu n'as encore une fois rien compris.

Julianne est la fille la plus bornée que je connaisse, et lui tenir tête est une perte de temps. Elle finit toujours par avoir gain de cause.

— Très bien, je vais essayer de trouver ça.

— Nelly's, en face de la sortie du métro. Tu ne peux pas la manquer !

— À tout à l'heure, Ju.

— Eh... Liam !

— Ouais ?

— Pour ce que ça vaut, je suis ravie que tu aies de nouveau une vie sexuelle.

— Pitié, Julianne !

— Quoi ? fait-elle innocemment.

— Je ne veux toujours pas parler de sexe avec toi !

Elle éclate de rire et raccroche, après m'avoir rappelé que ses fleurs préférées étaient les pivoines.

Je prends mon courage à deux mains et pénètre dans la chambre. Harper est allongée, dos à la porte, si bien que je ne vois pas son visage. J'imagine néanmoins que le silence qui m'accueille n'est pas de très bon augure.

— Salut.

— Tu devrais partir.

— Je crois plutôt qu'on devrait parler.

— Écoute, dit-elle en se retournant avec véhémence,

j'ai entendu ta conversation, enfin tes conversations, et je ne fais pas dans le mec marié.

— Ça tombe bien, je ne le suis pas.

— Oh ! tu veux jouer sur les mots ? Très bien, alors je vais être un peu plus explicite. Je ne suis pas une briseuse de famille, tu peux donc remballer tes excuses pourries et rentrer chez toi. Si j'ai bien compris, c'est la fête des P...

— Emy et moi sommes séparés.

— Emy ?

Appuyé contre le chambranle de la porte, je l'observe, tandis qu'elle assemble les pièces du puzzle.

— Je suis célibataire, Harper, alors rentre tes griffes.

Assise en tailleur, elle croise les bras et me dévisage longuement.

— Tu as un fils ?

J'opine en silence, sans rien ajouter. Je ne suis pas du genre à m'étaler, surtout en ce qui concerne Milo.

— Tu ne comptes pas m'en dire plus ? fait-elle en haussant un sourcil.

— Je n'ai pas pour habitude de raconter ma vie.

— Évidemment.

— Selon toi, c'est un tort ? On ne se connaît mêm...

— Peu importe ! Tu as raison, ça ne me concerne pas. Bonne journée, donc. Je ne te dis pas à bientôt, parce que je ne pense pas avoir envie de te revoir.

La vérité est rétablie. Je devrais saisir la perche qu'elle me tend pour m'enfuir, seulement, son côté revêche est bien trop attirant. Ça et ses cheveux en bataille.

— Tu ne saurais pas où est mon caleçon par hasard ?

Le changement de sujet la prend au dépourvu et, l'espace d'une seconde, son regard se teinte d'hésitation. J'en étais sûr ! Elle est bien à l'origine de sa disparition.

— Avec le reste de tes affaires, j'imagine.

— Si tu le dis.

— Qu'est-ce que tu insinues ?

— À ton avis ?

Sans la quitter des yeux, je m'approche du lit, me penche et pose les mains de part et d'autre d'elle. Elle déglutit, mais ne cherche pas à se dérober. Au contraire, elle redresse même le menton dans une attitude provocante des plus sexy.

— Quel est ton jour de repos ?

Je vois bien à son expression étonnée que cette question est la dernière à laquelle elle s'attendait. Elle se préparait au combat, sauf que je viens d'en décider autrement. Harper m'attire, c'est indéniable. Continuer à la côtoyer est une erreur, une belle connerie, même, sauf que j'en ai envie. Vraiment envie.

— Alors ?

— En quoi ça te regarde ?

Nous ne sommes qu'à quelques millimètres, et la tension qui règne dans la pièce est électrique. Je suis à deux doigts de l'embrasser, mais je résiste. Je dois rejoindre Julianne et ce baiser me mettrait forcément en retard.

— Quel jour ? j'insiste d'une voix rauque.

Mon assurance la fait cligner des yeux. Cette femme est vraiment adorable, inconsciente du pouvoir d'attraction de la fragilité qu'elle cherche à camoufler.

— Mercredi.

Son regard glisse sur mes lèvres. J'en déduis qu'elle aussi meurt d'envie de m'embrasser.

— Parfait, dis-je. Tu connais Best Pizza, sur Havemeyer ?

Je suis de ma langue le contour de sa bouche, en prenant tout mon temps. Docile, elle se contente d'acquiescer en silence, les yeux fermés. Aurais-je enfin réussi à lui couper le sifflet ?

— On pourrait s'y retrouver à 21 heures et procéder à l'échange ?

Ma proposition la fait sortir de sa torpeur et elle me lance un coup d'œil interrogatif.

— L'échange ?

— Mon caleçon contre ton soutien-gorge.

Le sourire furtif qui traverse son visage ne m'échappe pas et j'en profite pour picorer sa jolie bouche charnue. Encore une fois, elle ne s'y oppose pas et se laisse même tomber en arrière, m'obligeant à suivre le mouvement.

— Je ne vois pas de quoi tu parles.

— Ne nie pas, dis-je en souriant. 21 heures là-bas ?

Comme elle fait mine de réfléchir, je précise :

— Si tu me poses un lapin, j'irai te rendre ton soutien-gorge au bar. Je suis certain que tes clients seront ravis.

— Tu n'oserais pas !

Je me recule légèrement pour qu'elle puisse bien me voir.

— Ne me tente pas, Harper !

— Avec qui étais-tu au téléphone, après ton fils ?

Je la regarde, attendri, touché par sa vulnérabilité.

— Ma sœur. Je te l'ai dit, je suis célibataire, alors respire.

— 21 heures, mercredi, c'est ça ? Tu ne travailles pas ?

— Je m'arrangerai.

Une poignée de secondes s'écoulent. Je sais très bien qu'elle n'essaye pas de se faire désirer, elle hésite simplement car ce que je lui propose est différent d'une nuit de sexe. Dîner au restaurant est un véritable rendez-vous, où il nous faudra discuter. Mon petit doigt me dit qu'en temps normal elle fuit ce genre de proposition.

— D'accord.

— Génial !

J'embrasse furtivement ses lèvres, me relève en souriant, satisfait de sa réponse, et quitte sa chambre.

L'immeuble de Julianne se situe dans une rue animée de Williamsburg, à proximité de la salle de danse qu'elle fréquente. D'aussi loin que je me souvienne, elle a toujours pratiqué cette discipline. Plus jeune, elle passait des heures à inventer de nouveaux pas et des chorégraphies rythmées. Elle s'enfermait dans sa chambre, face à son miroir, et répétait encore et encore. La danse est son monde, elle s'y sent libre et épanouie. Heureuse, j'espère.

Julianne est une jeune femme souriante, d'humeur égale en surface. Impossible de savoir réellement ce qu'elle pense, mais quand elle danse, quand elle laisse la musique l'envahir, elle se révèle. Ce sont les seuls moments où elle s'autorise à exprimer des émotions, et c'est captivant, presque déroutant, de prendre conscience de la colère et la tristesse qui l'animent.

Notre mère nous a abandonnés quand nous étions gamins. J'avais seize ans, ma sœur, neuf. Il n'y a eu ni cris ni larmes. Un mardi matin, Loretta Mancini est partie acheter du lait et n'est jamais revenue. Elle est tout simplement sortie de nos vies du jour au lendemain. Très cliché. J'ai extériorisé ma colère en me battant contre le monde entier, alors que Julianne cultivait la sienne en silence. La colère est une émotion légitime, naturelle, mais elle ne représente bien souvent que la partie émergée de l'iceberg. Julianne ne parle jamais du départ de notre mère, comme si cela n'avait eu aucune importance, alors que c'est faux. Lorsqu'elle danse, son visage s'éveille et se pare de toute une palette d'émotions. Elle accepte d'être elle-même : une petite fille déçue, triste et en colère, capable de passer du rire aux larmes lorsque les paroles d'une chanson font écho à sa propre histoire.

— Oh Liam, des pivoines ! Tu n'aurais pas dû !

Je secoue la tête et entre dans son appartement.

— Tu savais que Nelly était hyper bavarde ? C'était une vengeance de ta part ? Je suis maintenant incollable sur la pivoine. Symbole de beauté, de féminité et de sensualité, la pivoine est aussi belle qu'éphémère, bla-bla-bla. J'ai opté pour la couleur rose qui, selon ses dires, symbolise la timidité des sentiments. Rien à voir avec nous, évidemment, c'était juste la plus sympa.

— Elles sont parfaites. Je vais les mettre dans un vase.

— Tu dois les préserver de la chaleur et ne pas les placer à côté d'une corbeille de fruits ou de légumes. Ne me demande pas pourquoi, j'ai décroché à ce moment-là, mais comme la fleuriste l'a répété quatre fois, je suppose que c'est important. Tu savais qu'elles crèvent au bout de cinq jours ?

Je l'entends rire de la cuisine.

— Quelle délicatesse !

Puis la machine à café s'actionne, et je laisse échapper un long soupir de soulagement. Enfin ! Après ma discussion avec Harper, il va me falloir au moins un double expresso. Je me demande encore ce qui m'a pris de l'avoir invitée à dîner. Je me suis mis tout seul dans une sacrée galère.

— Alors, quoi de neuf ? lance-t-elle quelques minutes plus tard. Tu étais dans les parages un dimanche matin ?

— Au téléphone, il était question de donuts, non ?

— Ah oui ! Je t'en ai gardé un.

— Un seul ? Tu te fous de moi ?

— Je te signale que tu as mis plus d'une heure à arriver. J'avais faim.

— Problème de métro.

— Je n'y crois pas une seconde, réplique-t-elle en battant exagérément des cils. J'ai une autre théorie, bien plus intéressante.

— Mon donut, s'il te plaît !

Elle rit et file le chercher, ce qui me laisse un court instant pour décider de ne rien lui dévoiler à propos de Harper.

— J'ai appris que ton cocktail avait rencontré un franc succès ?

Je cligne des yeux, surpris. Je ne lui ai encore rien raconté.

— Comment tu sais ça, minus ?

— Arrête avec ce surnom débile ! Je te l'ai dit : je connais du monde.

— J'espère que ce n'est pas synonyme de « je couche avec du monde ».

Elle lève les yeux au ciel, mais je note qu'elle ne me contredit pas. Je la fixe un long moment pour essayer de la percer à jour.

— Arrête de me regarder comme ça ! Donc, on est bien placés ?

— *On* ?

— Tu.

— Je pense avoir assuré.

— C'est le cas, affirme-t-elle. Mais tu n'es pas le seul.

— Je m'en doute. Qui connais-tu là-bas, bon sang ?

— Tu dois te méfier d'Alberta, Ian, Harper et Cliff, énumère-t-elle. Ils apprécient aussi Stella, mais seulement trois des juges.

— Je vais me répéter : qui t'a filé cette info, Julianne ?

— Oh ! voilà qu'il fait son grand frère protecteur ! se moque-t-elle.

— Ça ne m'amuse pas du tout de savoir que tu couches avec un type pour obtenir des informations.

— T'es vraiment un sale macho, quand tu t'y mets ! Tu penses sérieusement que baiser est…

— Stop ! Mes oreilles saignent !

— Génial ! Maintenant, j'ai droit à la version du frère coincé qui n'a pas vu que sa sœur n'avait plus quinze ans.

Donc, je disais : je ne monnaie PAS mon corps. C'est mieux comme ça ?

J'opine en silence en lui faisant signe de continuer.

— Je connais Midnight.

— La nana aux cheveux rouges ?

— Son surnom n'est pas suffisamment original ? Perso, j'en connais qu'une !

Elle me regarde avec un sourire en coin, fière de m'avoir cloué le bec.

— Tu lui plais, soit dit en passant ! Mais, si j'ai bien compris, tu as refusé ses avances.

— J'ai couché avec Harper.

Mon aveu nous surprend tous les deux. Ses yeux s'écarquillent, et je suis presque certain d'afficher une expression similaire. Je ferme les yeux et m'enfonce sur le canapé. Qu'est-ce qui m'a pris ?

— D'accccooord…

Je fixe le plafond le cœur battant. Je suis foutu.

— Tu sais, Liam, quand je disais que ce serait bien que tu obtiennes quelques infos sur tes concurrents, je pensais plus au type d'alcool ou aux techniques qu'ils utilisent, s'ils sont classiques ou avant-gardistes dans leur domaine, certainement pas à leurs positions préférées du *Kama-sutra* !

Je grogne, mais elle en rajoute une couche, ravie de pouvoir me taquiner. J'abandonne la contemplation du plafonnier et attends la fin de sa diatribe.

— C'est bon, tu as fini ?

Ses yeux pétillent de malice. Je sais qu'elle va m'en reparler pendant un bon moment.

— Ce n'était pas prémédité.

— C'était la première fois ?

Il est clair que je ne réponds pas assez vite.

— Oh mon Dieu, Liam ! Une fois, c'est un accident, deux, c'est une connerie. Qu'est-ce qui t'a pris ?

Je me lève et arpente la pièce. Une cigarette serait la bienvenue, mais il est exclu que je fume ici. Julianne ne supporte pas l'odeur.

— Je vais lui dire.

— Quoi ?

— Que je participe également au concours.

— Elle a un carnet, tu sais.

— Hein ?

— Elle y note toutes les infos sur les cocktails qu'elle teste. Si j'ai bien compris, elle ne le quitte jamais.

— Comment tu le sais ?

— Avant l'épreuve, vous videz vos poches dans une petite panière, non ?

— Tu connais aussi Miller ?

Elle me fait un clin d'œil qui m'agace au plus haut point. Je me mords la langue pour ne pas lui demander si elle couche avec lui. Cette matinée semble durer une éternité.

— Tu pourrais y jeter un œil ?

— Pour… ?

— Actionne tes méninges, Liam ! T'en inspirer, évidemment.

— Je n'ai pas besoin de m'inspirer de qui que ce soit.

— Ça te permettrait de connaître le genre de mélanges qu'elle affectionne et de taper plus fort.

— Écoute, je ne compte toujours pas tricher.

— Tu couches avec elle ! Comment crois-tu qu'elle va le prendre quand elle se rendra compte que tu participes aussi au concours ?

— Comme une coïncidence ?

Julianne rit aux éclats, sans se soucier de mon regard noir.

— Je vais rentrer. Si ma mémoire est bonne, tu dois aller répéter ?

— Oui, répond-elle entre deux gloussements. En parlant de ça, je ne t'ai pas dit...

Elle se redresse soudain, excitée comme une puce.

— La salle de danse a été contactée par l'association So What, qui cherche des partenaires pour travailler avec des enfants atteints de troubles du comportement.

— L'asso qui a fait la une des actualités, y a quelques mois ? Celle parrainée par le gars connu ?

— Ouuuii, s'écrie-t-elle, proche de l'hystérie. Jace Adam ! Je n'en reviens pas. On doit présenter un projet dans quatre mois. J'ai déjà plein d'idées. Reste à faire le tri, mais j'ai bon espoir que l'une d'elles réussisse à les convaincre.

Mon exaspération s'envole immédiatement, et je prends ma sœur dans mes bras pour la féliciter, ravi de la voir si enthousiaste.

— Tu vas cartonner, Ju ! N'oublie pas de mentionner que tu bosses avec cette thérapeute de Manhattan, spécialisée dans les gamins.

— Je crois que c'est comme ça qu'ils ont entendu parler de nous. On est plusieurs salles en lice, et j'ignore combien ils en choisiront. Bon sang, Liam, je suis tellement contente ! Je sens que c'est mon tour.

— Ton tour ?

— D'être heureuse !

Je la serre un peu plus fort contre moi et lui embrasse le front avec douceur, espérant qu'elle ait raison. Si elle concrétise ce projet, mon départ de New York sera peut-être moins douloureux pour elle.

Chapitre 15

Harper

Mercredi ne fait pas exception à la règle : au moment où je glisse la clé dans la serrure, je ne contrôle plus mes tremblements. Ma réaction est la même depuis dix jours, depuis que ma mère est rentrée chez elle. La peur panique d'arriver trop tard et de ne pas l'accompagner jusqu'à son dernier souffle me tétanise. Je vis avec l'angoisse constante de recevoir l'appel fatidique qui m'annoncera son décès. La fin est proche, sans que personne ne soit capable de me donner un délai précis. La mort plane au-dessus de nos têtes, et cela devient chaque jour un peu plus difficile.

— C'est moi !

— Je suis dans la cuisine, m'informe Miranda.

Sa voix chantante me rassure immédiatement. Le Dr Chang avait raison : sans elle à mes côtés, je ne m'en serais jamais sortie. Du jour au lendemain, elle s'est installée dans l'appartement de mon enfance, me permettant ainsi de continuer à travailler. Nous avons décidé que passer toutes mes nuits sur place était inutile. Elle a promis de me prévenir si ma mère se réveillait, ce qui est arrivé seulement deux fois ces cinq derniers jours. Sa présence au quotidien est rassurante.

Il n'y a pas si longtemps, cette femme était une parfaite inconnue. Aujourd'hui, elle s'occupe de ma mère avec un tel dévouement qu'elle semble avoir toujours fait partie de notre famille. Elle est devenue une épaule réconfortante, maternelle, à l'écoute, sans pour autant se montrer intrusive et indiscrète.

Nous parlons pendant des heures de ma mère, je lui raconte nos fous rires, évoque les souvenirs heureux. Je garde les mauvais pour moi, comme si les mentionner risquait de ternir son image. Partager avec elle les quelques fragments joyeux de notre vie me donne le sentiment de ne plus être seule. C'est même étrange de penser qu'elle aussi sortira bientôt de ma vie, pour se consacrer à un nouveau patient. La laisser partir sera une étape supplémentaire dans ce long parcours du combattant.

J'entre dans la cuisine, les bras chargés de provisions.

— Je suis allée faire les courses pour vous ravitailler.

« Vous » inclut ma mère, même si elle a un appétit de moineau et se nourrit essentiellement de soupe dans le meilleur des cas. Une marmite pleine de légumes est en train de mijoter.

— Tout va bien ? demandé-je en commençant à ranger les courses.

— Elle dort, ma belle. Son état est stable.

— D'accord.

Je note qu'elle n'a pas vraiment répondu à ma question, mais je m'abstiens de faire le moindre commentaire. « Stable » ne signifie rien, je l'ai appris au fil des mois. C'est simplement un terme qui explique qu'aucune évolution n'a été constatée.

Miranda devine mon inquiétude et s'approche de moi.

Je continue mon rangement, comme si la situation n'avait rien d'anxiogène.

— C'est normal, Harper, me rassure-t-elle avec douceur. La maladie et les médicaments l'épuisent.

— Évidemment.

— Regardez-moi.

Je ferme brièvement les yeux pour enrayer le flot de larmes qui menace de s'échapper tandis qu'elle pose délicatement la main sur mon poignet.

— C'est une période très difficile pour vous, mais vous vous en sortez à merveille. Votre maman a de la chance de vous avoir.

— Est-ce qu'elle souffre ? je murmure, la gorge nouée par l'émotion.

— La morphine la soulage.

— Elle est constamment dans les vapes. Je ne lui ai pas parlé depuis des jours. Ça m'angoisse, je ne pense qu'à ça, à elle, endormie dans ce lit. C'est la dernière étape, la plus difficile. J'ai tellement peur, je…

— Dites-moi ce que vous avez sur le cœur, ça vous fera du bien.

Je déglutis, peinant à lui révéler ma pire crainte, celle qui hante chaque minute de mon quotidien.

— Et si… si je ne lui parlais plus jamais ?

Je déteste que ma voix se brise et qu'elle trahisse mes faiblesses. Me donner en spectacle n'est pas dans mes habitudes.

— Elle ne partira pas sans vous dire au revoir, soyez-en convaincue. Elle vous aime autant que vous l'aimez.

Elle me tapote la main avec affection, puis retourne derrière les fourneaux, consciente que j'ai besoin d'espace. Je soupire et me force à museler ma peur.

— Vous restez dîner, ce soir ? demande-t-elle une poignée de secondes plus tard.

— Non, je ne peux pas, je vois quelqu'un.

Mon aveu pique sa curiosité et lui permet de changer de sujet.

— Ce quelqu'un est-il du genre masculin ?

Je ne peux m'empêcher de sourire à l'idée de retrouver Liam. D'ordinaire, ce n'est pas mon style de craquer pour un homme, mais il est tellement intense, tellement…

— Votre expression béate parle pour vous, ma chère. Sortir et vous amuser quand vous ne travaillez pas au bar est une très bonne chose !

— En parlant du bar, j'ai failli oublier…

Je fouille dans mon sac et en extirpe une enveloppe.

— C'est pour vous.

— Qu'est-ce que c'est ?

— Vos honoraires pour la première semaine.

Elle m'observe attentivement, alors que je me dandine d'un pied sur l'autre. Le rapport à l'argent me met mal à l'aise, cela me rappelle que je ne suis que son employeur.

— Vous avez gagné le concours ? demande-t-elle, surprise.

— Il n'est pas encore terminé, mais Tom a insisté pour me prêter l'argent. Il est dans sa période patron poule. Il préfère que je lui doive de l'argent à lui plutôt qu'à une inconnue, sauf votre respect.

— C'est très prévenant de sa part, dit-elle en souriant, et ça me rassure que vous ne soyez pas seule.

— Je crois surtout que c'est un moyen détourné de continuer à m'exploiter !

— C'est bien d'avoir des amis sur qui compter.

— Ce n'est pas vraiment un ami…

— Entre nous, il n'y a rien de mal à avoir des gens sur qui compter.

— Je n'ai pas l'habitude qu'on s'occupe de moi.

— Être entourée permet de surmonter certaines épreuves.

— Mais ce sentiment ne dure jamais.

— Comment ça ?

— Laissez tomber.

— Certainement pas ! Je vais vous dire, Harper, vous devriez autoriser les gens à vous approcher. Vous êtes une femme adorable, avec le cœur sur la main.

Une larme roule sur ma joue.

— Et sensible en plus de ça.

Je laisse échapper un son bizarre, à mi-chemin entre gloussement et grognement de protestation. Miranda fendille ma carapace avec beaucoup trop d'aisance.

— Ne niez pas, je vous ai percée à jour ! Vous méritez d'être heureuse. Il va falloir commencer à vous mettre cette idée en tête car je vous le répéterai tant que vous n'en serez pas convaincue.

Elle me prend dans ses bras et me fait un gros câlin.

Best Pizza est un petit établissement réputé de Williamsburg, à une demi-heure de chez moi. Ce n'est pas vraiment un endroit où l'on se donne rendez-vous pour un dîner romantique, mais de ce côté de l'Hudson, tout le monde sait qu'il faut s'y arrêter. Les pizzas sont à se damner, et le lieu est original car les murs sont recouverts d'assiettes en carton décorées par les clients. Liam est d'ailleurs assis à une table, un feutre à la main, concentré sur son dessin. J'ai quelques minutes de retard, mais il ne semble pas inquiet à l'idée que je puisse lui avoir posé un lapin.

Il faut dire que sa menace était particulièrement

dissuasive. Le voir débarquer au Brooke's brandissant mon soutien-gorge n'est pas l'idée que je me fais d'une relation discrète.

Relation.

Mon pouls s'affole. Est-ce que ce mot définit ce que nous vivons actuellement ? C'est la troisième fois que nous nous voyons, ce qui s'apparente pour moi à un record.

— Salut.

Il redresse la tête et me lance un sourire éblouissant. Je tire la chaise et m'installe en face de lui, évitant soigneusement son regard. En sa présence, je me sens soit très en colère, soit intimidée. Étrange, vraiment… Heureusement que ni Tom ni Aubrey ne sont là pour assister à mon comportement.

— Désolée pour le retard, j'ai été retenue.

— Pas de problème. Tout va bien ?

J'élude, car j'ai la sensation qu'il lit en moi comme dans un livre ouvert et je n'ai pas envie qu'il comprenne que mon moral n'est pas au beau fixe. Mon après-midi avec Miranda a été éprouvante. Cette dernière a eu beau essayer de me redonner le sourire, l'ombre de la mort ne m'a pas quittée.

Je désigne son dessin du doigt :

— C'est censé représenter une chose en particulier ?

Il se recule légèrement pour contempler son œuvre, et un petit sourire étire ses lèvres. Il est fier de lui.

— Ça me semble pourtant clair, non ?

Je hausse les épaules, décidée à le taquiner. En réalité, j'ai bien compris qu'il avait dessiné nos sous-vêtements. Il ajoute une double flèche entre mon soutien-gorge et son caleçon, puis inscrit :

1er rendez-vous 20.06.2018.

— Techniquement, on s'est déjà vus deux fois.

Il s'adosse à sa chaise, les bras croisés, et plonge son regard dans le mien. Il réfléchit un long moment, puis attrape à nouveau le feutre et ajoute un astérisque.

— Tu as raison, je complète…

Il s'exécute, me tend l'assiette, et je lis à voix haute :

— Officiel. Premier rendez-vous *officiel*…

— C'est mieux ?

— Tu permets ? dis-je en prenant à mon tour un feutre d'une couleur différente.

— Je t'en prie, fais-toi plaisir. Notre œuvre peut rester anonyme, sens-toi donc libre.

J'ai surtout besoin de reprendre les rênes pour ne pas me laisser aller à imaginer – espérer – que je lui plais vraiment. Ma vie est trop compliquée en ce moment pour que j'entame une relation, surtout lorsqu'on sait que l'amour ne finit jamais bien. Je n'ai pas de temps pour ça, je dois me concentrer sur le concours et ma mère. Alors, oui au sexe endiablé et intense, non aux sorties et aux confidences.

-18

Il éclate de rire en découvrant ma participation à son œuvre d'art.

— Bien tenté, fait-il, une fois calmé.

— Pardon ?

— La carte du sexe. Bien essayé, mais désolé, ça ne marche pas. Il va falloir trouver autre chose.

Il pose les coudes sur la table et approche son visage du mien. Je me tends légèrement à cause de cette soudaine proximité.

— Tu n'as pas l'habitude de sortir avec un mec,

continue-t-il, plein d'assurance. Tu t'en tiens au sexe car tu maîtrises, tu contrôles. Tu joues la sécurité en n'allant jamais plus loin.

Je plisse les yeux, essayant de trouver une bonne répartie.

— Merci pour ton analyse, Freud. Tu me diras combien je te dois.

— Une soirée, répond-il avec sérieux.

— N'est-ce pas ce que nous sommes en train de faire ? je m'esclaffe. Attention, j'ai peur que tu deviennes accro.

Hors de question de perdre la face devant lui. Il voit bien trop clair dans mon jeu. Il continue de m'observer sans la moindre gêne.

— Possible, mais j'aimerais bien vérifier cette théorie.

— Tu ne viendras pas te plaindre.

— Je prends le risque.

Il me fait un clin d'œil et je lève les yeux au ciel pour lui faire croire qu'il m'agace, alors qu'en réalité mon cœur bat à tout rompre.

— On commande ? dis-je pour changer de sujet.

— Si tu veux.

Il me sourit l'air de dire « je t'ai démasquée », mais a l'intelligence de ne pas en rajouter. Puis il fait signe au serveur et demande la carte.

Liam

Je capture la seconde précise où l'insouciance de notre conversation disparaît. Le sang quitte le visage de Harper, et toute trace de bonne humeur s'envole lorsque l'écran de son téléphone s'illumine. J'ai tout juste le temps d'apercevoir le prénom « Miranda » clignoter que le portable est déjà entre ses mains.

— Je dois répondre, dit-elle agitée.

J'acquiesce d'un signe de tête bien que ce soit inutile car elle ne m'a pas demandé mon avis.

— Miranda, tout va bien ?

Elle semble paniquée, et instinctivement je m'interroge sur la sincérité de sa réaction. Est-ce qu'elle est en train de me faire le coup de l'amie qui a besoin d'aide pour écourter notre soirée ? Si c'est le cas, mon ego risque de ne pas s'en remettre.

— Non, pas de problème. Oui… OK… Je peux être là d'ici une demi-heure. Ça sera bon ?

Elle écoute son interlocutrice en malmenant nerveusement sa serviette.

— Vous me le promettez ?

Sa question n'est qu'un murmure à peine audible, et je vois ses yeux se remplir de larmes. Je déglutis, touché par sa fragilité. Impossible qu'elle simule.

— D'accord, merci. Je fais au plus vite.

J'avais prévu de plaisanter une fois qu'elle aurait raccroché, mais l'expression de pure terreur sur son visage m'en dissuade.

— Désolée, je dois partir.

— Qu'est-ce qui se passe ?

— Une urgence. Je… je vais aller payer.

— Je m'en occupe, dis-je en ouvrant mon portefeuille. Où dois-tu aller ?

— Java Street à Brooklyn.

— À côté de la station de métro Greenpoint, près du bar où tu bosses ?

— Oui, répond-elle d'un air absent.

— Très bien, je vais te commander un Uber.

Elle se lève précipitamment et enfile sa veste.

— C'est gentil, mais je n'ai pas le temps d'attendre, je dois me dépêcher. Je... j'y vais, salut.

Elle quitte le restau en trombe sans me laisser le temps de la convaincre. Je ne perds pas une seconde et pose trente dollars sur la table, en indiquant au serveur qu'il peut garder la monnaie. Tout en sortant de la pizzeria, je valide la course Uber et suis soulagé de constater que le chauffeur sera là dans cinq minutes. Le trajet ne devrait pas prendre plus de dix minutes. Satisfait, je redresse la tête à la recherche de Harper. Je la repère à une vingtaine de mètres du restaurant qui marche à vive allure dans la mauvaise direction.

— Eh, tu te trompes de chemin, dis-je en la rattrapant.

Elle s'immobilise avant de se retourner. Elle est livide.

— Je... je... j'ai du mal à respirer...

Je lui prends les mains avec douceur pour la rassurer. On dirait un animal sauvage aux abois.

— Harper, regarde-moi.

— Je... je ne peux plus respirer, je ... j'étouffe.

— Tu fais une crise d'angoisse, calme-toi. Inspire doucement puis expire.

— Je... je n'y arrive pas.

— Mais si, regarde-moi. Doucement, doucement... oui, voilà comme ça. C'est parfait, ma belle... tu t'en sors très bien. Encore une fois. Lentement.

Elle suit mes conseils, le regard ancré au mien pendant que je fais exactement le même exercice de respiration pour lui montrer qu'elle n'est pas seule. Dans la poche arrière, mon téléphone vibre m'annonçant, je l'espère, l'arrivée du chauffeur. Je lâche une de ses mains pour vérifier puis scrute la rue avant de faire signe à une voiture noire.

— Jared est là.

— Jared ?

— Le chauffeur Uber.

Au même instant, un Toyota C-HR s'arrête à notre hauteur et un type de notre âge, souriant, en sort pour se présenter.

— Bonsoir, je suis Jared. Vous êtes Liam pour Java Street ?

— Ouais, c'est nous, enfin c'est pour mon amie. Ça serait possible de vous dépêcher, c'est urgent ?

— Pas de problème, à cette heure, on ne va pas être embêté. Quel numéro ?

— Soixante-et-onze, répond Harper d'une voix éteinte.

Il s'apprête à lui ouvrir la portière, mais je le devance et il se réinstalle derrière le volant. Un bon point pour lui : il a senti que nous avions besoin d'intimité.

— Ça va aller ? dis-je en me retournant vers elle.

Toujours dans un état second, ses doigts se cramponnent aux miens. Je ne sais pas ce qui la met dans cet état, mais ça a l'air sérieux. Voyant qu'elle semble incapable de prendre la moindre initiative, je l'entraîne doucement vers la voiture, nos mains toujours jointes.

— J'ai peur, chuchote-t-elle, le regard fuyant.

— Tu sais quoi ? dis-je spontanément. Je vais venir avec toi, comme ça si tu refais une crise d'angoisse, je serai là pour t'aider à respirer. Ça te va ?

Harper, d'ordinaire si sûre d'elle, semble perdue, écrasée par un poids trop lourd à porter pour elle. Je lui souris pour l'encourager et essayer de la rassurer. Elle cligne plusieurs fois des yeux puis hoche la tête sans oser me regarder. Je crois qu'elle a honte que je sois témoin de sa vulnérabilité.

Le trajet se fait dans le silence. Le chauffeur a bien compris que quelque chose clochait alors il nous épargne la conversation gênante où chacun raconte sa vie. Alors que nous nous engageons dans Manhattan Avenue, Harper serre ma main un peu plus fort. Elle observe le paysage urbain qui défile, l'air absent. J'imite son geste pour qu'elle sache qu'elle n'est pas seule. Peu importe que nous ne nous connaissions que très peu, jamais je n'ai abandonné quelqu'un qui avait besoin d'aide.

— J'ai peur à chaque fois que ce soit la dernière.

Son aveu teinté de tristesse a beau être chuchoté, j'en entends distinctement chaque mot.

— De quoi parles-tu, Harper ?

J'ai pris le soin de parler aussi bas qu'elle pour que, si elle le souhaite, elle puisse faire comme si elle n'avait pas entendu. Un instant, je crois que cela va être le cas mais, au moment où Jared se gare en double fil, elle se tourne vers moi. Le désespoir que je découvre dans ses jolis yeux verts est comme un coup de poignard enfoncé en plein dans mon cœur.

— Ma mère a un cancer en phase terminale.

Puis, sans une autre explication, elle sort du véhicule en remerciant notre chauffeur et se précipite à l'intérieur d'un immeuble de quatre étages en briques rouges.

Je m'élance à sa poursuite quelques secondes plus tard. Les premier et deuxième paliers sont déserts et silencieux, alors je continue mon ascension. Au troisième étage, une porte est entrouverte et des éclats de voix étouffées dont celle de Harper me parviennent. Je m'approche tout en restant en retrait, avec la désagréable sensation d'être un voyeur. J'attends quelques minutes, hésitant, puis je remarque que la porte est restée entrouverte. Elle ne l'a pas fermée. J'inspire et pousse la porte doucement.

— Bonsoir, dis-je pour m'annoncer, de peur d'inquiéter la personne avec qui Harper discutait.

Je referme derrière moi et observe les lieux. Il flotte

une agréable odeur de soupe. Le papier peint jauni du couloir a connu des jours meilleurs et quelques cadres sont suspendus à intervalles réguliers. Je m'approche du premier pour découvrir une Harper édentée et parfaitement adorable. Ses yeux pétillent d'espièglerie, et je reconnais la malice qui anime son regard lorsqu'elle s'autorise à être naturelle. La photo suivante est également un portrait. Cette fois, Harper a une quinzaine d'années. Chevelure flamboyante et menton relevé en signe de provocation. L'adolescente rebelle et insolente par excellence mais d'une beauté ravageuse.

— Oh bonsoir, je ne vous avais pas entendu entrer.

La main sur la poitrine, un torchon coincé entre sa paume et son pull, une femme d'âge mûr me dévisage.

— Excusez-moi, je ne voulais pas vous effrayer.

— Harper m'a expliqué que vous l'aviez raccompagnée.

— La porte était ouverte, dis-je en la désignant du pouce. Je me suis permis d'entrer, je voulais m'assurer qu'elle allait bien.

— Aussi bien que quelqu'un qui va perdre un parent.

Je déglutis.

— Est-ce que… est-ce qu'elle est en train de…

— Non, pas ce soir. Il lui reste encore quelques jours, voire semaines. Parfois, certains patients nous surprennent en défiant la mort avec panache, ce qui semble être le cas de Lauren. Je suis l'infirmière à domicile, précise-t-elle.

J'imagine que ma perplexité est palpable.

— J'habite ici le temps de… enfin, vous voyez, je m'occupe des soins, je seconde Harper. J'essaye de rendre ce moment le plus serein possible pour toutes les deux.

— Je vois.

Enfin, pas vraiment. Mon père est mort à l'hôpital, terrassé par un cancer du poumon en un mois. Cela a été si soudain que Julianne et moi n'avons même pas réalisé ce qu'il se passait.

— Elle est malade depuis longtemps ?

— Sept mois.

Le silence s'installe alors que je peine à relancer la conversation. Je préférerais apprendre tout ça de la bouche de Harper, et seulement si elle a envie de le partager avec moi.

— Je m'appelle Miranda.

— Liam.

— Vous voulez vous installer au salon, Liam ?

— Je... je ne sais pas vraiment si je dois rester. Harper n'a rien dit. Je ne voudrais pas m'imposer.

L'infirmière m'observe pendant ce qui me paraît une éternité si bien que je brise le silence le premier, gêné par son examen.

— Je ne voulais pas la laisser seule, mais comme vous êtes...

— Restez. Elle aura besoin de vous après. Il faudra lui changer les idées et je suis certaine que vous êtes très bon pour ça.

Est-ce qu'elle vient de faire une allusion sexuelle ? Elle joue des sourcils et je ne peux m'empêcher de sourire. Effectivement, c'est bien ce qu'il me semblait ! Elle s'écarte et m'invite à entrer.

Une demi-heure plus tard, Harper sort de la chambre de sa mère. À nouveau, j'entends des bruits de paroles étouffées, certainement une rapide discussion entre Miranda et elle, puis elle apparaît. Ses joues n'ont pas repris de couleur et ses yeux rougis tranchent avec le teint blafard de son visage. Je me lève pour l'accueillir.

— Salut.

— Tu es resté.

— Ouais, Miranda me l'a conseillé.

Elle me lance un sourire triste.

— Elle s'inquiète pour moi, dit-elle en haussant les épaules comme si ce constat était stupide.

— Elle n'est pas la seule, j'ai l'impression.

— Comment ça ? demande-t-elle, surprise.

— Ton patron aussi.

— Tom ?

— Ouais.

— Pourquoi tu dis ça ?

— Peut-être parce qu'il s'est pointé au bar un soir, peu de temps après que je sois venu au Brooke's te chercher.

— Tu plaisantes ?

— Non, pas du tout.

— Mais qu'est-ce qu'il voulait ? Il t'a parlé ?

— Non, il a commandé une bière puis l'a bue sans me quitter des yeux avant de se barrer. Limite flippant, si tu veux mon avis, mais le message a été suffisamment clair : « Ne joue pas au con. »

— Je n'en reviens pas.

— Il y a aussi ton collègue.

— Mike ? Le gars de la sécu ?

— Ah non, je ne pensais pas à lui, mais effectivement il peut rejoindre le club. Je parlais plutôt d'un des serveurs.

— Marco ?

— Je ne connais pas son nom, mais le soir où je t'attendais sur le trottoir en face du bar, il est sorti peu de temps avant toi et il ne s'est pas gêné pour me lancer un regard noir. Enfin, tout ça pour dire que Miranda n'est pas la seule à veiller sur toi.

— Et encore, tu ne connais pas Aubrey ! Si elle savait

pour nous deux, elle se serait pointée ce soir pour connaître tes intentions.

— Mes intentions ?

Je laisse échapper un rire incrédule alors que Harper, les bras croisés, semble attendre ma réponse. Le silence s'étire. Je vérifie derrière son épaule que Miranda ne va pas débarquer et me poste face à elle. Je pose les mains sur ses hanches pour l'attirer contre moi et murmure tout bas :

— Cela me semblait plutôt clair.

— J'ai besoin de l'entendre.

Les paumes sur mon torse, elle me dévisage. Le petit sourire qui naît sur ses lèvres me procure une satisfaction énorme.

— On pourrait peut-être aller chez toi pour en discuter ? Sauf si, bien sûr, tu dois rester auprès de ta mère.

Je me reprends de justesse, ne voulant pas la mettre mal à l'aise vis-à-vis de la situation. Miranda a laissé sous-entendre qu'elle aurait besoin de se changer les idées, mais je ne veux rien lui imposer. J'avoue que je serai déçu si elle refuse car je n'ai pas envie de la quitter, mais je comprendrai.

— Ça me semble être une bonne idée.

Je retiens mon sourire car j'ai le sentiment qu'elle n'a pas terminé de répondre. Effectivement, elle se met sur la pointe des pieds et vient torturer mon lobe. Je déglutis tout en priant le ciel que l'infirmière ne vienne pas gâcher ce moment parfait.

— J'aimerais bien récupérer mon soutif aussi, plaisante-t-elle.

— S'il n'y a que ça, je peux te le rendre maintenant.

— Parce que tu l'as vraiment sur toi ?

— Juste là, dis-je en tapotant ma veste.

— Je rêve !

Puis elle me surprend en collant un léger baiser sur mes lèvres avant d'enlacer nos doigts et de prévenir Miranda que nous partons.

Chapitre 16

Harper

— À quoi tu pensais, en allant là-bas ?

Il est 16 heures, le bar est encore fermé, ce qui me permet de laisser libre cours à mon énervement. J'ai besoin d'éclaircir le sujet. Hier soir, au détour d'une conversation, Liam m'a appris que Tom était allé lui rendre visite au Cherry. Je cherche toujours l'intérêt de cette démonstration de force. A-t-il imaginé l'impressionner ? Je suis une grande fille et, même si ces derniers temps, j'ai baissé la garde, cela ne lui donne pas le droit de se mêler de mes affaires.

Liam ne s'est pas formalisé et l'a défendu, arguant que cela partait d'un bon sentiment. Il n'empêche, Tom n'avait pas le droit. S'il est mon ami, comme le dit Miranda, il ne peut pas faire ce genre de chose.

Loin d'être perturbé par mon monologue, l'intéressé me regarde sans sourciller. Le fait qu'il ne cherche pas à se défendre n'améliore ni mon humeur ni sa cause. Il est assis sur un tabouret devant le comptoir, face à une pile de papiers tandis qu'Aubrey essuie des verres. L'air serein qu'ils affichent, comme s'ils attendaient patiemment que j'aie fini de vider mon sac, nourrit ma colère.

— Allô, Tom ! Je te parle.

— Tu fais des histoires pour rien, Harper. Arrête de tourner autour du pot et dis-moi quel est le problème exactement.

Aubrey laisse échapper un gloussement. Je pivote vers elle en m'interrogeant. Était-elle au courant de la visite de Tom au bar de Liam ? Nos regards se croisent, mais très vite son air impassible réapparaît.

— Depuis quand boire une bière est-il considéré comme un crime ? reprend-il.

— Tu vas vraiment partir sur ce terrain-là ?

— Quel terrain ? De quoi parles-tu, au juste ?

— Je suis sérieuse, Tom !

Je suis têtue aussi, et il le sait. S'il ne passe pas aux aveux rapidement, je vais faire de sa soirée un véritable enfer. Et une barmaid de mauvais poil, ce n'est pas bon pour les affaires.

— Pourquoi là-bas ?

— Pourquoi pas ?

— Tu te fous de moi ? Tu aurais aussi bien pu me pisser sur la jambe si tu voulais marquer ton territoire.

— Tu racontes n'importe quoi, dit-il en grimaçant.

Son petit jeu qui consiste à répondre à chacune de mes questions par une autre commence à me taper sur le système. Nous nous affrontons du regard, mais il ne lâche rien.

— Donne-moi la véritable raison de ta visite, avant que je claque la porte du bar et que je me tire.

— J'avais envie de sortir. Ça te va ?

J'ignore son ton condescendant ; je ne suis pas dupe. Il cherche à noyer le poisson. Je le fusille du regard, espérant qu'il comprenne qu'il a atteint ma limite. Malheureusement,

Tom est loin d'être impressionné par mon attitude. Je capitule.

— Donc, tu t'es dit que le Cherry était l'endroit rêvé pour assouvir cette soudaine envie ?

— Parfaitement.

— Je rêve !

— Je ne vois pas pourquoi ça t'énerve autant. Je n'ai rien fait de mal, je suis à peine resté une dem…

— Je sais, une demi-heure. Tu as bu une bière et tu t'es barré sans avoir prononcé un seul mot.

— C'est un problème ?

Je me pince l'arête du nez et inspire profondément. Je dois me calmer. Je sais qu'il n'a pas pensé à mal, mais je ne veux pas qu'il s'imagine quoi que ce soit. Je peux me débrouiller toute seule.

— Tu ne trouves pas étrange d'avoir justement choisi ce bar ?

— Pas du tout. Je connais très bien Grant et…

— Tu me prends pour une conne ? Je n'ai pas besoin que tu me protèges.

— Tu m'as dit qu'il t'avait traitée de salope, réplique-t-il, agacé.

— On y est ! Non, j'ai dit qu'il l'avait sous-entendu. Nuance !

— C'est du pareil au même.

— Pas du tout. On s'est expliqués depuis.

— Et… ?

— Quoi, *et*… ?

— Vous sortez ensemble, ou un truc dans le genre ?

— Ce n'est pas possible, je nage en plein délire ! Depuis quand ma vie privée te regarde ? Aubrey, tu peux essayer de lui faire entendre raison, s'il te plaît ?

Je me tourne vers mon amie qui ne perd pas une miette

de notre échange. Rien d'étonnant, elle est très curieuse. Je n'ai pas encore pris le temps de lui parler de Liam, mais, ce bar étant un ramassis de commères, elle doit déjà être au courant de ses allées et venues au Brooke's et de nos échanges houleux.

— En fait, ce que Tom cherche à te dire, c'est que nous aimerions bien connaître ses intentions.

— *Nous* ? Tu me fais marcher, là ?

Elle hausse les épaules, en continuant d'astiquer un verre, visiblement persuadée de la légitimité de leur intervention. Je la regarde, hébétée, puis un rire nerveux m'échappe en repensant à la soirée et à ma discussion avec Liam dans le salon de ma mère.

— Ses intentions ? Excuse-moi de te dire ça, mais aujourd'hui, plus personne ne parle de cette façon. Tu te crois au XVIIIe siècle ?

— Inutile de te moquer. On s'inquiète pour toi, c'est tout.

— Scoop ! Je vais très bien. Vous vous prenez pour mes parents ou quoi ? Si vous voulez tout savoir, on couche ensemble et c'est le pied intégral. Satisfaits ?

Alors que Tom se rembrunit, un sourire immense illumine le visage d'Aubrey.

— Et tu ne m'as rien dit ? Harper, bon sang ! Du coup, je ne sais plus si je dois être inquiète pour toi ou me réjouir !

— Parce que toi, tu me parles de tes nuits torrides avec ton mec ?

Elle éclate de rire, et cela a pour effet immédiat de détendre l'atmosphère.

— Je ne voulais pas te donner envie, alors que tu n'en avais pas.

— Je n'ai toujours pas de mec, je m'envoie juste en l'air.

— Dis-moi simplement s'il est aussi sexy que les deux fois où je l'ai aperçu ?

— Tu n'as pas idée !

— Je suis sûre que Jace n'a rien à lui envier.

Nous pouffons comme deux adolescentes, amusées par nos bêtises, avant que Tom nous rappelle à l'ordre par un raclement de gorge.

— Peut-on éviter de parler de vos vies sexuelles ? Je n'ai pas envie d'avoir des images de vous en train de faire la chose.

— *Faire la chose* ? Toi aussi, Tom, tu viens du même siècle que Aubrey ?

Je pose les coudes sur le comptoir, amusée par son expression gênée, et lui confie d'un air de conspiratrice :

— Si tu savais, il embrasse du feu de Dieu ! Cette bouche… huuumm… y a pas à dire, il sait vraiment s'en servir… Je n'ai…

— Arrête ! C'est bon, j'ai compris !

Je joue des sourcils, tandis qu'il se lève précipitamment.

— Reviens, Tom ! Tu ne veux pas les détails croustillants ? Moi qui voulais les partager avec toi, c'est dommage.

Mais il disparaît et la porte de son bureau claque, ce qui redouble notre hilarité.

Trois semaines plus tard

À New York, juillet est toujours le mois le plus chaud de l'année. Nous sommes le 11 et, d'après les médias, la journée est entrée dans les annales avec ses 38 degrés ressentis 43, en raison du fort taux d'humidité. Un temps à vivre sans le moindre vêtement ! Liam et moi sommes d'ailleurs allongés sur mon lit, nus et extatiques, seulement le mercure n'a rien à voir avec notre état. Certes, l'activité physique est peu recommandée en cas de forte chaleur, mais ce ne sont pas des histoires de canicule qui nous empêcheront de nous amuser.

Cela fait un peu moins d'un mois que nous passons la plupart de nos nuits ensemble à faire l'amour et parler. Nos discussions ne sont jamais sérieuses, elles tournent autour de nos goûts musicaux, des films qu'on voit et revoit sans jamais se lasser, des quartiers de New York que nous apprécions ou encore des meilleurs bars de la ville. Jamais rien d'important sur nos vies personnelles, notre passé, nos doutes, nos attentes ou nos rêves. La futilité de nos conversations me donne l'impression de ne pas m'impliquer, et pour une personne réfractaire à toute forme d'engagement relationnel, c'est rassurant.

En semaine, le Cherry ferme une demi-heure avant le Brooke's, si bien que Liam m'attend souvent sur le trottoir d'en face, lorsque Tom verrouille la porte du bar. Jusqu'à présent, j'ai évité son regard inquisiteur et ignoré les sourires béats d'Aubrey, mais je ne suis pas stupide au point d'espérer que mon silence les contente. Je vais devoir passer aux aveux et répondre à leurs questions, sauf que je risque de n'avoir aucune réponse.

Poser des mots sur notre relation est trop difficile. Je préfère profiter du moment présent et garder une attitude désinvolte, cela rend les choses beaucoup plus simples. D'après Tom, qui est ami avec le boss du Cherry, Liam quittera la ville bientôt. J'ignore quand, ni même si c'est encore d'actualité : il n'a jamais abordé le sujet. Interroger mon patron m'a démangée plus d'une fois, mais le faire serait revenu à admettre que Liam me plaît.

Je cligne des yeux pour chasser ce brouillard d'incertitude. Nous baignons dans un état post-orgasmique, contentés et repus. Moites aussi. Mais cela n'a aucune importance tellement je me sens bien.

Les yeux fermés, Liam joue avec mes doigts, pendant que je me perds dans des rêveries. Un amas de pensées incohérentes flotte dans mon esprit endormi, puis une image très nette m'apparaît soudain. Je me redresse pour sortir du lit, le faisant sursauter.

— Qu'est-ce qui se passe ?

— J'ai une idée !

— Pas sexuelle, j'espère, car là, je ne suis plus capable de rien.

Je ris, enfile son T-shirt à toute vitesse et fonce dans le salon. J'ai besoin de mon carnet. Je suis maintenant totalement réveillée, électrisée par l'idée d'une nouvelle recette. J'adore lorsqu'une association s'impose à moi. Mon esprit en ébullition pense aux combinaisons possibles, à la technique, réfléchit à la décoration et va même jusqu'à imaginer le goût. La naissance d'un cocktail est une phase excitante et unique. Chaque création est différente, mais l'exaltation, elle, reste la même.

De retour dans la chambre, je saute sur le lit, un crayon dans la bouche, et m'assois en tailleur.

— Tu m'inspires.

— Moi ?

— Oui, enfin, pas vraiment toi, mais le sexe avec toi.

— Que veux-tu, je suis une source d'inspiration inépuisable !

— J'ai pensé à un nouveau cocktail, dis-je avec animation.

— Parce que tu penses à des cocktails lorsque j'ai la tête entre tes c...

— Ne termine pas cette phrase !

Mon interruption outrée déclenche son hilarité. J'essaye

de rester stoïque, bien que mes joues s'échauffent. Liam produit cet effet sur moi.

— Pourtant, ça ne te gênait pas spécialement que je te murmure des choses de ce style à l'oreille, tout à l'heure.

— Il y a un temps pour tout ! Et puis, je ne veux pas que tu sapes ma fibre créatrice en me mettant des images salaces en tête.

— Huumm... Et donc, ce cocktail ?

J'apprécie son effort de sérieux et lui vole un baiser.

— Du gin, du Malibu, des fraises, et peut-être du gingembre frais râpé.

Je tapote le crayon sur mes lèvres, l'esprit surchauffé.

— Non, pas de gingembre, plutôt du basilic. Oui, du basilic ! Frais, évidemment, ou glacé... Ça pourrait être excellent.

— Pour la touche de fraîcheur, tu veux dire ?

— Oui. Visuellement, c'est original, et ça créerait la surprise en bouche.

— Pourquoi pas de la glace à la noix de coco, à la place du Malibu ? Il faudrait la ramollir un peu, mais, à mon avis, elle donnerait un coup de peps à ton cocktail. Tu pourrais même l'imprégner d'alcool.

— En gardant le basilic ?

— À voir. Tu as aussi l'option fleur de sureau ou cranberries qui pourrait très bien se marier avec ta base de gin et de fraises.

— Tu crois ?

— À tester. Il n'y a qu'en faisant des essais que tu trouveras la bonne combinaison, mais tu tiens quelque chose, j'en suis certain.

Les dix minutes suivantes, je griffonne sur mon carnet, un grand sourire aux lèvres, ravie et calée contre Liam, qui trace un chemin de baisers dans mon cou.

— Comment tu vas l'appeler ?

— Le Torride.

C'est presque imperceptible, mais l'espace d'une seconde, ses lèvres cessent leur va-et-vient, et je suis pratiquement certaine que son souffle devient plus court. Je résiste à l'envie de me retourner pour voir son expression car je sens déjà l'électricité crépiter entre nous. Le feu qui nous anime est toujours le même depuis notre première nuit.

— Intéressant.

Je n'ajoute rien et continue de noter ce qui me passe par la tête. La petite page est bientôt noire d'indications.

Liam s'est rallongé à mes côtés et reste silencieux, m'octroyant le calme dont j'ai besoin. Lorsque j'ai terminé, je contemple le rendu, satisfaite.

Après quelques secondes, je me détache de mon œuvre pour lui accorder mon attention. Il est en train de m'observer, le visage impassible. J'ose un sourire timide, consciente qu'une nouvelle fois, je l'ai laissé pénétrer dans mon monde avec facilité, mais surtout sans crainte.

— Depuis quand ta mère est-elle malade ?

Je me fige, surprise qu'il aborde le sujet. Depuis ma crise d'angoisse du mois dernier lors de notre premier rendez-vous, nous n'en avons pas reparlé, comme si cette soirée n'avait jamais existé. Ce soir-là, lorsque nous avons quitté son appartement, je l'ai entraîné chez moi et nous avons fait l'amour passionnément, sans échanger le moindre mot. Au petit matin, il avait disparu, mais le soir il m'attendait devant le bar. J'ai d'abord été surprise en l'apercevant. Mike était censé me raccompagner, je l'ai embrassé sur la joue et j'ai traversé la rue en courant. Heureuse.

Il semble que je tarde trop à répondre car Liam se

redresse pour sortir du lit. L'ambiance s'est soudain alourdie, chargée de non-dits.

— Je vais y aller.

La déception qui me vrille le cœur est trop forte pour être ignorée, alors je me jette à l'eau, optant pour l'humour.

— Impossible, je porte ton T-shirt. Tu ne peux pas sortir torse nu, encore moins prendre le métro comme ça.

— Me le rendre ne devrait pas être trop difficile.

— Reste.

Je déglutis. J'ai beau avoir murmuré, j'ai le sentiment d'avoir hurlé. Mon rythme cardiaque s'emballe, et je sens ma peau se couvrir de chair de poule à l'idée qu'il refuse.

— S'il te plaît, j'ajoute en soutenant son regard.

Est-ce que je me sens pitoyable de le supplier ? Tout à fait. Seulement, je ne veux pas qu'il parte. Pour une fois, j'aimerais me réveiller dans ses bras. Mis à part le jour où j'ai découvert l'existence de son fils, il finit toujours ses nuits chez lui. Il est vrai que je ne lui ai jamais proposé de rester, mais aujourd'hui j'en ai envie.

Liam

Lève-toi et pars !

J'essaye d'ignorer ma raison, c'est mon cœur que j'ai envie d'écouter. Notre relation est vouée à l'échec : je n'ai rien à offrir à Harper à part quelques mois. Elle, d'après ce que j'ai pu voir, fuit toute forme d'engagement. Nous n'avons pas d'avenir ensemble, je le sais, seulement je n'arrive pas à m'y résoudre.

Il le faudra bien, d'autant plus que tu ne lui as toujours rien dit à propos du concours, murmure ma conscience.

Je retiens difficilement une grimace. Comment aurais-je

pu lui en parler, alors qu'elle-même ne l'a jamais mentionné ? La troisième épreuve aura lieu dans quelques jours et, à cette occasion, nous découvrirons le visage des autres participants. Harper risque de ne pas apprécier cette surprenante coïncidence.

— J'ai vraiment envie que tu restes.

Ce n'est pas sa voix déterminée qui finit de me convaincre, mais la vulnérabilité qui fait vaciller son regard. Elle m'attire irrémédiablement, et chaque nuit passée en sa compagnie renforce cette attraction. L'intensité de nos ébats est significative, malheureusement, nos jours sont comptés. Mon projet n'a pas changé, bientôt je devrai laisser derrière moi la côte Est. Alors, pourquoi ne pas suivre ma première idée et quitter son appartement ? Le sexe avec elle est phénoménal, mais ces derniers jours notre relation a pris un tournant différent. Est-ce que je suis le seul à m'en être aperçu ?

Certes, nous ne discutons pas de choses sérieuses, néanmoins ses goûts musicaux et alimentaires, ainsi que ses petites manies, n'ont plus aucun secret pour moi. Je sais qu'elle a peur des insectes, plus particulièrement des araignées, qu'elle raffole des framboises et déteste le kiwi. Si elle était une plage, elle serait Abalone Cove, un lieu encore préservé d'où l'on aperçoit la magnifique île de Catalina. Elle est allergique au sésame, ce qui exclut les Big Mac, ce qu'elle vit comme une ignoble injustice. Elle dort à droite, la main sous l'oreiller. Son shampoing à la pêche me rend dingue et elle adore dessiner, mais pas les paysages. Elle ne supporte plus les chamallows verts à cause d'une indigestion qui, enfant, l'a rendue malade pendant plusieurs jours. Pourtant, ils ont tous le même goût ! Je connais grâce à nos conversations nocturnes une infinité de détails la concernant. Elle a dispensé ces petites choses futiles pensant que ça nous éviterait d'aborder de vrais sujets. Un psy dirait que c'est une façon de se protéger et de garder le contrôle. Aucun doute là-dessus. Maintenir les gens à distance est une véritable religion pour Harper. C'est pour cette raison que je suis surpris qu'elle insiste autant. Est-ce que c'est sa façon d'admettre que je lui plais ?

Nous restons silencieux de longues secondes avant que j'acquiesce et me rallonge. C'est une erreur, mais le doute et la peur qui voilaient ses yeux disparaissent instantanément et soulagent ma conscience.

— Tiens, dit-elle en me tendant son carnet.

Je hausse un sourcil intrigué. Ce carnet l'accompagne partout, sans qu'elle autorise quiconque à le consulter, elle me l'a dit. À nouveau, ses prunelles se teintent d'incertitude. Elle aimerait se laisser aller, s'ouvrir, mais ses doutes l'en empêchent. Elle semble constamment en lutte contre elle-même.

— Je veux que tu le feuillettes pour apprendre à me connaître.

Elle ferme les yeux, inspire profondément pendant une dizaine de secondes, puis plonge un regard tourmenté dans le mien. Harper est une très belle femme qui devient sublime lorsqu'elle laisse entrevoir ses émotions.

— Écoute, Liam, reprend-elle d'un ton plus assuré, je traîne quelques casseroles et, pour le moment, je n'ai pas trouvé le moyen de m'en débarrasser. Je… pour moi, ce n'est pas facile de faire confiance. On ne m'a jamais appris, et j'ai grandi avec l'idée que j'étais seule contre le reste du monde. Je ne vais pas te mentir, je ne suis pas habituée à sortir avec un mec sur le long terme.

— Le long terme ?

Ma question amusée ébranle son aplomb. Elle n'a pas

besoin de parler, une nouvelle fois, son expression livide la trahit. Je brûle d'envie de la toucher, de faire courir mes doigts sur sa peau nue pour la réconforter, mais je m'abstiens. Une simple question posée sur le ton de l'humour ne devrait pas la déstabiliser à ce point. Elle a besoin de se libérer de ses chaînes. Seule.

— Il m'est difficile d'accepter que je compte pour des gens, mais j'y travaille. Aubrey et Tom sont très persévérants.

Elle se tait, puis contemple son carnet en caressant la couverture vieillie marron.

— Ma mère est malade, elle va mourir. Je n'imagine pas ma vie sans elle, chuchote-t-elle, la voix tremblante.

Sa confession flotte entre nous et, l'espace d'une seconde, j'hésite à répondre. Un tel aveu a dû lui coûter un effort considérable, et j'ai peur qu'elle se ferme si j'essaye d'en savoir plus. Je décide donc de partager ma propre expérience.

— J'ai perdu mon père d'un cancer du poumon il y a plusieurs années.

Elle redresse vivement la tête, surprise.

— Ça a été rapide, il est mort à l'hôpital un mois seulement après le diagnostic, mais j'imagine que la douleur est identique. Peu importe le temps, on n'est jamais préparé.

— Ta sœur et toi étiez là, quand il est décédé ?

— Oui. Emy aussi. Il est parti paisiblement, entouré des personnes qui comptaient le plus pour lui.

Elle se perd dans ses pensées de longues secondes, puis sa voix douce, chargée de fragilité, résonne dans la pièce.

— Je ne voulais pas que ma mère meure à l'hôpital. Ça me semblait tellement impersonnel ! Je… je trouvais important qu'elle soit chez elle. C'est peut-être bête, mais ça me donne le sentiment de rendre sa mort plus douce, plus confortable.

Je l'attire contre moi, et elle pose la joue sur mon torse.

— C'est vrai, dis-je. Malheureusement, c'est souvent ce qui arrive quand les gens sont malades. Ils vivent leurs derniers instants dans une chambre aseptisée. Je trouve bien que tu aies pu trouver une autre solution, ce n'est pas donné à tout le monde. Même si nous avions eu du temps, nous n'aurions pas pu financer une infirmière à domicile pour mon père.

— Je ne pouvais pas non plus, mais j'ai trouvé une solution. Je participe à un concours depuis plusieurs semaines pour gagner de l'argent.

Je ferme les yeux, tout en lui caressant le bras. Je n'ai plus aucune excuse. Mon cœur bat si fort que je peine à l'entendre.

— Le meilleur barman remportera la somme de cent mille dollars. C'est grâce à cet argent que je vais payer Miranda.

Et que, moi, je financerai mon départ et ma nouvelle vie.

— Et si tu perds ?

— Je dois gagner, je n'ai pas le choix.

— Les autres aussi ont certainement de bonnes raisons de participer.

— Je sais, mais je me suis entraînée, et il y a cette nana sympa qui suit les participants… Elle m'a dit que j'étais dans les favoris. Tom et Aubrey sont persuadés que j'ai toutes mes chances. Tom a même proposé de se renseigner pour savoir qui participe, mais je le lui ai interdit. Je vais gagner à la loyale parce que je suis la meilleure, non pas parce que je suis une tricheuse.

Julianne avait donc raison, Harper fait partie du peloton

de tête. Les mots se bousculent dans mon esprit, pourtant aucun ne sort. Je dois lui avouer la vérité, mais je n'y arrive pas. Ce n'est pas le moment. Elle vient de se confier, elle est vulnérable et sera incapable de se montrer rationnelle.

— Je peux te poser une question ? continue-t-elle.

— Vas-y, je t'en prie.

— Est-ce qu'il te manque toujours autant ?

— Au début, le vide était énorme, le manque me paraissait insoutenable. Même s'il s'atténue ensuite, je ne crois pas que ce sentiment disparaisse, on apprend seulement à vivre avec.

— Tu t'en es donc remis, murmure-t-elle, presque admirative. Est-ce que… est ce que c'est la raison de ton tatouage ?

Elle se dégage délicatement, s'installe en tailleur et m'observe avec curiosité. Se marquer la peau à l'encre indélébile est une décision intime, et il est rare que les personnes tatouées se confient sur leur cheminement. Bien sûr, une majorité opte pour des dessins sans histoires, simplement parce que le graphisme leur plaît. Pour moi, c'est plus profond. Mon phénix a une véritable signification.

— Ma mère nous a abandonnés quand j'avais seize ans. J'étais fou de rage contre elle et … disons que je n'ai pas très bien géré ma colère. J'ai fait des conneries, certaines plus graves que d'autres, puis j'ai fini par toucher le fond.

Je lève le poing sans la quitter des yeux.

— Mais je m'en suis sorti. C'est la seule chose qui compte. Je me suis promis de ne jamais l'oublier. Et toi ? dis-je en désignant son poignet du menton.

Elle baisse les yeux et suit avec douceur le contour de l'oiseau légendaire. Le sien, dessiné avec une extrême finesse, est plus petit que le mien et possède deux têtes.

— Je l'ai fait faire le jour de mes dix-sept ans. Ma mère n'a pas été très contente, mais j'étais une adolescente rebelle.

Sa remarque me tire un sourire auquel elle répond d'un haussement d'épaules.

— Je t'imagine assez bien en rebelle, surtout depuis que j'ai vu des photos de toi dans l'entrée de son appartement.

— Ouais, elle n'avait que moi, alors elle tapissait les murs avec ma tête.

— Et donc… ce tatouage ?

Elle sourit, l'air de dire : ne t'inquiète pas, je ne cherche pas à esquiver la discussion.

— Il y avait ce mec qui bossait au salon de tatouage, il avait vingt ans et je lui plaisais, alors j'en ai profité.

— Tu sortais avec lui ?

— Non, pas vraiment. Déjà à l'époque, je ne me liais pas facilement, mais si tu veux tout savoir, c'est avec lui que j'ai couché pour la première fois.

— Beau souvenir ?

— Ça aurait pu être pire, je crois. Le truc, c'est que je n'avais pas de référence, je n'avais pas de copines avec qui en parler, alors je dirais que c'était sûrement dans la moyenne. Il a voulu qu'on continue à se voir, mais j'ai refusé. Il était cool, mais je savais que ça ne durerait pas. Je ne voulais pas qu'un jour il se réveille et me jette, alors j'ai pris les devants. On s'est croisés quelques années plus tard et comme nous avions tous les deux plus d'expérience, ça a été beaucoup plus agréable. Une nouvelle fois, il a proposé qu'on se revoie, mais ma réponse n'avait pas changé.

— Pourquoi ?

Elle baisse les yeux et fixe son tatouage. Son hésitation est presque palpable, elle se demande si elle peut me faire confiance. Je décide de ne pas la brusquer et la laisse prendre son temps.

— Mon père est parti la veille de mes huit ans. Ma mère l'a très mal vécu, elle est tombée dans une dépression profonde. Tu sais, le genre à pleurer tout le temps, ne plus se lever le matin, ne plus se laver, ne plus manger et ne plus s'occuper de sa fille. Ça a duré un peu plus d'un d'an, puis elle s'est reprise en main.

— La descente aux enfers peut être interminable. Heureusement, un élément déclencheur nous fait parfois prendre conscience que nos limites ont été atteintes et qu'il est temps de se reprendre.

— Ça a été quoi, ton élément déclencheur ?

— Une arrestation par les flics après une bagarre dans un bar. Mon père a dû se pointer au poste, ma sœur pleurait comme si j'allais être condamné à mort. Il était tellement déçu que je me suis senti pire qu'une merde. Ce jour-là, j'ai compris que je devais arrêter mes conneries.

Je me tais, hésitant.

— Et pour ta mère ?

— Sa tentative.

Sa réponse a fusé très vite, prononcée si bas que je ne suis pas certain d'avoir bien entendu.

— Sa tentative ?

— De suicide, précise-t-elle, la voix tremblante.

— Tu avais quel âge ? demandé-je, choqué.

— Neuf ans. C'est moi qui l'ai trouvée par terre dans le salon. Je suis allée chercher Paula, notre voisine du dessus. J'étais tétanisée. Elle a appelé les secours, puis m'a cachée dans son appartement. Elle a dit plus tard à l'aide sociale qu'à ce moment-là je séjournais dans le Connecticut, chez quelqu'un de la famille. Par chance, mon sort n'intéressait personne, car leurs questions se sont arrêtées là, et ils m'ont laissée tranquille. Maman est sortie de l'hôpital au bout de quelques jours. Moi, je suis restée un peu chez Paula, puis tout s'est arrangé.

« Ma mère a beaucoup pleuré, elle s'est excusée des dizaines de fois, mais je n'ai jamais oublié son corps inerte, ni le fait qu'elle aussi avait voulu m'abandonner, comme mon père. Cette idée ne m'a plus quittée. En même temps, j'étais si soulagée qu'elle se batte pour redevenir une bonne mère que je lui ai tout pardonné, même les mots méchants qu'elle avait pu avoir. Simplement, à partir de ce jour, j'ai su que je ne ferais plus confiance à personne. Les gens finissent toujours par me quitter d'une manière ou d'une autre, alors je préfère être celle qui part en premier. Je vis sans attache, ce qui me convient très bien. Comme ça, je ne suis pas déçue. »

Elle reporte son attention sur son tatouage. Je ne la quitte pas des yeux, le cœur battant. Harper me touche au plus profond de mon être, mais je n'ai pas envie d'analyser mes sentiments. Initialement, nous devions coucher ensemble une seule fois pour assouvir le désir qui nous consumait. Comment en sommes-nous arrivés à parler de nos blessures ? Se lancer dans une relation n'était pas du tout prévu, tomber amoureux encore moins. Alors, qu'est-ce que je fais là, ou plutôt qu'est-ce que nous faisons là ?

— Contrairement au tien, mon phénix a deux têtes. Une pour ma mère, une pour moi. On s'en est sorties toutes les deux, pas indemnes, c'est vrai, mais on a survécu. J'ai survécu, je ne dois jamais l'oublier.

Elle marque une pause, visiblement gênée de s'être autant confiée.

— Voilà, tu sais tout. Je ne t'en voudrais pas si tu déc…

Mû par une pulsion irrépressible, je me redresse, plaque la main sur sa nuque, puis mes lèvres s'écrasent sur les siennes dans un baiser urgent et possessif. Si mon geste la surprend, très vite, elle se laisse aller avec la même ardeur et, bientôt, la pièce s'emplit de nos gémissements libérateurs.

Chapitre 17

Cinq jours plus tard

Harper

L'eau à la bouche, je retourne le dernier pancake, avant de le laisser dorer une dizaine de secondes au centre de la poêle. Lorsque la cuisson me semble parfaite, je le glisse en chantonnant sur le haut de la pile, fière de moi. Je plaide coupable : je suis de très bonne humeur ! Je nappe l'ensemble de sirop d'érable et ajoute une poignée de pépites de chocolat, ainsi que des rondelles de banane. Une pointe de chantilly pour parfaire la décoration ? Oui. Après tout, Liam voulait un vrai petit dej, il va être servi !

La délicieuse odeur de chocolat fondu commence à se répandre autour de moi, et mon estomac laisse échapper un grognement d'impatience. Pourquoi ne suis-je pas déjà en train d'engloutir cette montagne de calories ? Je vérifie une dernière fois le résultat, ravie, puis me dirige vers la chambre.

La porte est fermée. Comme tous les matins, Liam est au téléphone avec son fils. C'est leur rituel, leur petit moment à eux. J'inspire profondément en essayant de me convaincre que l'interrompre n'est pas une violation de son intimité. Je ne compte pas débouler devant la caméra sans y avoir été invitée – ce serait trop perturbant pour son fils –, mais ces derniers jours, j'ai envie que son ex sache que j'existe. Je ne suis pas jalouse, seulement j'ai le sentiment d'être un petit secret honteux. *Tu n'as pas non plus parlé de Liam à Aubrey*, assène ma conscience.

Pas faux. Je me mordille l'intérieur de la joue en proie au doute. Est-ce que cela signifie que notre relation est purement sexuelle ?

STOP. Ressaisis-toi, Harper ! Assurance et courage.

Alors que je m'apprête à frapper, j'entends la voix d'Emy, suivie du rire de Liam. Un rire rauque et sexy, un rire naturel. Le poing en l'air, le cœur battant, j'hésite de nouveau à m'imposer. Je ferme les yeux, puis recule, gênée. La situation a quelque chose de pathétique. À aucun moment, il ne m'a proposé de le rejoindre lors de ces appels. Pire, il n'a même jamais laissé la porte ouverte, comme si elle lui permettait de séparer deux mondes. Sa famille et lui d'un côté, moi de l'autre, seule.

Un pas supplémentaire en arrière.

Être exclue ne m'a jamais posé de problème. Certes, ce n'est pas agréable, mais je m'en suis accommodée avec la certitude qu'être seule était plus prudent. Que c'était surtout mon choix. Aujourd'hui, tout est différent. Ce sentiment est désagréable et destructeur. Humiliant.

— Mon projet n'a pas changé, Emy. Ce n'est plus qu'une question de mois, six tout au plus, et vous m'aurez sur le dos.

Une gifle aurait été moins douloureuse. Si j'avais le moindre espoir qu'il reste, Liam vient de l'anéantir. Tom avait vu juste, il ne compte pas s'éterniser à New York. L'information n'est-elle pas suffisamment importante pour être partagée ? A priori non. Il m'a parlé de son passé, mais n'a évoqué ni sa vie actuelle ni ses projets. Je ne sais rien de son fils, à part qu'il s'appelle Milo, qu'il a trois ans et demi et est fan de Snoopy. Pas de photos, ni d'anecdotes rigolotes sur ses bêtises. Rien. Il ne me considère sûrement pas digne de confiance pour entrer dans sa vie.

« C'est nous contre le reste du monde, Harper. »

Comme toujours, les paroles de ma mère agissent comme un mécanisme de protection en résonnant distinctement dans ma tête et en barricadant mon cœur. L'année de mes huit ans, elle les a tellement répétées qu'elles sont restées ancrées en moi. Plus tard, elle a essayé de m'expliquer que c'étaient les mots d'une femme blessée et dépressive, mais le mal était fait.

Vaincue par mes démons, j'abandonne mon idée et retourne à la cuisine au ralenti. Je pose l'assiette sur le bar, m'installe sur un tabouret, attrape une fourchette et enfourne une bouchée de pancake.

Exquis.

Délicieux.

J'essaye de me convaincre que rien n'a changé, mais le cœur n'y est plus. Et je ne parle pas seulement des pancakes. Aubrey, avec sa fougue et son optimisme légendaires, m'aurait conseillé d'affronter Liam, de le mettre devant le fait accompli, mais plutôt mourir que lui montrer le moindre signe de faiblesse !

Liam

— Tout va bien ?

Harper est perdue dans ses pensées, le visage fermé. Au son de ma voix, elle se redresse et m'offre un sourire factice. Incapable de me contrôler, je hausse un sourcil sceptique, retenant avec difficulté un ricanement. Nous en sommes donc revenus à ça ? Génial.

— Oui, oui, parfaitement bien, répond-elle avec aplomb. Je réfléchissais, rien de plus.

— Tu es sûre ?

Je la dévisage, peu convaincu. Elle se dépêche de fuir mon regard, reportant son attention sur l'assiette devant elle. Sa réaction a beau accentuer ma méfiance, je choisis néanmoins de ne pas aller au conflit et de lui laisser le bénéfice du doute.

— J'ai reçu un message de Miranda à propos de ma mère, ça m'a fait cogiter.

Je me crispe. Nous savons l'un comme l'autre qu'elle est en train de mentir pour la simple et bonne raison que son portable est dans la chambre, sur la table de nuit. Ce que je n'arrive pas à comprendre, c'est la raison pour laquelle elle se dérobe. Elle est difficile à cerner, la solitude semble son credo, mais plus j'apprends à la connaître, plus j'ai l'intime conviction que c'est une façon de se protéger.

Le traumatisme qu'elle a vécu dans son enfance l'a meurtrie. Depuis, elle revendique son indépendance et l'entretient pour maintenir les gens à distance. Elle associe l'amour à l'abandon et à la douleur, et préfère se bercer d'illusions en se convainquant de la légitimité de son attitude. Elle donne quand elle en a envie, capable de tout reprendre du jour au lendemain. Elle me rend dingue car j'ai le sentiment de ne pas pouvoir lui faire confiance, alors qu'elle occupe aujourd'hui une place importante dans mon cœur. Malgré tout, sa fragilité me donne l'espoir qu'un jour, nous serons capables de dépasser sa peur ensemble, même si, pour cela, il faudrait qu'elle accepte de m'écouter.

— Ton téléphone est dans la chambre alors, à moins

que tu sois médium, je ne vois pas très bien comment tu pourrais avoir parlé à Miranda.

Mon ton sarcastique n'a pas l'air de la perturber. La preuve, elle dissèque avec une indifférence inquiétante un morceau de pancake, sans chercher à se défendre. Elle a besoin d'être bousculée pour avancer, j'ai pu m'en apercevoir au cours des dernières semaines. Je soupçonne d'ailleurs que personne, dans son entourage, n'a le cran nécessaire pour s'opposer à elle.

— Si tu me disais exactement quel est le problème ? On pourrait en par…

— Laisse tomber !

La mise en garde, sèche, est censée clôturer toute discussion.

Elle saute du tabouret avec humeur, ouvre le frigo d'un geste vif et se sert un verre de lait comme si la situation était parfaitement ordinaire et que je n'avais pas mon mot à dire. Elle avale sa boisson à petites gorgées, mettant mes nerfs à rude épreuve. Je la suis des yeux, agacé, mais surtout curieux de savoir ce qui a pu déclencher un tel revirement de situation. Avant mon appel, tout semblait aller pour le mieux dans le meilleur des mondes. Que s'est-il passé pour qu'elle redevienne cette femme inaccessible ?

— Laisse tomber ? C'est ça, ta réponse ? Tu ne me fais pas suffisamment confiance pour comprendre ce qui t'arrive ?

— Tu parles de confiance ? C'est une blague ? crache-t-elle, furieuse.

Je réduis l'espace entre nous et lui attrape le bras pour l'obliger à m'affronter. Je refuse qu'elle se mure dans le silence, qu'elle m'exclue, sans avoir la décence de s'expliquer. C'est trop facile.

— Arrête de fuir.

— Tu n'es qu'un sale hypocrite.

Les mâchoires serrées, elle redresse le menton pour me mettre au défi de la contredire. Soufflé par la fureur qui irradie son regard, je la libère. Alors que je m'attends à la voir décamper, elle ne bouge pas d'un centimètre.

— Tu veux que je te dise ? Je sais que tu vas te barrer dans quelque temps, alors ne fais pas celui qui tient à moi. Je ne suis même pas surprise, ça devait finir par arriver. Toi et moi, on ne se connaît pas vraiment. J'imagine que c'est la suite logique... Mais j'aurais apprécié que tu m'en parles. Pour éviter que je m'attache et passe par la même occasion pour une conne.

— Tu as écouté ma conversation ?

Son assurance vacille légèrement face à mon reproche, mais très vite elle se reprend et me fusille du regard. Un point pour elle, car ce n'est pas le sujet.

— Ne monte pas sur tes grands chevaux. Je le savais bien avant aujourd'hui, Tom me l'a dit la première fois qu'il t'a vu au bar. Naïvement, j'espérais qu'il se trompe. Dire que tu as presque réussi à me faire changer d'avis sur les hommes... Je me sens tellement bête d'avoir cru qu'enfin, un truc sympa m'arrivait...

— Harper...

— Ne t'inquiète pas, je suis une grande fille. Pour être honnête, je me posais beaucoup de questions sur nous, sur notre relation, sur ce que nous représentions l'un pour l'autre après toutes ces nuits passées ensemble. Au moins, maintenant, on connaît tous les deux la réponse.

— La réponse ? Et quelle est-elle, s'il te plaît ? Je suis curieux d'entendre ta conclusion.

— Du sexe.

— Du sexe ?

— Du bon sexe, je te l'accorde, mais rien d'autre que du sexe.

— Ce n'est pas vrai et tu le sais.

— Non, je n'en sais rien, crie-t-elle, parce que tu t'évertues à me tenir éloignée de ta vie ! Tu ne me parles jamais de ton fils, tu passes tous tes appels enfermé dans une chambre, loin de moi, comme si je ne méritais pas de connaître cette partie de ton existence. Je t'ai laissé entrer dans la mienne, je t'ai confié mes angoisses et mes doutes. Je t'ai parlé de mes projets, de mes envies, de mes espoirs, mais toi, tu es resté inaccessible. Alors, tu sais quoi ? Va vite les rejoindre à…

Elle se fige, blême.

— Tu y crois ? Je ne sais même pas où habitent ton fils et ta femme.

— Ex-femme, je murmure.

Elle sourit, désabusée, l'air de dire que la précision est inutile.

— Los Angeles.

Elle ferme les yeux et hoche doucement la tête.

— Los Angeles, répète-t-elle. Los Angeles, évidemment… Tu te souviens, lorsque je t'ai dit qu'un de mes rêves serait d'ouvrir un bar à Abalone Cove ?

— Oui.

— Tu n'as pas pensé que c'était le moment de me parler de ton idée de déménagement ? Tu veux que je te dise, Liam, tu m'as jugée dès notre rencontre, tu n'as jamais considéré que j'étais digne de toi.

— C'est faux.

— Non, pas tant que ça, dit-elle tristement. De toute façon, j'ai l'habitude. Les gens pensent me cerner au premier regard. Ils se cantonnent à mon physique, s'imaginant que le reste est sans intérêt.

Je suis furieux contre moi de ne pas avoir remarqué qu'elle était prête à s'impliquer, qu'elle attendait simplement que je lui tende la main pour la rassurer. Je fais un pas vers elle et l'attire à moi avec l'espoir fou qu'elle ne me rejettera pas. Elle se laisse faire, tel un pantin inanimé, sans opposer la moindre résistance, et nous restons un long moment dans cette position, mon menton sur le haut de sa tête, silencieux. Son souffle chaud chatouille ma peau nue et agit comme un catalyseur me donnant le courage nécessaire de lui ouvrir mon cœur.

— Je te dois des excuses.

Je raffermis ma prise, de peur qu'elle s'enfuie et m'empêche d'aller au bout de ma confession.

— Je suis désolé de ne pas t'avoir parlé de mes projets. J'ai flippé parce que tu as déboulé dans ma vie avec ton aplomb, ton assurance, ta combativité et ton corps de rêve. Je t'ai désirée à la seconde où je t'ai aperçue au Brooke's, même si je savais que c'était une mauvaise idée. Je t'ai repoussée, mais tu es une femme déterminée, et j'ai fini par craquer. La première fois que nous avons couché ensemble, je me suis persuadé que c'était pour évacuer la tension sexuelle, seulement les jours se sont écoulés, et tu n'as pas quitté mon esprit. Je ne regrette aucun de nos moments, aucune de nos disputes, j'ai aimé chacun de nos baisers et toutes les fois où nous avons fait l'amour… Tu veux savoir pourquoi ?

Je marque une pause, même si la question n'est que rhétorique, et lui caresse le dos, la gorge sèche, terrifié par l'aveu que je m'apprête à faire.

— Parce que je suis amoureux de toi. Amoureux, Harper. Ce n'était pas prévu et je n'ai pas encore trouvé comment concilier ça avec mon départ à Los Angeles.

Peut-être que si nous y réfléchissons à deux, nous trouverons une solution.

Je me tais, à bout de souffle, le cœur battant. Harper est toujours là, j'ai même le sentiment que son corps est un peu plus pressé contre le mien. Son silence me tue, mais je sais que je ne dois pas la brusquer.

Je suis incapable de dire combien de temps s'écoule. Au moment où je finis par craquer et prononcer son prénom, ses bras glissent autour de mon dos et ses lèvres brûlantes se posent dans mon cou, au niveau de mon pouls. Elle embrasse la zone avec une infinie douceur avant de s'écarter lentement pour plonger son regard dans le mien. Ses yeux sont brillants de larmes, mais, pour mon plus grand bonheur, elle m'offre cette fois un sourire sincère et authentique. Un véritable sourire.

— Moi aussi, je suis amoureuse de toi. Je crois bien que c'est la première fois, ajoute-t-elle avec timidité.

Sans attendre une seconde, je fonds sur elle avec détermination. Je sais que notre discussion n'est pas terminée, que je dois encore aborder le sujet du concours, mais le désir qui nous anime est trop fort, incontrôlable, alors je fais taire ma conscience. Chaque chose en son temps.

Chapitre 18

Harper

Le mercredi suivant, nous sommes tranquillement allongés sur le canapé, la télévision en fond sonore. Le journaliste semble s'inquiéter des résultats de la Bourse.

— *L'attention des marchés s'est vraiment tournée vers les résultats d'entreprise, en ce 18 juillet, et jusqu'à présent, les chiffres ont globalement été meilleurs. Il ‘n'est cependant pas à exclure qu'une escalade des conflits commerciaux déstabilise l'élan positif de l'économie.*

Ma tête repose sur la poitrine de Liam, et j'écoute les battements de son cœur tandis que ses doigts caressent paresseusement la peau nue de mon bras. De temps en temps, je me redresse pour picorer ses lèvres sans que nos baisers ne dégénèrent. J'adore que l'on puisse s'embrasser sans aller plus loin, cela prouve que notre relation n'est pas uniquement sexuelle. Pour moi, c'est une première et, même si c'est assez effrayant, je me force à rester concentrée sur le positif.

— Et si on sortait ?

— Bonne idée ! Qu'est-ce que tu proposes ? dis-je en me redressant, intéressée.

— Le Weslight ?

Sa réponse a le mérite de me prendre au dépourvu. J'éclate de rire, pensant qu'il me fait marcher. Le Weslight est le rooftop d'un hôtel ultramoderne et réputé, situé à Brooklyn. Le bar offre une vue à couper le souffle sur la Skyline, du sud de Manhattan à Harlem. Enfin, c'est ce que racontent ceux qui ont eu la chance d'y mettre les pieds. Pour ma part, je suis simplement abonnée à leur page Instagram, mais c'est vrai que le panorama a l'air incroyable.

— Je ne plaisante pas, lâche-t-il, imperturbable.

Je lève les yeux au ciel. Liam est souvent impassible, si bien que je ne sais jamais s'il est vraiment sérieux.

— Je ne suis pas sûre qu'on corresponde à la clientèle habituelle.

— Comment ça ?

— Il paraît que la jeunesse dorée des quartiers chics aime s'approprier les lieux, si tu vois ce que je veux dire. En plus, il faut réserver des mois à l'avance pour espérer y boire un verre. En gros, tout le gratin new-yorkais se presse là-bas.

— Je connais quelqu'un qui pourra nous faire entrer.

— Liam, tu ne m'écoutes pas. Ce genre d'endroit est plutôt sélect…

— Si tu veux mon avis, Harper, ils auraient de la chance de t'avoir dans leur clientèle. Tu es parfaite. Pourquoi tu…

— Parfaite ? souligné-je d'un ton espiègle.

— C'est ce que je viens de dire, oui. En tout cas, tu l'es pour moi.

Depuis notre discussion à cœur ouvert voici quelques jours, Liam est devenu un spécialiste des grandes déclarations. Alors que ces mots doux et ces compliments m'auraient agacée venant de n'importe qui d'autre, je me sens fondre un peu plus chaque jour. Qui aurait cru que mon cœur pouvait battre pour un homme ?

Nous n'avons pas reparlé de son départ à L.A., mais je ne suis pas naïve au point d'espérer une issue favorable à notre histoire. Il veut se rapprocher de son fils, et je dois rester à New York. Il n'a d'ailleurs pas proposé que je le suive. Et c'est très bien comme ça, car envisager un avenir avec lui en Californie signifierait acter la mort de ma mère. Pire : l'attendre pour être libérée de toute obligation. Le timing est simplement mauvais. Notre histoire restera un beau souvenir. Au moins, maintenant, il ne s'isole plus pour appeler son fils ! Hier, Milo a même entendu ma voix. Il a interrogé son père qui n'a pas éludé la question, pour mon plus grand bonheur. Mon prénom a même été prononcé ! Ma journée en a été excellente, surtout lorsque j'ai compris qu'Emy participait à cette conversation.

— Tu souris. J'aime ton sourire, Harper, il est carrément sexy.

Je t'aime tout court.

Je me précipite pour l'embrasser et retiens les mots qui me viennent naturellement. Je n'ai jamais été très douée avec les sentiments et surtout je n'ai jamais prononcé ces trois petits mots.

Je me lève d'un bond, mal à l'aise.

— Tout va bien ? demande-t-il, incertain.

— Oui oui, mais tu parlais de sortir, et si on reste sur le canapé, je crains qu'on finisse nus.

Il hausse un sourcil et affiche un air canaille.

— Ce programme me convient aussi. Tu sais, je ne suis pas difficile, tant que ça nous implique tous les deux.

— Est-ce que tu as conscience de parler à mes seins, là ? Désolée de te décevoir, mais ils ne risquent pas de te répondre.

— Je les adore.

— N'importe quoi !

— Non, vraiment.

— J'avais remarqué, dis-je en riant.

— Et c'est un problème ?

— Tu disais que tu connaissais quelqu'un au Weslight ?

— Tu changes de sujet !

— J'apprécie l'attention que tu portes à ma poitrine, mais j'ai très envie de sortir.

— Et… ?

— Je te connais, c'est tout. Je sais que tu es tenté de rester ici maintenant.

— Est-ce qu'on pourra jouer tous les quatre en rentrant ?

— Rassure-moi, tu as conscience que ce ne sont pas de véritables personnes ?

— Oui ou non, Harp ?

Je soupire, comme si cette perspective était une torture, alors que je suis presque tentée de céder… et, par céder, j'entends me mettre à poil et lui sauter dessus !

— Fais-nous entrer dans ce bar. Pour le reste, on verra plus tard, mais je pense que nous devrions trouver un terrain d'entente, j'ajoute en battant des paupières.

— OK, alors je vais me dépêcher de passer ce coup de fil ! Va te préparer, ce soir, on sort !

Les photos postées sur Instagram ne mentaient pas. La vue du Weslight est vertigineuse. Majestueuse. Je contemple les buildings éclairés, subjuguée par la beauté du panorama. New York est ma ville depuis toujours, pourtant, ce soir, j'ai l'impression de la découvrir pour la première fois. Prisonnière des bras de Liam, je laisse mon imagination vagabonder. Dans une réalité parallèle, il n'y aurait pas de déménagement en Californie, ma mère serait en bonne santé et connaîtrait Liam. Mieux, Tom l'apprécierait, et Aubrey me tannerait pour organiser une sortie à quatre avec Jace. Dans ce monde, il n'y aurait ni choix cornélien ni souffrance, tout serait simple et facile.

— Tu penses à quoi ?

— Au concours, dis-je, afin d'éviter de lui livrer mon fantasme.

— Au concours ?

Sa voix mal assurée traduit son incompréhension.

— Oui, la prochaine épreuve aura lieu dans une semaine, et je suis à la fois excitée et stressée. Jusqu'à présent, les autres concurrents étaient anonymes, mais là…

— À ce propos justement, je voulais te dire…

— Liam ?

La question a été lancée suffisamment fort pour nous interrompre. Liam se retourne, mais sa large carrure m'empêche de distinguer la femme qui vient de l'interpeller.

— Julianne ? Qu'est-ce que tu fais là ? Et c'est quoi, cette couleur de cheveux ? Tu es blonde, maintenant ?

— Ouais, j'avais envie de nouveauté. Il paraît que ça me donne un petit côté Daenerys, enfin, sans les tresses, ni les dragons. Tu aimes ?

— Ça change.

— Quel enthousiasme ! Ton entrain est limite flippant ! En tout cas, moi, j'adore. Et je crois que les mecs aussi… Je ne me suis jamais autant fait draguer que ce soir.

— Comment as-tu réussi à entrer ici ?

— Facile, j'ai dit bonjour, j'ai souri, puis j'ai poussé la porte !

— Tu ne peux entrer que si tu connais quelqu'un.

— J'entre où je veux quand je veux.

L'exaspération qui transparaît dans sa voix me fait

sourire – cette fille me plaît –, mais comme Liam ne nous a toujours pas présentées, je reste sagement derrière lui, en retrait.

— Plus sérieusement ?

— J'ai été invitée par So What pour le projet dont je t'ai parlé l'autre jour. Ne va pas t'imaginer que j'ai fait les yeux doux au videur. Et toi, avec qui tu as couché pour entrer ?

Je retiens difficilement un gloussement devant son accusation. Sa sœur n'a pas la langue dans sa poche et semble prendre un malin plaisir à lui tenir tête.

— Je suis simplement venu boire un verre.

— Tout seul ?

Je ne vois pas le visage de Julianne, mais je perçois l'amusement dans sa voix, alors je me décale. J'ai passé l'âge de me planquer comme une gamine timide.

— Harper, dis-je en lui tendant la main. On s'est déjà croisées au Brooke's.

— Exact, je m'en souviens. Julianne, je suis la sœur de Liam. Alors, comme ça, tu sors avec mon frère ?

Même si la question m'est adressée, c'est Liam qu'elle observe avec intérêt. Lequel évite soigneusement mon regard. Son expression se veut neutre, mais je vois bien que ses mâchoires sont crispées. Est-ce qu'il a honte de moi ? Est-ce que j'aurais mal interprété son attitude des derniers jours ? Soudain, je me sens gênée, envahie par la désagréable impression de ne pas être à ma place. Mes sentiments m'ont-ils aveuglée à ce point ? Je déglutis, honteuse, et reporte mon attention sur sa sœur.

— Pas vraiment, on se voit à l'occas…

— Pardon ? Tu plaisantes, j'espère ? m'interrompt-il.

Son ton cinglant ne laisse place à aucun doute : ma réponse ne lui convient pas. Il fait volte-face et c'est maintenant au tour de Julianne de disparaître derrière les épaules carrées de l'homme qui fait battre mon cœur.

— Visiblement vous n'êtes pas en phase, les tourtereaux.

Liam ne réagit pas et continue de me fixer.

— Qu'est-ce que ça veut dire, « à l'occasion » ? Tu vois quelqu'un d'autre, Harp ?

— Quoi ? Non ! Bien sûr que non !

Sa colère me surprend.

— J'ai juste eu l'impression que c'était la réponse que tu souhaitais.

— Pas du tout !

Alors que je m'attends à une salve de reproches, il fond sur moi et m'embrasse avec ferveur, urgence, passion. Même si ce baiser est totalement déplacé dans ce lieu, parmi les gens qui nous entourent, j'y réponds avec la même intensité. Mon pouls tambourine dans mes tympans, sans toutefois étouffer le gloussement de notre spectatrice.

— Parfait, puisque vous semblez vous être mis d'accord, on pourrait peut-être boire un verre ensemble.

Le grognement agacé de Liam se répercute contre mes lèvres.

— Mauvaise idée, Ju, répond-il sans se détourner de moi.

— Arrête donc de râler et va nous chercher trois shots, qu'on trinque à cette rencontre impromptue.

— Et te laisser seule avec Harper ? Certainement pas.

— Je peux très bien gérer ta sœur ! Je suis une grande fille, le rassuré-je.

Il nous jette un regard indécis, presque inquiet, ce qui est plutôt attendrissant.

— Tu as peur qu'elle me raconte des anecdotes gênantes ?

— Je sais tenir ma langue, grand frère, lance Julianne innocemment.

Ils échangent un long regard silencieux, puis Liam finit par s'avouer vaincu et tourne les talons en direction du bar.

Satisfaite, Julianne pivote vers moi, un grand sourire aux lèvres.

— À nous deux, ma jolie ! Alors, comme ça, mon frère et toi, vous passez du temps ensemble ?

Elle joue des sourcils, ravie. C'est une jeune femme pétillante, bien dans sa peau à en juger par sa tenue (une robe rouge courte et moulante, des sandales à talons) et sa coupe de cheveux tendance.

— Si ma mémoire est bonne, tu étais brune ?

— J'aime essayer de nouvelles choses. Je suis l'aventurière de la famille, Liam, le rabat-joie. Il est tellement sérieux, parfois, qu'on lui donnerait quarante ans.

Sa spontanéité et sa fraîcheur m'amusent, mais je ne résiste pas au besoin de défendre Liam.

— Je crois qu'il aime entretenir son petit côté bad boy taciturne ! fais-je en riant. Mais tu seras sûrement d'accord avec moi pour admettre que ce n'est qu'une façade.

— C'est vrai, disons qu'il est un peu trop protecteur. Je parie d'ailleurs que lorsque je vais vous abandonner, il va me faire une dizaine de recommandations comme si j'étais une ado qui sortait pour la première fois de sa vie.

— Il tient à toi, c'est plutôt positif.

— Ça ne va pourtant pas l'empêcher de partir à l'autre bout du pays.

À sa façon de m'observer, je soupçonne que son commentaire n'est pas anodin. Est-ce un moyen détourné de savoir si je suis au courant ?

— Un père doit faire certains sacrifices, enfin j'imagine, car je ne suis pas vraiment experte en la matière. Le mien était plutôt aux abonnés absents.

— Il t'a parlé de Milo ?

— Il ne s'est pas étendu, mais j'ai saisi l'essentiel.

— Tu es donc au courant qu'il va bientôt déménager ?

— Je ne connais pas les détails, dis-je en grimaçant. Pour être honnête, je n'ai pas osé demander s'il y avait une échéance.

— Dès qu'il aura suffisamment d'argent. Et toi ?

— Quoi, moi ?

— Tu vas partir aussi ?

Rire me paraît la meilleure parade, du moins la plus sage, seulement Julianne ne tombe pas dans le panneau et continue de me dévisager.

— Ce n'est pas prévu, finis-je par murmurer.

À cet instant, ni l'un ni l'autre ne pourrait nier leur lien de parenté. L'expression neutre qu'elle affiche est identique à celle de son frère, et je donnerais cher pour connaître le fond de sa pensée.

— Alors, vous deux, ce n'est pas vraiment sérieux ?

La légèreté de notre discussion a disparu, j'ai maintenant le sentiment que chaque mot prononcé va être minutieusement analysé.

— On passe du temps ensemble, rien de plus. Est-ce que ce serait un problème pour toi si notre relation était sérieuse ?

— Et voilà, des shots bien chargés !

Liam réapparaît, tout sourire, trois petits verres à la main. Face au silence qui s'est soudainement installé, il nous scrute tour à tour, l'air inquiet.

— Tout va bien ?

— Évidemment, pourquoi ça n'irait pas ? réplique Julianne.

De mon côté, je me force à sourire, hésitante. Je n'ai pas été vraiment honnête à propos de notre relation.

— Allez ! On boit !

Julianne lance un décompte à voix haute, puis nous avalons l'alcool d'une traite. La brûlure du liquide apaise mes doutes et humidifie mes yeux. En face de moi, Julianne, les joues roses, rit comme si de rien n'était.

— Bon, je vous laisse, je vais aller faire un peu de représentation. C'est pour ça qu'on m'a invitée.

Sur ce, elle embrasse Liam qui ne manque pas, comme elle l'avait prédit, de lui donner une liste de recommandations longue comme le bras.

— Tu vois ? Qu'est-ce que j'avais dit ? Il pense encore que j'ai seize ans. Harper, c'était chouette de te rencontrer.

Elle me sourit sincèrement, si bien que j'ai l'impression d'avoir mal interprété notre échange.

— Liam, tu m'appelles mercredi soir sans faute ?

Il acquiesce sans un mot, le regard dur. Une nouvelle fois, ils ont l'air de poursuivre une conversation silencieuse, puis Julianne hausse les épaules et disparaît dans la foule.

Chapitre 19

Le lendemain

Ce soir, Tom me libère plus tôt car le bar est désert. J'en profite pour appeler Miranda, qui semble ravie que j'aille lui tenir compagnie plus tôt que prévu. Je suis de bonne humeur. Liam ne travaille pas lundi – demain, donc – et m'a proposé un dîner romantique chez lui le soir. Tom ne s'est pas montré très enthousiaste à l'idée que je prenne ma soirée, mais rien ne peut gâcher ma joie. Liam et moi avons passé un moment génial, hier, et j'accepte peu à peu l'idée d'avoir un homme dans ma vie.

— Du jour au lendemain, c'est vraiment nécessaire, Harp ?

— Au pire, Marco te donnera un coup de main. Pour une fois, il sera content d'avoir le droit de toucher à la tireuse à bière.

Le principal intéressé éclate de rire et confirme qu'il pourra aider si nécessaire. Honnêtement, il y a peu de risque que le bar soit bondé. Les débuts de semaine ne sont jamais propices aux soirées entre amis.

Sur le chemin du retour, je fais un arrêt chez le traiteur italien avec l'intention de faire plaisir à Miranda. C'est sa cuisine préférée, elle raffole des involtinis et du tiramisu. Je commande également de la soupe froide à la tomate, une spécialité toscane excellente, et un assortiment de pannacottas. Peut-être ma mère sera-t-elle réveillée ? Ces derniers jours, elle semble avoir des phases de réveil plus longues.

Vingt minutes plus tard, j'entre dans l'appartement.

— C'est moi, dis-je en filant dans la cuisine.

— Dans le salon !

— J'arrive.

J'ouvre le frigo pour y déposer mon butin, puis me lave les mains. La télévision est allumée, Miranda regarde une émission musicale. Je croise mon reflet dans la vitre et souris, nostalgique, ma mère adorait ce programme. L'espace d'une seconde, je me perds dans mes pensées, avant de secouer la tête pour chasser ma mélancolie. C'est une bonne journée, elle doit le rester !

— Pourquoi vous cachez-vous ?

J'attrape un torchon pour m'essuyer les mains et pivote vers Miranda.

— Je vous ai apporté une surprise ! Ce soir, on mange italien.

— C'est la journée des surprises, décidément !

— Comment ça ? dis-je sans comprendre.

Elle hausse les épaules et me contemple avec une expression joyeuse.

— Vous devriez vous dépêcher d'aller dans le salon, quelqu'un vous attend.

Le sourire immense qu'elle affiche est un indice suffisant pour que je fonce sans demander plus d'explication.

— Maman !

Je n'en reviens pas. Ma mère est assise sur le canapé, un plaid sur les jambes, et me regarde tendrement. Elle est chétive, ses joues sont creusées et son teint tire sur le jaune, mais peu importe, elle ne m'a jamais paru en aussi bonne santé.

Je me précipite à ses côtés, prenant soin de ne pas la bousculer. Je lui embrasse délicatement la joue tandis qu'elle m'attrape la main. Je n'en reviens pas.

— Je vais faire un tour. J'en ai pour vingt minutes. Ne mangez pas tout !

Miranda, son sac sur l'épaule, fait tourner les clés autour de son index. Elle nous gratifie d'un clin d'œil complice et quitte l'appartement.

— Comment te sens-tu ?

Je suis sur un petit nuage, encore sous le coup de la surprise. Je la dévisage, aux anges. Elle se racle la gorge, puis presse ma main avec douceur.

— Si tu me parlais plutôt de toi ? Miranda a laissé…

Elle est interrompue par une longue quinte de toux, qui m'angoisse.

— C'est ton verre ? dis-je en me penchant vers la table basse. Tu as besoin de ton masque à oxygène ?

— Non, répond-elle, avant de tousser à nouveau.

Le cœur battant, paniquée, j'attends qu'elle reprenne sa respiration. Lorsqu'elle semble calmée, je réorganise les coussins derrière son dos.

— Ça va, ça va, ma puce.

Je soupire, tremblante.

— Je disais donc, Miranda a sous-entendu que tu avais rencontré quelqu'un. C'est vrai ?

À cette seconde, même si ma mère semble sincèrement curieuse, j'acquiesce avec prudence, gênée. Après le départ de mon père, elle n'a jamais retrouvé l'amour, et je l'ai suffisamment entendue critiquer les hommes pour savoir que c'est un sujet épineux.

— Oh ! Harper, s'il te plaît, raconte-moi ! J'ai envie de tout savoir. Comment il s'appelle, son âge, ce qu'il fait dans la vie, depuis combien de temps tu sors avec lui, comment vous vous êtes rencontrés... Est-ce que tu as une photo ?

Je ris sous l'assaut des questions et ne résiste pas au plaisir de sortir mon téléphone pour lui montrer Liam.

— Il est très beau.

Je me laisse aller sur le canapé et pose la tête sur son épaule.

— Je suis amoureuse, maman.

— J'espère que tu le lui as dit, ma petite fille chérie.

— Oui, mais... j'ai peur de lui faire confiance, je murmure.

— C'est à toi que tu dois faire confiance, Harper.

— Et si...

Et s'il m'abandonne, comme papa ?

Je ne formule pas ma crainte à voix haute, je sais que ma mère la devine. C'est elle qui me l'a transmise, sa dépression et ses peurs ont régi ma vie pendant toutes ces années.

— Ne fais pas les mêmes erreurs que moi, Harper. Vis ta vie sans te poser de questions, sinon, un jour, tu te réveilleras et il sera trop tard.

Nous restons silencieuses, main dans la main, le regard rivé sur l'écran, appréciant la simplicité du moment – avec, pour ma part, l'espoir qu'elle est en train de vaincre son cancer.

Chapitre 20

Mardi 24 juillet

Liam

Il est 21 heures, soit H-3 avant le passage aux aveux.

Quel bordel !

Comment ai-je pu laisser la situation m'échapper à ce point ? Moi qui ai horreur du mensonge, de l'hypocrisie et des complications inutiles, c'est un comble.

Assis au bord du canapé, je me frotte la nuque, désabusé, puis laisse échapper un interminable soupir. Sur la table basse, le carnet de Harper, qu'elle a oublié, semble me narguer. Je le fusille du regard espérant presque le faire disparaître. Je suis dans une galère sans nom. Cet oubli va signer mon arrêt de mort, car elle ignore toujours que je participe au concours, dont la troisième épreuve a lieu demain.

— Puisse le sort m'être favorable !

Est-ce que je viens vraiment de murmurer la foutue devise d'*Hunger Games* ? Comme si j'avais la moindre chance de m'en sortir !

Au mieux, je vais me faire insulter, au pire être viré du

concours pour tricherie. Dans tous les cas, Harper risque de me rayer définitivement de sa vie. Merci, Julianne !

Le carnet dans la poche de ma veste, je quitte mon appartement pour aller retrouver Harper. Elle finit son service dans une heure, mais je veux être certain de ne pas la manquer. Peu importe que je doive attendre devant le bar comme un cinglé. Son patron ne m'apprécie guère, alors j'éviterai de me placer dans son champ de vision. Les regards noirs que j'ai récoltés à plusieurs reprises m'ont vacciné. Je n'ai pas envie de chercher la bagarre, car mon petit doigt me dit qu'avec lui je pourrais avoir des ennuis.

D'un pas décidé, je me dirige vers le métro. Je suis loin d'être serein, mais je suis au pied du mur. Je n'ai plus le choix.

Harper aurait dû apprendre la vérité hier soir, mais je me suis de nouveau heurté à un mauvais timing. J'avais pourtant tout prévu. Enfin, presque ! Dîner romantique, cuisine italienne, champagne et surtout porte fermée à clé pour éviter la fuite de la principale intéressée. Je savais exactement quoi dire, quoi faire et dans quel ordre, seulement, je n'avais pas anticipé qu'elle choisirait ce moment pour me faire le plus bel aveu du monde. Là, au milieu du salon éclairé à la bougie, avec une hésitation adorable, et parée de son éternelle vulnérabilité, elle a avoué avoir confiance en moi. Venant de la femme la plus farouche que je connaisse, ce n'était pas rien. Autant dire que mon programme s'en est trouvé chamboulé.

Alors que je m'apprête à pénétrer dans la station, mon téléphone sonne. Le numéro inconnu qui s'affiche me déconcerte une seconde, j'ai toujours peur qu'il s'agisse de Milo et Emy. Habiter à des milliers de kilomètres d'eux a fait grimper ma jauge de stress.

Incapable de contenir mon inquiétude, je me décale sur

le côté après avoir entendu une femme s'agacer de mon arrêt inopiné au milieu de l'escalier.

— Allô ?

— Oh merci, mon Dieu ! Liam, c'est moi, il faut absolument que tu viennes me chercher, débite Julianne dans un souffle. J'ai… comment dire… ? J'ai un léger souci.

— Désolé, minus, mais ce n'est pas du tout le moment. J'ai un truc de pr…

— Je suis chez les flics, Liam ! Annule ton projet, s'il te plaît, parce que je n'ai pas envie de passer la nuit ici…

— Chez les flics ? Tu vas bien ? Qu'est-ce qui s'est passé ?

— C'est une longue histoire, et même si j'adorerais tout t'expliquer dans les moindres détails, je ne peux pas rester papoter. En revanche, j'apprécierais vraiment que tu viennes me sortir de ce trou à rats avant que j'emplafonne l'Agent Tête à claques. Promis, je te rembourserai la caution.

— Mademoiselle ! s'offusque un homme, au loin.

— La caution ? Mais qu'est-ce que tu as fait, bon sang ?

— Cette conversation est privée, monsieur l'agent, proteste soudain ma sœur, sans aucune gêne.

— Si vous ne voulez pas ajouter insultes à agent aux charges qui risquent d'être retenues contre vous, vous devriez changer de ton.

Charges retenues contre vous ?

La voix a beau être étouffée, la menace du policier ne fait aucun doute.

Génial. Absolument génial.

— Bon, j'arrive, dis-moi où tu es.

— Au commissariat sur la 82e, à l'ouest de Central Park.

— Merde, c'est au moins à une heure.

— Désolée, je n'ai pas choisi.

— OK, ne bouge pas, je fais au plus vite.

— Ça ne risque pas, surtout que je soupçonne Agent Canon de vouloir me plaquer au sol.

Je sens mes épaules s'affaisser sous le poids du sort et de son humour décalé et totalement inapproprié dans le cas présent.

— Ravi de voir que la situation t'amuse !

J'accompagne ma remarque d'un grognement agacé et raccroche sans attendre sa réponse. J'aime ma sœur mais là, j'ai envie de la tuer !

Patienter à l'accueil du commissariat me renvoie aux heures les plus sombres de mon adolescence et ne me met pas particulièrement de bonne humeur. Accoudé au comptoir, j'essaye de garder mon calme face à l'agent Freedman qui se renseigne sur ma sœur, officiellement du moins. Il semble plutôt lancé dans une partie de jeu en ligne étant donné le nombre de clics à la seconde qu'émet sa souris. Je laisse échapper un juron salvateur et récolte un regard noir de sa part.

— Ça fait vingt minutes que vous cherchez où est ma sœur. Désolé, mais au téléphone ça…

— L'agent Powell est en train de leur faire la morale, il va falloir patienter, monsieur.

— *Leur* ? répété-je, sans comprendre.

— Elle est avec ma sœur, je crois, intervient un homme adossé au mur sur ma gauche.

Je détourne mon attention du flic pour dévisager celui qui vient de parler. Effectivement, il est là depuis mon arrivée, mais à aucun moment je n'ai pensé qu'il avait quelque chose à voir avec Julianne. Il abandonne son poste d'observation pour s'avancer à ma rencontre.

— Apparemment, elles se sont fait prendre en train de danser dans la fontaine Bethesda[1].

— Quoi ?

— Topless.

— C'est une blague ?

— Ryan Molton, se présente-t-il.

J'ignore le ricanement du policier et accepte la main tendue du type.

— Votre sœur fréquente aussi Brearley[2] ? ajoute-t-il. Franchement, ils vous vendent une structure super disciplinée, où on leur enseigne des prétendues valeurs... Personnellement, je vais me faire un plaisir de leur passer un coup de fil ! Je ne lâche pas huit mille dollars pour leurs cours d'été pour récupérer ma sœur chez les flics.

Brearley ? Le collège ?

— Mais...

— Elles ont séché le dernier cours et n'ont rien trouvé de mieux que d'aller traîner à Central Park.

Mon air perplexe semble l'amuser.

— Sérieux, l'adolescence des filles, ça craint, conclut-il en riant.

L'adolescence ? C'est quoi, ce délire ?

Il m'observe, l'air détendu. Moi, je me demande s'il ne se trompe pas d'interlocuteur. Que ferait Julianne avec une môme de quoi ... quinze, seize ans ... à danser topless ?

Je ferme les yeux. C'est un cauchemar.

— Ne faites pas cette tête, on a survécu à ces putain d'années ! Elles s'en sortiront aussi. Il va juste falloir qu'on les surveille d'un peu plus près.

1. Fontaine de Central Park.

2. École privée de New York.

— Monsieur Molton, l'agent Powell souhaiterait s'entretenir avec vous quelques minutes.

Le geek de l'accueil a délaissé son siège pour se faire entendre. Debout, les bras tendus et les poings appuyés sur son bureau, il essaye de se donner une contenance exagérée. Ryan, dont il ne voit pas le visage, fait une grimace et lève les yeux au ciel.

— On aura sûrement l'occasion de se revoir, vu qu'elles sont copines. Ne soyez pas trop dur avec votre sœur, j'imagine que, comme moi, vous n'avez pas été un ange pendant votre jeunesse.

Toujours intrigué par la tournure de notre conversation, je le regarde s'éloigner à grandes enjambées. Est-ce que j'ai été propulsé dans un monde parallèle où ma sœur serait redevenue une ado ? Si c'est le cas, pitié, achevez-moi tout de suite !

Harper

— Et si tu crachais le morceau ?

Tom n'est pas devant moi, mais je sais qu'il m'observe du coin de l'œil. Il a agi de cette étrange façon une bonne partie de la soirée. Une chose est sûre, il peut dire adieu a une carrière d'agent secret : s'il pense avoir été discret, c'est raté.

Concentrée sur mes essais de cocktails, j'attends qu'il se décide à répondre. Malheureusement, il reste muet. Malgré mon agacement, je choisis d'ignorer son attitude fuyante et reporte mon attention sur ma margarita. Ce soir, je teste une nouvelle recette à base d'hibiscus et de citron vert qui, j'en suis certaine, pourrait se révéler surprenante et ravir notre clientèle.

Mon service est terminé depuis une heure, mais j'attends Liam, en retard à la suite d'un contretemps. J'aurais pu échapper au regard inquisiteur de Tom et rentrer chez moi, seulement le silence de mon appartement n'est pas très attrayant. J'avais aussi besoin de m'occuper l'esprit et de canaliser mon stress et mon énergie avant le concours de demain. Domaine dans lequel Liam excelle.

— Comment va ta mère ?

Je suis bien persuadée d'une chose : Tom continue à tourner autour du pot, ce qui a pour conséquence de m'exaspérer un peu plus.

Je réponds sans le regarder.

— Bien, enfin mieux.

Je grimace. Il est au courant des moindres détails concernant la santé de ma mère. Il sait qu'hier je me suis disputée avec Miranda à cause de son manque d'enthousiasme. Je n'ai pas apprécié qu'elle ne se montre pas aussi positive que moi, comme si elle ne mesurait pas l'importance de cette amélioration soudaine. Je veux croire aux miracles. J'en ai besoin. Bien sûr, ma mère ne s'est pas levée depuis une semaine, mais elle a meilleur appétit et reste éveillée pendant de plus longues périodes. Pourquoi ne pas se réjouir et espérer que la maladie perde du terrain ? « Elle en gagne, au contraire », m'a asséné Miranda. Je chasse le souvenir de ma soirée, consciente que je vais devoir m'excuser d'avoir été si désagréable.

— Je vois bien que tu as un truc à me dire, alors vas-y. Je suis certaine que tu te sentiras mieux après. C'est à propos d'Aubrey ?

Il faut dire que ces derniers temps elle cumule les ennuis. Après s'être démenée comme une folle pour que son projet voie le jour, elle s'est fait virer de sa boîte et larguer par Jace. Cet idiot a été manipulé par son adjointe (et meilleure amie), mais ne l'a pas encore réalisé. La prise de conscience va être douloureuse. Stan, un collègue et ami d'Aubrey, un type plutôt déjanté et très sympa, est passé peu après 21 heures car il s'inquiétait pour elle. Ils se sont associés dans le cadre de son projet de restaurant. Elle développe le concept, et lui designe les tenues des serveurs. Je ne suis pas une experte de la mode, mais d'après les dessins qu'elle m'a montrés, il a l'air d'être talentueux, très novateur.

Franchement, Aubrey ne perd rien au change, seulement elle semble avoir un point de vue opposé au mien. Depuis cette histoire, elle fait la morte, ne prend plus son service et ne répond à aucun de nos messages. Stan a raison, cette attitude dépressive ne lui ressemble pas, elle qui est d'ordinaire la bonne humeur personnifiée.

— Il n'y a pas que Stan qui peut aller la voir pour s'assurer qu'elle va bien. Vous avez l'air de penser que je n'ai aucun filtre, mais je sais parfaitement…

— Tu n'as aucun filtre, Harp ! Tu as dit toi-même : « Je peux passer lui remonter les bretelles s'il le faut. » Ça ne laissait pas vraiment présager douceur et compassion !

— C'était une façon de parler.

— Excuse-moi d'en douter, insiste-t-il en ricanant.

Je lève les yeux au ciel. Tom n'a pas forcément tort, mais c'était pour moi l'occasion de jouer mon rôle de meilleure amie. Je suis persuadée que je m'en serais très bien sortie !

Un peu vexée par sa réflexion, je choisis de ne pas répondre et continue mes expériences gustatives. Je verse quelques gouttes de tequila dans le mélange, puis y trempe les lèvres avec prudence.

Pas mal ! Pas mal du tout, même.

Agréablement surprise par le résultat, je passe la main

dans ma poche arrière et je suis étonnée de constater qu'elle est vide. Où est mon carnet ?

— Merde.

J'ai dû l'oublier chez Liam.

Hier, alors que nous venions de faire l'amour sur le canapé, j'ai eu une nouvelle idée. Cet homme est une véritable source d'inspiration ! Je me suis donc empressée d'attraper mon carnet et d'y griffonner mes notes. Pendant mon éclair créatif, il a mis de la musique et réchauffé le dîner, d'excellentes lasagnes servies avec une salade de roquette et champignons à l'huile de truffe. Un véritable régal.

— Qu'est-ce que tu as ?

Tom me dévisage avec une curiosité qu'il ne cherche même plus à dissimuler. Depuis quand suis-je devenue une bête de foire ?

— Rien de grave, papa, j'ai oublié mon carnet chez Liam, enfin, j'espère.

— Oublié ?

Son ton inquisiteur a le mérite de détourner mon attention des verres.

— Oublié. C'est bien ce que je viens de dire. Pourquoi ?

Il hausse les épaules.

— Écoute, Tom, si tu allais droit au but ? Ça nous ferait gagner du temps. Liam ne va pas tarder, et je ne t'apprends rien en te disant que je ne suis pas très fan de devinettes.

— Donc, tu sors toujours avec lui ?

— C'est une vraie question ?

— Je m'interroge, c'est tout.

— Qu'est-ce que tu lui reproches, au juste ?

Il se contente de me fixer de longues secondes, pesant sûrement le pour et le contre avant de me répondre honnêtement. Je soutiens son regard pour l'empêcher de se dérober. Ce cirque a assez duré.

— Tu ne le connais pas, finit-il par lâcher.

— Pas depuis longtemps, c'est vrai.

La nuance a son importance. À mes yeux du moins. J'ai remarqué que Tom ne semblait pas l'apprécier, mais j'ai préféré attribuer ça à son côté protecteur. C'est un papa poule qui nous materne comme si nous avions huit ans.

— Je suis bien avec lui. Est-ce que tu ne devrais pas te réjouir que j'aie enfin une vraie relation ? Si ma mémoire est bonne, c'est toi qui m'as conseillé de laisser les autres m'approcher.

— Tu ne trouves pas étrange qu'il soit entré dans ta vie aussi facilement ?

— Qu'est-ce que tu sous-entends ?

J'ai de plus en plus de mal à garder mon calme.

— J'ai parlé avec Grant.

— Et… ? C'est censé m'éclairer sur ton attitude ultra-space de ce soir ?

— *Ilparticipeauconcours.*

— Tu devrais parler plus vite encore, comme ça, tu serais vraiment certain que je ne vais rien comprendre du tout.

— Fais chier ! grogne-t-il.

Mais, au lieu de répéter, il se tourne vers la salle presque déserte et hurle à la cantonade :

— On ferme !

De plus en plus déconcertée par son comportement – le bar ne devrait fermer que dans une heure –, je suis des yeux la poignée de clients qui se dirige vers la porte en râlant. Tom adresse ensuite quelques mots à Mike, qui disparaît à son tour.

— Qu'est-ce qui t'arrive, bon sang ? demandé-je en abandonnant le bar pour me poster du même côté que lui.

— Tu devrais t'asseoir.

Même pas en rêve, marmonne la Harper de seize ans.

— Je t'écoute, dis-je en croisant les bras.

— Harp...

— Tom.

L'atmosphère a changé, elle est devenue pesante. Je n'entends plus que les battements de mon cœur qui résonnent lourdement à mes tympans.

— Aujourd'hui, j'ai croisé Grant, et on a discuté du concours.

— Tu l'as déjà dit.

— Tu devrais vraiment t'asseoir, Harp.

— Ma mère est en train de mourir, alors je t'assure que rien de ce que tu vas m'annoncer ne pourra être pire que ça.

Il inspire profondément, redresse les épaules, bombe légèrement le torse et me gratifie d'un petit signe de tête.

— Comme tu veux.

— Tom, je perds patience !

— Liam participe au concours.

— Quoi ?!

La question est rhétorique car j'ai entendu très distinctement les quatre mots qu'il vient de prononcer. J'ai même la sensation qu'il les a hurlés. D'ailleurs, il ne répète pas. Je cligne des yeux, choquée. Lui reste stoïque et se contente de m'observer.

C'est une blague ! Oui, voilà exactement ce que c'est.

Je me mets à rire mais, même moi, je sais que le son qui s'échappe de ma gorge n'est pas sincère. Je m'arrête net, consciente de ma réaction disproportionnée.

— Rassure-moi, tu plaisantes ?

— Non.

— Tu n'as rien trouvé d'autre pour discréditer le premier type qui me plaît depuis des années ?

— Grant a été catégorique.

Tom ne se laisse pas démonter par mes reproches teintés d'agressivité. Son ton grave et sérieux finit de m'achever.

— Tu es vraiment sérieux ?

— Malheureusement oui.

Je suis prise d'un vertige et pose la main sur une table pour me retenir.

— J'ai besoin de m'asseoir, je crois.

Sans attendre, ni émettre la moindre remarque, il se précipite à mes côtés, tire une chaise et m'aide à m'y installer. Puis il s'accroupit face à moi.

— Comment a-t-il pu me cacher un truc pareil ? murmuré-je. Tu penses qu'il se sert de moi depuis le début ?

— Je ne sais pas, Harp. Je trouve juste bizarre qu'il soit entré dans ta vie quelques jours avant le début du concours.

— Qu'a dit Grant exactement ?

Au même moment, mon téléphone sonne. Liam. Nous regardons le prénom clignoter sans bouger, puis l'écran s'éteint, avant de s'illuminer de nouveau quelques instants plus tard.

— Ne réponds pas, Harp.

J'hésite, le confronter serait la meilleure chose à faire, seulement, à cet instant, il est la dernière personne à qui j'ai envie de parler.

Chapitre 21

Ne rien laisser paraître.

Ne pas pleurer.

Rester concentrée sur l'épreuve à venir.

À l'abri des regards dans une petite pièce du célèbre établissement Le Secret, je me répète ces mots encore et encore. J'ai une gueule de bois monumentale, pourtant je n'ai pas bu une goutte d'alcool. Il faut croire que la trahison a les mêmes effets dévastateurs qu'une bouteille de tequila.

Ne rien laisser paraître.

Ne pas pleurer.

Rester concentrée sur l'épreuve à venir.

La porte s'entrouvre, et le visage souriant de Miller apparaît.

— Harper, ça va bientôt être à vo… à toi, se reprend-il.

Je me contente d'acquiescer en silence. Pour le moment, je tiens bon, mais j'ai peur de m'effondrer à chaque seconde qui passe. Comment ai-je pu être aussi idiote et faire confiance à un homme ?

— Tout va bien ? Tu es livide.

Je lui offre un maigre sourire, espérant le rassurer. Malheureusement, j'ai dû perdre mes talents d'actrice dans la bataille car, au lieu de déguerpir, il entre dans la pièce et referme la porte. Chaque participant a été isolé pour préserver un prétendu effet de surprise. Dans mon cas, la situation se résume maintenant à reculer pour mieux sauter. Les retrouvailles s'annoncent embarrassantes et pas seulement à cause des caméras.

— Écoute, je suis passé jeter un œil à ton portable.

Je grimace, gênée. Liam a réussi l'exploit de reléguer ma mère au second plan. Quelle fille horrible je suis !

— Pas de nouvel appel en absence depuis ton arrivée.

Comme lors des épreuves précédentes, j'ai dû déposer mes effets personnels dans une panière à mon nom. Rien d'insurmontable pour quelqu'un dont la mère n'est pas en train de mourir. Sauf que les derniers événements et le manque de sommeil ont eu raison de moi et j'ai paniqué. Et si je ratais un appel de Miranda ? À grand renfort de tremblements, de bégaiements et de respiration laborieuse, j'ai fini par inquiéter Miller. Il a tenté de me rassurer lorsqu'il a compris que « tout abandonner et me tirer d'ici » devenait à mes yeux une option sérieuse. La panique est très mauvaise conseillère…

— Promis, je viens juste de vérifier.

J'apprécie son effort, seulement sa gentillesse accentue ma culpabilité. Depuis la révélation de Tom, ma mère n'est plus la seule à occuper mon esprit torturé. J'ai honte de m'apitoyer sur mon pauvre cœur meurtri, alors qu'elle se bat à chaque instant contre la maladie. Une boule enfle dans ma gorge.

Ma maman, ma petite maman chérie.

Ne rien laisser paraître.

Ne pas pleurer.

Rester concentrée sur l'épreuve à venir.

— Je t'assure. L'écran affiche toujours le nombre 35, et la barre des vingt SMS n'a pas été franchie.

Il marque une pause et m'observe avec un intérêt sincère.

— Est-ce que tu as des problèmes, Harper ? Quelqu'un te harcèle ?

Oui, non. Hier soir, je me suis réfugiée chez Tom et sa femme. Le lieu est inconnu de Liam. Je n'étais pas prête à le voir, ni à entendre ses explications. J'en connaissais déjà la teneur : il voulait quitter New York pour se rapprocher de son fils et avait besoin d'argent. La seule incertitude concernait mon rôle dans cette histoire. Notre rencontre était-elle vraiment un hasard ou faisait-elle partie d'un plan plus tordu, comme le soupçonne Tom ? Ce dernier a même sous-entendu qu'il aurait pu me voler mon carnet. Si l'idée m'a paru invraisemblable sur le moment, après une nuit sans sommeil à ressasser, elle s'avère plausible.

— Merci d'avoir vérifié, ça compte beaucoup pour moi.

C'est vrai. Je n'oublie pas qu'à n'importe quel instant, la mort peut frapper à ma porte.

— Est-ce que tous les candidats sont arrivés ? m'enquiers-je avec appréhension.

Et si Liam avait eu des scrupules au dernier moment ?

— Oui, vous êtes au complet. Dans quelques minutes un membre du jury viendra te chercher, ainsi qu'un autre des participants.

Un autre participant ? Pitié, que ce ne soit pas Liam !

— Il te remettra une enveloppe avec le thème de l'épreuve et l'alcool imposé. Enveloppe que tu ouvriras dans la salle devant les caméras. Tu auras ensuite dix minutes pour réfléchir à ton cocktail, puis tu devras préparer huit verres. Quatre pour le jury et quatre pour des clients sélectionnés au hasard. Les délibérations auront lieu tout de suite après l'épreuve et quatre d'entre vous se verront éliminés. C'est bon pour toi ?

— Oui, je crois.

— Parfait. Jusqu'à présent, tu as super bien géré, il n'y a aucune raison pour que tu ne continues pas dans cette voie.

Il me gratifie d'un clin d'œil censé m'encourager je suppose.

— Merc…

— Si tu pouvais arrêter de faire du favoritisme, Mills !

La voix de Midnight retentit à travers la radio qu'il porte autour du cou.

— Il te reste encore une participante à voir. Tout le monde est déjà en place et on n'attend plus que ton Go.

— Bien reçu.

Je lance un regard horrifié à Miller, embarrassée qu'elle ait pu entendre notre conversation.

— Est-ce tout le monde nous écoutait ?

Il coupe le son de sa radio et me lance un sourire rassurant.

— Bien sûr que non. Bon, comme tu as pu l'entendre, je dois y aller. On va faire un dernier essai technique, puis le juré qui t'a été attribué viendra te chercher.

J'écope de Paul. Comme me l'a expliqué Miller, il se présente une dizaine de minutes plus tard, accompagné d'une jeune femme, Stella, du Boston Fire. Nous échangeons rapidement une formule de politesse, puis notre guide nous remets deux enveloppes où sont inscrits nos prénoms et nous encourage à le suivre.

Le cœur battant, je ferme la marche tout en essayant de contenir l'adrénaline qui bat dans mes veines. Un mélange d'excitation et d'angoisse. La tête haute, j'avance le long du couloir obscur. À quelques pas, je discerne de la lumière et les bruits étouffés d'une salle pleine à craquer. Est-ce que tout New York se donne vraiment rendez-vous ici ? Si on m'avait dit un jour que je mettrais les pieds dans cet établissement, j'aurais eu du mal à le croire. Il appartient au mec d'Aubrey, enfin à son ex. Si je le croise, je pense très sérieusement – en dépit des recommandations de Tom – lui faire part de mon opinion sur son comportement de connard. Mais chaque chose en son temps !

Liam

Une enveloppe à la main, j'attends avec anxiété l'arrivée de Harper. Le dernier juré va apparaître avec elle dans quelques secondes – Midnight nous a prévenus. Ce que je crains, c'est sa réaction. Cette femme est une bombe à retardement.

Je croise le regard de la maîtresse de cérémonie. Elle me sourit et ponctue notre échange d'un clin d'œil. C'est fugace mais, encore une fois, l'invitation est sans équivoque. Je ne réagis pas et reporte mon attention sur le dernier angle de la piscine. Chaque trio est arrivé par l'un des quatre couloirs débouchant sur le bassin central. Une piscine sur le toit ! Cet établissement n'a pas volé sa réputation, c'est le bar le plus hallucinant de New York et certainement de la côte Est. La décoration est superbe et il est bondé, alors qu'il est à peine 21 heures.

Du coin de l'œil, je vois la jeune femme porter sa radio à l'oreille puis, comme par magie, Harper se matérialise. Elle porte une combinaison short noire et une paire de converse beige. Elle est sublime et élégante. Parfaite. Je ne sais pas si c'est une illusion, mais j'ai soudain le sentiment désagréable que toute la salle se tait et la regarde avancer vers nous. Je serre les poings, conscient que la jalousie est le dernier de mes problèmes. Malheureusement, cette réaction viscérale est incontrôlable.

— Stella, Harper, bienvenue ! Ravie de vous retrouver ce soir. Je vois que Paul vous a donné vos enveloppes, lance Midnight. Nous n'attendions plus que vous pour commencer.

Je capture la seconde exacte où Harper m'aperçoit, mais c'est si rapide que je n'ai pas le temps de réagir. Une simple vérification qui vient sûrement confirmer ses doutes et mettre à mal mes espoirs. J'avais naïvement imaginé qu'un échange de regards silencieux aurait apaisé ma trahison, qu'elle aurait compris à quel point je regrettais mon erreur, sans pour autant me sentir dispensé de lui donner une explication.

Je n'ai aucune idée de la façon dont elle a appris ma participation au concours, mais hier soir je n'ai pas mis longtemps à réaliser qu'elle m'évitait. Trente-cinq appels en absence et vingt SMS en trois heures sont un bon indicateur. J'ai attendu toute la nuit devant la porte de son appartement, mais elle n'est pas rentrée.

Au petit matin, j'ai foncé chez sa mère. Miranda a été formelle : aucune trace de Harper. Elle ne mentait pas, la surprise qui s'est peinte sur son visage au moment où elle a ouvert la porte a été un gage de sincérité. Où a-t-elle dormi ? Chez une collègue ? Chez Tom ? Peu importe, du moment que ce n'est pas chez un putain de mec.

— Maintenant que nous sommes au complet, continue Midnight, je vais brièvement faire les présentations et vous rappeler les règles essentielles de cette troisième épreuve.

Je me penche légèrement pour observer Harper. Elle

est la dernière de la file, moi, le tout premier. Si seulement nous avions été à côté, j'aurais pu tenter de lui glisser un mot. Un retour du karma, sans le moindre doute.

Si je ne la connaissais pas, je dirais qu'elle est calme et concentrée, l'attention accaparée par Midnight qui s'est approchée de nous pour se faire entendre, mais la façon dont elle malmène ses doigts la trahit. Le menton fièrement relevé, elle essaye de m'ignorer.

— Dans l'ordre, voici Liam, du Cherry, Leandro, de Park Lane, Alberta, du Bandit, Charly, du Blackrock, Matthew, du Eagle, Maya, du Favorite Night, Stella, du Boston Fire et enfin Harper, du Brooke's bar. Dans quelques minutes, vous allez ouvrir vos enveloppes et découvrir l'alcool imposé ainsi que le thème. Ce dernier est commun à tous. La caméra derrière moi va filmer vos mains, celle sur la droite, vos visages. Comme Miller l'a mentionné à plusieurs reprises, à la fin du concours, un spot publicitaire sera réalisé et diffusé sur les chaînes nationales. Alors souriez ! Une fois le suspens levé, vous aurez dix minutes pour réfléchir, vous ne pourrez toucher à rien et devrez vous contenter de détailler visuellement les produits et le matériel mis à votre disposition. À la fin du temps imparti, quinze minutes vous seront accordées pour réaliser vos cocktails. Pendant ce temps, Paul, Linda, Steeve et Terrence passeront parmi vous afin de vous observer. Attention, petite particularité, cette fois, vous servirez huit verres, quatre pour les jurés, quatre pour des clients sélectionnés au hasard. Vous serez notés sur votre technique, le visuel, le goût et votre créativité.

Elle ponctue son discours d'un long silence, puis nous regarde à tour de rôle avec sérieux.

— Ce soir, quatre d'entre vous repartiront avec le sourire. Pour les autres, vous pourrez vous féliciter de votre parcours ! Il ne me reste plus qu'à vous souhaiter bonne chance.

Elle fait trois pas en arrière, lève les deux mains et se met à décompter à voix haute.

— Dix... Neuf... Huit...

Autour de nous, la foule se presse, curieuse, tenue à distance par une rambarde improvisée de bouées palmiers et flamants roses. Pour l'occasion, le bar de la terrasse a été privatisé et aménagé afin d'y installer huit postes de travail, mais le reste des lieux est accessible au public.

Un verre à la main, les clients attendent que le spectacle commence. Deux écrans géants permettront aux plus éloignés de suivre nos gestes en direct.

— Sept... Six... Cinq... N'oubliez pas, la somme en jeu est de cent mille dollars.

Ce rappel, destiné à nous mettre la pression, suffit à me recadrer. Elle a raison, si je suis ici ce soir, c'est pour une bonne raison. Une seule.

— Quatre... Trois... Je compte sur vous pour donner le meilleur de vous-mêmes.

Je déglutis, le cœur battant. Je dois absolument faire abstraction de Harper et me concentrer sur ma priorité. Milo. Je gérerai le reste plus tard.

— Deux... Un. Ouvrez !

Comme les autres participants, je me dépêche de décacheter l'enveloppe pour savoir à quelle sauce je vais être mangé.

Thème : Secret

Alcool : Rhum

OK. Ça aurait pu être pire. C'est l'un des alcools les plus utilisés dans la confection de cocktails car il se marie très bien avec les jus de fruits. Une personne non initiée pourrait penser que ce choix m'avantage par rapport aux autres, sauf que la popularité du célèbre ti-punch ou encore la notoriété du mojito risque plutôt de me compliquer la tâche. Le jury va être d'autant plus exigeant et attendre de l'originalité.

Rapidement, nous nous mettons en mouvement vers nos places respectives. Il règne une drôle d'effervescence, et je peux presque entendre chacun de mes concurrents réfléchir. Harper, le visage impassible, la démarche fière, se dirige vers les étagères. Je la suis des yeux, curieux de savoir avec quel alcool elle va devoir travailler. Son regard s'attarde sur une bouteille de la deuxième étagère. Même si je suis à bonne distance d'elle, sa forme et sa taille me renseignent immédiatement. Du Cointreau. Je passe en revue nos dernières discussions et je sais qu'elle a une idée en tête. Il y a dix jours, nous avons justement fait quelques essais avec cet alcool. Je suis soulagé pour elle que… Stop ! Qu'est-ce qui m'arrive ? Ma priorité ! Milo et rien d'autre. Je cligne des yeux pour me forcer à l'oublier et me concentrer sur mon épreuve.

L'association rhum blanc, rhum ambré et liqueur d'abricot me vient presque tout de suite en tête. Derrière nous, Midnight nous informe que la moitié du temps est écoulé. La pression est palpable, et les esprits bouillonnent.

Je m'approche des jus et les passe en revue. Ananas. Parfait. Je vais faire un Zombie. Mentalement, je liste les ingrédients et leur quantité : 3,5 cl de rhum blanc, 3,5 cl de rhum ambré, 1,5 cl de liqueur d'abricot, 6 cl de jus d'ananas, 2 cl de citron vert, un trait de sirop de grenadine et du sucre de canne. Il ne me manque plus que l'ingrédient secret. À moins que… Et si le secret ne résidait pas dans l'ingrédient, mais dans l'anecdote ? Dans le milieu, ce cocktail est connu pour soigner les gueules de bois, ce que peu de clients savent. Ce sera l'aspect « secret » de ma proposition. À moi d'être convaincant en le teasant, lorsque je présenterai les verres.

Vingt minutes plus tard, je frappe l'ensemble au shaker avec les glaçons. Simple mais efficace. Le cocktail est une réussite et ravit les huit cobayes. La concurrence s'annonce difficile, mais je préfère me focaliser sur le regard surpris et l'éclair d'intérêt que suscite mon petit discours.

La délibération semble durer une éternité. J'évite soigneusement d'observer les autres participants et fixe un point droit devant moi, le temps que les résultats soient annoncés. Ce court laps de temps me met face à mes responsabilités, et je ne peux empêcher mes yeux de dériver vers Harper.

Est-ce que ça me fout les boules de la voir discuter avec Miller ? Oui, sans la moindre hésitation ! Qu'est-ce qu'ils peuvent bien se raconter ? Si leurs mines graves m'intriguent, ce n'est rien comparé à la façon affectueuse qu'il a de lui serrer le bras. Il ferait mieux de faire attention… S'il continue comme ça je vais bientôt perdre mon sang-froid.

— Votre attention, s'il vous plaît ! Nous allons annoncer le nom des quatre gagnants.

En une seconde, tous les regards se portent sur Midnight, à présent entourée du jury. Elle s'approche, un grand sourire aux lèvres.

— Avant de vous dévoiler qui sont nos finalistes, je tiens tout d'abord à féliciter l'ensemble des participants pour leur parcours. Vous nous avez une nouvelle fois régalés. J'ai bien noté le nom de vos bars et je n'hésiterai pas à venir vous rendre visite. J'espère y être bien accueillie !

Difficile de ne pas se sentir visé lorsqu'on vous regarde droit dans les yeux.

Dans tes rêves, ma jolie, vu que je ne compte pas m'éterniser à New York !

Je n'écoute que d'une oreille la suite de son laïus : j'ai bien compris que son but était de faire grimper la tension. Mon regard balaye la salle, et je suis surpris de voir le type du commissariat au premier rang, celui qui croyait que ma sœur avait quinze ans. Ian ? Brian ? Ryan ? Ryan, c'est ça… Julianne est restée très évasive à propos de cette gamine. Je n'ai pas cherché à en savoir plus, j'avais mes propres problèmes à régler. Il me fait un signe de tête entendu et lève un poing victorieux, comme s'il était dans la confidence. Est-ce qu'il fait partir du jury d'amateurs ?

— Au nom de tous les jurés et du Secret qui a eu la gentillesse de nous accueillir ce soir, je félicite Liam, du Cherry, Harper, du Brooke's bar, Matthew, du Eagle et Alberta, du Bandit, qui accèdent avec succès à la dernière étape.

Malgré le bruit autour de nous, j'entends le cri de joie de Harper. Elle d'ordinaire si peu démonstrative saute au cou de Miller.

OK, cette situation commence vraiment à m'énerver !

— Je vous donne donc rendez-vous dans un peu moins d'un mois pour notre finale. Encore bravo à Stella, Leandro, Charly et Maya. Vous vous êtes très bien battus, mais ce soir vous avez rencontré plus fort que vous !

Alors que tout le monde se presse autour de Midnight et des membres du jury pour échanger poignées de main, conseils et impressions, Harper file discrètement vers la sortie. Hors de question de la laisser s'enfuir !

Je fonce à sa poursuite. Malheureusement, Ryan m'intercepte alors que je passe devant lui.

— Liam, quel hasard !

— Ouais, réponds-je sans quitter Harper des yeux.

— Félicitations, vous êtes impressionnant derrière un bar ! Comment va votre sœur ?

Déjà, sa crinière rousse commence à disparaître, engloutie par la foule compacte.

— Désolé, mais je ne peux pas rester. Je dois absolument parler à quelqu'un.

— Pas de problème. Voilà mes coordonnées. Appelez-moi à l'occasion, je voudrais discuter d'un projet avec vous.

Ryan Molton – Molton investissement -

646 -123-4567

r.molton@molton-invest.com

Je range sa carte de visite dans la poche de mon jean et file sans demander mon reste. Conscient de mon impolitesse, je me retourne vers lui et crie :

— Je vous appelle plus tard !

Je déboule à l'extérieur du bar en un temps record et manque de renverser une jeune femme qui discute tranquillement devant la porte. Une file impressionnante s'est formée devant l'établissement. Les entrées se font au compte-gouttes, sous la supervision de deux agents de sécurité. Je me faufile entre les gens en m'excusant, pressé de rattraper Harper. À bout de souffle, je me hisse sur la pointe des pieds afin d'avoir une meilleure vue d'ensemble. Je la repère qui s'apprête à traverser la rue.

— Harper, attends !

Elle se retourne, puis regarde à nouveau le passage piéton, visiblement indécise. Comme elle hésite, j'en profite.

— Je dois te parler ! Attends-moi, s'il te plaît. C'est important.

Contre toute attente, elle fait demi-tour et s'avance à

ma rencontre d'un pas décidé. Ce n'est probablement pas bon signe, mais je préfère la dispute à l'ignorance.

Elle s'arrête à une dizaine de mètres et croise les bras.

— Salut.

— Je t'écoute, dit-elle sèchement.

— Je peux tout t'expliquer. C'est un énorme malentendu.

Elle me dévisage, la bouche pincée.

— Tu veux dire que notre rencontre est le fruit du hasard et que, durant tous ces mois, tu ne savais pas que nous participions au même concours ?

Je ferme les yeux et grimace. La discussion ne commence pas très bien.

— Tu appelles *malentendu* le fait de me mentir pendant des mois ?

— Tu ne vois qu'une part…

— Paaapppaaa !

— Liam !

Quoi ?

J'ai à peine le temps d'ouvrir les bras que deux tornades me sautent dessus.

C'est quoi, ce bordel ?

J'attrape mon fils au vol. Il se pend à mon cou, tandis qu'Emy m'enlace avec force. Est-ce que je suis en train de rêver ? Les petites lèvres de Milo qui distribuent des baisers humides sur mon visage et son adorable rire qui résonne à mes oreilles sont pourtant bien réels. Mon Dieu, il est là ! L'amour de ma vie, la prunelle de mes yeux, mon bébé est là. À New York !

Je plonge le nez dans son cou et respire son odeur à pleins poumons, heureux. Complet. Je me cramponne à eux, sans oser ouvrir les yeux, de peur que le mirage s'évanouisse.

— Qu'est-ce que vous faites là ? bégayé-je.

— Tu nous manquais trop. On voulait te soutenir pour le concours.

Submergé par l'émotion de pouvoir serrer mon fils contre moi, je peine à m'exprimer.

— Quand est-ce que vous êtes arrivés ?

— On a atterri il y a une heure et demie, on est venus directement de l'aéroport. Pour peu, on te manquait, mais tu avais dit que l'épreuve se terminerait vers 23 h 30. On avait prévu de se poser au Starbucks, en face, avec des coloriages. Ils ont une vue imprenable sur la sortie du Secret.

Secret.

Le mot agit comme un catalyseur. Harper ! Immédiatement, j'ouvre les yeux et me dégage de l'étreinte d'Emy, sans lâcher Milo.

— Qu'est-ce qu'il y a ? demande-t-elle, surprise.

Je ne réponds pas. Le cœur battant, je pivote pour observer les alentours, sachant déjà que Harper s'est envolée.

Chapitre 22

Harper

Sa femme et son fils. Ici. À. New. York.

La bière déborde du verre et dégouline sur mes doigts. Je sursaute.

— Merde !

— Tu rêves trop, Harp ! se moque Marco.

— Et ta mère, elle rêve ?

J'attrape le torchon sur mon épaule et m'essuie la main en grognant.

— T'es de mauvais poil, ma belle ?

— Je croyais qu'on s'était mis d'accord sur le fait que tu ne m'appellerais pas comme ça. Je ne suis pas ta nana.

— Ta douceur légendaire est vraiment ce que je préfère chez toi !

Mon collègue, que je n'intimide plus depuis longtemps, rit aux éclats, s'appuie sur le bar et m'embrasse sur la joue, avant de disparaître avec sa commande. Je cligne des yeux et secoue la tête.

Reprends-toi, Harp !

Malheureusement, mon encouragement silencieux ne m'est pas d'une grande utilité, car la seule chose que j'ai envie de faire, c'est me tirer d'ici pour ruminer seule dans mon coin et broyer du noir.

Son. Gamin. Et. Son. Ex.

Son ex ? Vraiment ?

En d'autres circonstances, la précision aurait pu être judicieuse. Là, elle est illusoire. Quelle femme traverse tout le pays en semaine pour voir le père de son enfant ? La réponse est évidente : une femme amoureuse.

Et Harper remporte la palme d'or de la nana la plus stupide de l'année ! Félicitations !

Le soir du concours, pendant une petite minute, j'ai imaginé que ce sac de nœuds pourrait s'arranger… Juste avant d'être témoin de leurs retrouvailles. Il ne m'a pas fallu longtemps pour comprendre que j'étais de trop, alors je me suis éclipsée.

Est-ce qu'au fond de mon cœur j'ai nourri l'espoir fou qu'il me retienne ? Évidemment ! Mais, contrairement à ce qu'on voudrait nous faire croire, la vie n'est pas une comédie romantique. Une semaine s'est écoulée depuis notre discussion avortée et je n'ai eu aucune nouvelle. Ni appel ni visite. Rien. Silence radio ! Jouer au père modèle est un job à plein temps.

Tu n'es pas rentrée chez toi depuis une semaine, me murmure ma conscience, *comment pourrait*-il venir te voir ?

— Chaud devant ! Harp, il me faut quatre Secret !

Aubrey s'accoude à son tour au comptoir en soupirant. C'est la première fois qu'elle revient au boulot depuis sa rupture. Je sais qu'elle souffre, mais elle fait bonne figure malgré ses cernes et ses joues creusées. Enfin, elle s'y applique. Je tente de lui remonter le moral par tous les moyens, ce qui n'est pas facile, étant donné ma propre humeur morose. Il y a quelques jours, Stan et moi avons débarqué chez elle munis d'un stock impressionnant de crèmes glacées, d'une bouteille de tequila, de films d'action, d'un jeu de fléchettes et d'une photo de l'homme dont on ne doit plus prononcer le nom. Aubrey a fini en larmes, ce qui n'était pas le projet, mais au moins nous étions là pour elle, même si Stan s'est vite senti dépassé par la situation. Cette petite nature me lançait des œillades désespérées ; il a même essayé de s'échapper en lançant le truc le plus stupide que j'aie jamais entendu : « Je vais vous laisser entre filles. » Plutôt mourir ! Cette soirée, c'était son idée.

— Ton cocktail fait fureur, Harp, comme tous les autres d'ailleurs, dit-elle. En même temps, il est délicieux, tu es vraiment la meilleure. Je crois que c'est mon préféré des trois.

Tom a une nouvelle fois insisté pour que la boisson soit intégrée à la carte du Brooke's. Il a même organisé une dégustation gratuite pour que chaque serveuse et Marco puissent en vanter les mérites. Il compte aussi faire imprimer des flyers et les distribuer dans tout Brooklyn ! Moi qui me suis toujours plainte de ne pas être soutenue, une dizaine de personnes me poussent aujourd'hui et pensent que mon rêve est accessible. Sans parler de nos clients réguliers et de leurs petits mots d'encouragement. Pour eux, la partie est déjà gagnée. S'ils savaient que je risque de me faire doubler sur la dernière ligne droite par un tricheur, ils ne seraient pas aussi confiants.

— Les clients raffolent du mélange Cointreau, ananas, pamplemousse, ajoute-t-elle. Tu as été super bien inspirée. Comment l'idée t'est venue ?

Je me contente de lui sourire, incapable d'expliquer que cette recette est née grâce aux conseils de Liam. Aubrey ne sait presque rien de cette aventure, et c'est aussi bien. La connaissant, elle aurait voulu tout décortiquer.

Absolument tout. Elle m'observe d'un air intrigué, alors j'accentue mon sourire dans l'espoir de la rassurer. Je n'ai pas envie que ma vie privée soit disséquée.

— Tu sais que tu es flippante, à sourire comme ça. Tu fais limite psychopathe, dit-elle avec sérieux. Tom commence à s'inquiéter.

D'un signe du menton, elle désigne notre patron installé seul à une table, un peu plus loin, avec sa tête des mauvais jours, un Coca et une pile de feuilles devant lui. Je lève les yeux au ciel.

— Il passe son temps à flipper, ça ne change pas trop de d'habitude.

— C'est vrai, répond-elle en riant. Mais, si tu veux mon avis, nous deux en même temps, ça fait beaucoup à gérer pour lui. Il paraît que tu squattes son canapé, en ce moment ?

— C'est temporaire.

— Personne n'a dit le contraire. Tu peux m'en parler, si tu ve…

— Il n'y a rien à dire. Tu es bien placée pour savoir que les mecs peuvent parfois être de véritables enfoirés. Dans mon cas, j'ai eu le malheur de l'oublier, mais le retour de bâton a été très efficace. Crois-moi, je ne suis pas près de me refaire avoir !

— Harp…

Aubrey pose sa main sur la mienne alors que je viens de placer deux verres sur son plateau. Elle sait que je ne suis pas tactile, et même si, depuis notre récente amitié, j'ai fait beaucoup d'efforts, il y a des limites à ne pas franchir. Sauf que, tout comme Marco, elle ne se laisse pas intimider par mes réactions et, chaque jour, va un peu plus loin.

Marco t'a même embrassée sur la joue. Tu te ramollis, ma vieille !

— Peut-être qu'il y a une explication ? lance-t-elle, pleine d'espoir.

— Comment peux-tu être aussi optimiste après la façon dont ton mec t'a traitée ?

— Ce n'est pas vraiment lui, tu sais, c'est plutôt cette garce de Serena qui l'a manipulé.

— Aubrey, excuse-moi de te le dire, mais Jace est un grand garçon.

— On avait dit qu'on ne prononcerait plus son nom.

— Arrête ! On parle de lui, c'est pareil.

— Il va m'appeler, j'en suis sûre. Il lui faut juste quelques jours pour reprendre ses esprits.

C'est moi, ou elle est en plein déni ?

— On est le combien, aujourd'hui ?

— Le 3 août, pourquoi ? répond-elle, perplexe.

— Parce que ça fait deux semaines et que…

— J'hésite à lui téléphoner.

— Tu plaisantes, j'espère ?

— Non, je pen…

— Pour lui dire quoi, au juste ? Salut, est-ce que tu peux me rendre mon projet, s'il te plaît, tu sais, celui que ta tordue d'amie et toi m'avez volé ?

— Stan pense que je devrais prendre un avocat.

— Il a raison ! Merde, Aubrey, il s'est bien foutu de ta gueule !

Son visage se fige, puis elle grimace. Elle déglutit, visiblement blessée par mes propos. Zut, Tom et Stan ont peut-être raison à propos de mon absence de filtres.

— Ce que je voulais dire, je reprends avec un peu plus de diplomatie, c'est que ce n'est pas rien, cette histoire. Tu es en droit d'entreprendre des démarches pour récupérer ce qui t'appartient. Tom doit avoir un avocat pour le bar, tu devrais lui en parler, il pourrait sûrement te conseiller.

— Je ne sais pas. Mêler la justice à tout ça me rend mal à l'aise.

— Mal à l'aise ? Tu rigoles ?

Mes fesses se mettent soudain à vibrer en continu.

— Excuse-moi, c'est Miranda. Cette femme est devenue accro à mes cocktails, fais-je en souriant.

— Plains-toi !

Je lui tire la langue et décroche.

— Oui, Miranda ?

Le cœur battant, je l'écoute m'annoncer que le moment de dire adieu à ma maman est arrivé. Ma respiration devient laborieuse, et le bar se met à tanguer. Malgré tout, j'entends très distinctement chacun de ses mots et la gravité de son ton ne laisse place à aucun espoir.

— Qu'est-ce qui se passe ? demande Aubrey.

L'inquiétude que je lis dans ses yeux et qui doit faire écho à la mienne me donne envie de pleurer et de partir en courant.

Merde, on y est.

Consciente que quelque chose ne va pas, mon amie pose sa main sur la mienne et la presse doucement. Cette fois, je ne la repousse pas, mieux j'y trouve une certaine forme de réconfort.

Ma mère meurt dans la nuit, à 4 h 47 précisément. Je le sais car mes yeux sont rivés sur le radio-réveil, un cadeau que je lui ai offert pour l'un de ses anniversaires. Elle l'a gardé toutes ces années, alors que plusieurs barres lumineuses ne fonctionnaient plus.

Ma. Mère. Est. Morte.

Morte.

Je frissonne. J'ai imaginé ce moment, mais rien n'aurait pu me préparer au silence assourdissant et étouffant qui enveloppe la pièce. Autrefois, cette chambre était mon refuge, un lieu où il était permis de tout oublier. Sauf pendant sa dépression.

4 h 57 : Dix minutes se sont écoulées, mais j'ai l'impression qu'elle a rendu son dernier souffle il y a une éternité. J'écoute le silence, terrorisée, incapable de me lever. Ma mère n'est plus. Elle nous a quittés. Elle m'a quittée. Est-ce légitime de se sentir orpheline à vingt-cinq ans ?

Je reste longtemps assise à son chevet, lui tenant la main, le regard perdu dans le vague, mais le réveil indique toujours 4 h 57. Le fameux problème d'affichage.

Il doit être 5 h 57 ou même 6 h 57. Je soupire, engourdie, dans un état second. J'ose un regard vers elle, puis ferme les yeux et prends une profonde inspiration. Ça y est, elle est partie. Définitivement. Lauren Stanford n'existe plus.

Derrière moi, Miranda s'active et passe quelques appels. J'inspire pour ravaler mes larmes. Je savais que les adieux étaient imminents, elle me l'avait indiqué à plusieurs reprises, mais j'ai préféré me voiler la face. Rester dans le déni était tellement plus facile, tellement moins douloureux.

— Harper ?

Miranda se tient dans l'encadrement de la porte, son portable à la main.

— Le Dr Chang va passer.

— Pour… ?

— Procédure d'usage. Il veut aussi s'assurer de votre état.

— Je vais bien.

— J'ai également contacté l'ambulance et la morgue, dit-elle sans rebondir sur ma réponse.

Je hoche la tête, totalement perdue. Tout me semble irréel, et je n'ai aucune idée des étapes à venir. Et si… et si c'était simplement un cauchemar ? Si je me réveillais et que ma mère était encore en vie ?

Miranda m'observe, les traits marqués par la fatigue, et je prends conscience que, bientôt, je ne la verrai plus. Est-ce qu'elle attend que je l'autorise à partir ?

— Voulez-vous que j'appelle un de vos amis du bar ou Liam ? C'est mieux d'être entourée, vous savez.

J'ignore sa proposition et reporte mon attention sur le visage paisible de ma mère.

— On dirait qu'elle dort.

Je la sens approcher dans mon dos, puis elle pose une main rassurante sur mon épaule, qu'elle presse en signe de sollicitude.

— J'espère que là où elle est, elle ne souffre plus, je murmure.

— J'en suis certaine, mon petit.

— Vous… vous… vous pouvez partir, Miranda, si vous…

— Partir ?

— Vous savez, si vous voulez rentrer chez vous, retrouver votre vie. Je… jc… je…

Une crise de larmes se profile à l'horizon et la contenir est très difficile.

Courage, Harp !

Je reprends en chuchotant, la voix tremblante d'émotion sans oser la regarder de peur de m'effondrer.

— Maintenant que ma mère est morte, je suppose que vous n'avez plus de raison de rester ici. Pour le paiement, je…

— Je ne compte pas vous laisser traverser cette épreuve seule, ma jolie. Alors, arrêtez de dire des sottises. Le

Dr Chang devrait être là d'ici une demi-heure. Je vais vous laisser un peu d'intimité, mais je ne suis pas loin. Si vous croyez que vous allez vous débarrasser de moi comme ça, vous vous trompez lourdement ! J'ai fait une promesse à votre maman et je compte bien la tenir.

Elle me presse une dernière fois l'épaule avant de quitter la pièce. Je voudrais la remercier, lui crier que je veux un câlin, que j'en ai besoin même, mais la boule énorme dans ma gorge m'en empêche. Pire, elle grossit au point de me donner la nausée.

La porte se referme doucement et, cette fois, je ne cherche pas à lutter, je laisse éclater mon chagrin.

Chapitre 23

Liam

Les dix derniers jours ont été totalement dingues et sont passés à mille à l'heure. Toute la semaine, j'ai jonglé entre Emy et Milo et mes services au bar. Heureusement, Grant a été plutôt conciliant. Franchement, je n'aurais jamais cru Emy capable d'une telle folie ! Avoir un enfant avec quelqu'un, c'est se lier à vie avec cette personne, alors je suis content de savoir que, malgré l'évolution de notre relation, nous pouvons compter l'un sur l'autre. Véritablement. Pas seulement en apparence.

De la cuisine, je l'observe remonter le plaid sur notre fils et lui faire un bisou sur le front. Il ne bouge pas d'un pouce, ce qui n'a rien d'étonnant, après la journée que nous venons de vivre.

Je n'étais jamais allé à Coney Island[1], mais maintenant le parc n'a plus aucun secret pour moi. Nous avons fait une vingtaine de tours de manège ! Nous avons aussi mangé notre poids en bonbons – enfin, celui du petit monstre épuisé –, inscrit un nouveau record à la pêche à

1. Fête foraine new-yorkaise le long de la plage.

la ligne et gagné une énorme peluche. Milo était fou de joie. J'aurais aimé que la journée ne finisse jamais, qu'il reste sur mes épaules, la bouche collante de barbe à papa, à jouer avec mes cheveux, et à s'émerveiller des lumières de la fête foraine.

Malheureusement, il a fallu se résoudre à rentrer. Sur le chemin du retour, pour prolonger la magie du moment, nous avons acheté des hot-dogs, et même si la mélancolie commençait à s'abattre sur moi, je l'ai chassée pour profiter de l'instant présent.

— Il n'a même pas eu le temps de voir Mowgli et Baloo danser. C'est le meilleur moment, dit Emy, debout, en attrapant la télécommande.

— Tu peux laisser le passage, si tu veux, je l'aime bien aussi.

Je commence à chantonner tout en la rejoignant. *Le Livre de la jungle*, c'était son idée. J'ai apprécié sa petite attention, car ce Disney a toujours été mon dessin animé préféré.

— On pourrait peut-être aller se coucher, nous aussi, lance-t-elle.

— Oh oui, c'est vrai que vous décollez assez tôt, demain. Je vais mettre Milo dans mon lit, avec un peu de chance, il ne se rendra compte de rien.

Je ravale ma tristesse et tourne la tête vers lui pour l'observer avec amour. Dire que dans quelques heures, il se trouvera de nouveau à des milliers de kilomètres de moi.

— Ou alors, on pourrait le laisser dormir ici…

Je plisse les yeux et détourne mon attention du canapé. Depuis leur arrivée, ils dorment tous les deux dans ma chambre, et moi sur le canapé. Emy me fixe, les joues légèrement rosies. Je la regarde s'approcher de moi au ralenti, puis poser les mains sur mon torse. Je cligne des yeux, perdu.

— ... Et passer la nuit ensemble.

Il me faut une petite minute pour comprendre le sens de sa proposition.

Merde, Julianne avait raison.

S'ensuit une poignée de secondes plutôt gênantes, pendant lesquelles je suis incapable du moindre mouvement, de la moindre parole. Elle se met sur la pointe des pieds et me mordille l'oreille. Son geste me ramène à la réalité. Je lui attrape les mains et la repousse avec douceur.

— Emy, qu'est-ce que tu fais ?

Nous nous dévisageons en silence, puis elle grimace, avant de baisser les yeux. Je me frotte l'arrière de la tête, cherchant un truc à dire, et lâche brusquement :

— J'ai quelqu'un.

Ce n'est pas tout à fait vrai, mais il me semble important de mentionner la femme qui a bouleversé ma vie ces derniers temps et qui, malgré tout, continue à faire battre mon cœur. Emy me dévisage longuement.

— Harper, c'est ça ?

Milo remue dans son sommeil, alors je me contente d'acquiescer d'un geste, puis je l'entraîne vers la cuisine.

Je m'adosse contre le frigo, encore surpris par son geste.

— Harper, donc ? repend-elle.

— Oui, mais comment tu...

— Je t'ai entendu en parler avec Milo. C'était la fille avec qui tu discutais le soir de notre arrivée ?

— Ouais.

— Pourtant, tu ne l'as pas vue depuis que nous sommes là. Pourquoi ?

— C'est un peu compliqué.

— Tu aurais pu nous la présenter.

Sa réponse sonne comme un reproche. Est-ce qu'elle est blessée ?

— Ça aurait été bizarre, non ?

— Pas plus que la situation actuelle, murmure-t-elle.

Elle se tait et fixe le plafond durant une éternité.

— Est-ce que je t'ai envoyé des signaux contradictoires ? finis-je par demander.

— Non, même pas. C'est juste que j'ai cru que ça pouvait marcher à nouveau. On est restés tellement longtemps ensemble que j'ai l'impression d'être incapable de rencontrer quelqu'un d'autre.

— On a déjà essayé, Emy, je réponds tendrement.

— Tu nous manques, là-bas. Est-ce que…

Elle se tait. Ses yeux sont soudain brillants de larmes et son menton commence à trembler.

— Est-ce que quoi ?

— Est-ce que ça remet en question ton projet ?

— Quoi ? Non, bien sûr que non ! Je n'ai pas changé d'avis et dès que je pourrai venir, je vous rejoindrai.

Elle soupire, soulagée, avant de m'adresser un petit sourire.

— Il y a une tonne de bars à Los Angeles. Tu trouveras du boulot en dix minutes top chrono. Pourquoi tu ne repartirais pas avec nous ?

— Emy… on en a déjà parlé. J'ai envie d'investir, d'avoir mon propre bar, mais pour ça, il me faut un apport. J'adore le boulot de barman, mais j'ai aussi besoin d'évoluer.

Je m'approche d'elle et la prends dans mes bras sans qu'elle oppose la moindre résistance.

— Sois patiente. Le concours finit dans moins d'un mois. Si je gagne, tout s'enchaînera très vite.

— Et si tu perds ?

— Je trouverai une autre solution.

— Nous pourrons t'héberger.

— Je... je ne sais pas si c'est une très bonne idée.

Elle me gratifie d'une petite tape sur le torse et se dégage de mes bras.

— En tout bien tout honneur ! Je me sens tellement conne, sérieux, grogne-t-elle.

Je la reprends contre moi et la rassure :

— Il n'y a pas de raison.

— Je suis vraiment, vraiment, vraiment désolée.

— C'est déjà oublié, ne t'inquiète pas.

Je lui embrasse le front et lui rends sa liberté.

— Qu'est-ce que tu dirais que je mette Milo dans ma chambre et qu'on se mate un film ?

Elle m'observe avec un petit sourire qui ne présage rien de bon.

— Pourquoi tu ne me parlerais pas plutôt de cette Harper ? Mon petit doigt me dit que tu as besoin de conseils féminins.

Je n'aime pas m'étendre sur mes sentiments, mais Emy me regarde avec une telle envie de bien faire que je n'ose pas refuser.

— Milo, viens dans les bras de ta tata préférée. On va laisser papa et maman se dire au revoir.

Julianne attrape mon fils et commence à l'embrasser dans le cou. Il se tortille et éclate de rire, avant de désigner un magasin de bonbons. Ma sœur lève un sourcil interrogateur pour savoir si nous sommes d'accord.

— OK, mais pas un kilo, lance Emy en riant.

— Évidemment !

Nous les regardons s'éloigner en silence, puis Emy

jette un œil au tableau des départs. Aujourd'hui, retour à Los Angeles.

— Nous sommes déjà le 7 août ? je plaisante. On dirait que vous n'êtes arrivés qu'il y a trois jours.

— Le temps passe toujours vite à New York.

— Avec les gens qu'on aime, surtout.

Leur visite a duré dix jours et a eu le mérite de me recentrer sur mon objectif. Je dois gagner le concours pour que cette parenthèse enchantée devienne mon quotidien. Voir mon fils tous les jours, le câliner, l'écouter parler, jouer avec lui, c'est ce dont j'ai besoin. Alors, pourquoi ma conscience ne me laisse-t-elle pas en paix ? Le visage de Harper continue de me hanter.

— Merci de nous avoir accueillis chez toi. Milo a adoré chaque seconde de son séjour.

— Moi aussi, Emy. Encore merci pour cette surprise. Je te rembourserai les billets d'avion.

Elle balaye ma réponse d'un geste et observe le hall d'accueil qui grouille de monde à cause des vacances.

— C'est inutile, tu en fais suffisamment pour nous.

— En tout cas, ça a été génial de vous avoir ici tout ce temps.

— À ce propos, m'interrompt-elle, je voulais encore m'excuser pour...

Elle baisse les yeux et joue avec ses doigts.

— C'est oublié.

Je lui relève le menton du bout de l'index pour la forcer à me regarder.

— Vraiment, Emy.

— Câlin ?

Je l'attire à moi en riant.

— Vous allez me manquer.

— Toi aussi.

Nos au revoir deviennent silencieux, chargés d'émotion.

— Je compte sur toi pour t'excuser auprès de Harper. Le Liam que je connais n'est pas un enfoiré.

Je m'écarte d'elle, sans pour autant rompre notre étreinte.

— Vous devez avoir une discussion. C'est normal qu'elle t'en veuille.

— Et si elle refuse de m'écouter ?

— Tu trouveras un moyen. Et puis, tu as toujours son carnet, elle doit bien avoir envie de le récupérer.

— Cette femme est pleine de contradictions.

— Arrête de te trouver des excuses. Cette histoire te ronge. C'est la dernière ligne droite, tu dois être concentré. Et puis, qui sait ? Tu feras peut-être d'une pierre deux coups ?

— C'est-à-dire ?

— Tu n'imagines pas que cela puisse bien se passer et qu'elle te pardonne ?

Elle laisse sa phrase en suspens et s'écarte, tandis que notre fils nous interpelle à quelques mètres.

— Je vais bientôt quitter New York, de toute façon.

— Réfléchis un peu, Liam... Los Angeles n'est pas si loin de New York. Je suis bien venue sur un coup de tête.

Milo arrive en courant, et Emy se tait. J'attrape au vol la petite boule d'énergie alors qu'il trébuche, trop occupé à exhiber fièrement son paquet de bonbons.

— Doucement, mon grand !

Conscient que je viens de le sauver d'une chute douloureuse, il me serre très fort. Julianne nous rejoint et tend deux magazines à Emy.

— Je vous ai pris ça pour le voyage.

— Oh merci, Ju, dit-elle en l'étreignant.

— Tu as fait un gros bisou à tata Minus, j'espère, dis-je.

— Arrête de m'appeler comme ça, sérieux ! râle Julianne.

— Jamais !

— Merci, tata mus.

— Milo ! rouspète Julianne. N'écoute pas ton père, il raconte n'importe quoi.

Elle éclate de rire et me vole mon fils pour faire le plein de câlins avant son départ. Elle aussi, a profité de ces dix jours et, même si elle nous a laissés un peu d'espace, elle s'est fait une joie de s'incruster dans la plupart de nos sorties.

Dix minutes plus tard, nous les regardons disparaître en direction du contrôle de sécurité. Milo et Emy nous adressent un dernier signe de la main. Mon cœur se serre, mais je garde le sourire. Plus qu'un mois !

Chapitre 24

Le soir même, suivant les conseils d'Emy, je me pointe au Brooke's. J'évite de trop réfléchir à l'accueil qui va m'être réservé, il y a fort à parier qu'il ne soit pas chaleureux. Harper ne veut pas le reconnaître, mais ce bar fonctionne comme une véritable famille italienne. Mieux vaut éviter de faire du mal à l'un de ses membres !

Dans l'après-midi, j'ai essayé de la joindre à plusieurs reprises, histoire de prendre la température, mais elle n'a pas décroché. Chacun de mes appels a atterri sur son répondeur et, bien évidemment, elle ne m'a pas rappelé. Loin de me décourager, je suis allé chez elle, sans plus de succès. En dernier recours, j'ai fait un saut à Java Street, mais Miranda a dû recevoir des consignes strictes, car elle n'a pas daigné ouvrir la porte. Ne voulant pas déranger sa mère, je n'ai pas insisté. J'ai abandonné la partie à contrecœur ... mais pas la guerre !

Le Brooke's est donc ma dernière option, même si cela implique de me confronter à ses gardes du corps. Je ne me fais aucune illusion sur ma cote de popularité auprès de son patron et de ses collègues.

En raison des fortes chaleurs, quelques clients consomment leurs boissons sur le trottoir. Comme au Cherry, il n'y a pas de terrasse aménagée mais, l'été, les autorités ferment les yeux si la clientèle reste calme, plus encore si le propriétaire assure la sécurité des lieux. Leur vigile, une sacrée armoire à glace, est justement posté à l'extérieur, en pleine conversation avec deux mecs qui sirotent leur bière. Je suis prêt à parier qu'il a remarqué ma présence, mais qu'il attend pour agir. La qualité numéro un de ces types est d'être physionomiste. Je traverse la rue d'un pas décidé, lui adresse un signe de tête poli, et me dirige vers la porte du bar. Son examen est loin d'être amical, mais il ne me refuse pas l'entrée, ce qui est en soit une première victoire !

La petite dizaine de clients installée à l'intérieur me confirme que le mardi est une journée calme ici aussi. Un coup d'œil circulaire m'indique que Harper n'est pas derrière le bar. C'est son patron qui occupe cette place. À ses côtés, une jeune femme essuie des verres.

Je m'approche du comptoir tout en observant la pièce avec attention. C'est peut-être l'heure de sa pause ? Elle devrait être présente, puisque c'est le mercredi qu'elle est de repos. Je ne manque pas l'éclair de surprise qui anime le regard de l'une des serveuses lorsqu'elle m'aperçoit. Elle se débarrasse de sa commande sans cérémonie et fonce vers le bar, son plateau sous le bras. À n'en pas douter, cette fille sait qui je suis. Son arrivée fracassante attire l'attention du patron, qui plisse les yeux.

— Qu'est-ce qui t'arrive, Aubrey ? demande-t-il amusé.

Aubrey : la fameuse amie. Nous n'avons jamais été officiellement présentés, mais j'ai déjà entendu parler d'elle.

Elle me désigne d'un signe de tête, ce qui déclenche l'intérêt de son patron. Dès que nos regards se croisent, toute trace de curiosité disparaît, et j'assiste en direct à sa métamorphose. Son expression joviale s'envole au profit d'un regard dur, limite assassin. Ses yeux me lancent des éclairs, puis dévient lentement au-dessus de mon épaule. À tous les coups, le vigile n'est pas loin !

J'essaye de rester impassible, même si j'ai envie de péter les plombs, agacé par leurs réactions.

— Qu'est-ce que tu viens faire ici ? lâche-t-il avec humeur.

— Harper est là ?

— Tu n'es pas le bienvenu.

Sans blague !

— J'aimerais lui parler.

— Crois-moi, ce n'est pas le moment.

Garder mon calme m'est de plus en plus difficile, alors je lui livre le fond de ma pensée sans détour, peu enclin à m'écraser.

— En fait, j'en ai rien à foutre de ce que tu penses. C'est à elle que je veux parler, pas à toi, j'assène, les mâchoires crispées.

— Elle n'est pas là.

Est-ce qu'il me prend pour un con ?

Je le dévisage, cherchant à savoir s'il ment. Notre affrontement est interrompu par un homme d'une cinquantaine d'années qui lui tend un billet de vingt dollars. Tom met fin à cet excès de testostérone pour l'encaisser, puis il lui rend la monnaie, en le remerciant.

— Mets ça dans le pot pour Harper et embrasse-la pour moi quand tu la verras, répond le client.

Un pot ? Quand tu la verras ?

Il ne mentait donc pas, Harper n'est pas là ce soir. Mon nouveau meilleur ami se contente d'acquiescer en silence, avant de glisser la monnaie dans une boîte en carton qui trône sur le bar. Une petite pancarte y a été fixée et indique :

Pour Harp, merci pour elle.

C'est quoi ce délire ?

Je fixe la boîte, perdu.

— Est-ce que Harper a un problème ?

— Rien qui te concerne.

La réponse est sans équivoque. Aubrey, elle, m'observe avec intérêt. J'ai conscience de ne pas avoir été le parfait petit ami, ces derniers jours, mais si Harper a des ennuis j'aimerais être au courant. Elle se racle la gorge.

— Tu dois savoir…

— Aubrey !

Le rappel à l'ordre de Tom a fusé, et elle se tait, certainement partagée entre sa loyauté envers lui et sa gentillesse.

— Aubrey…, j'insiste. Dis-moi ce qui se passe, s'il te plaît.

— Tu devrais partir, tranche Tom.

— Tout va bien ?

Le vigile, à qui la tension de la discussion n'a pas échappé, s'ajoute à notre joyeux trio. Les bras croisés, il se positionne sur ma droite.

— Très bien, Mike. Monsieur allait justement partir.

Le ton sec est sans appel. Mon envie d'insister est forte mais, afin d'éviter d'aggraver une situation déjà compliquée, je me résous à renoncer.

Fait chier !

— Dites-lui que je suis passé.

— N'y compte pas trop.

Je serre les poings, furieux. Je sais qu'ils font front contre moi pour la protéger, mais le seul sentiment qui m'anime à cet instant, c'est une profonde colère. Je les fusille du regard l'un après l'autre, prenant mon temps, puis je tourne les talons.

Aubrey est la dernière personne que je m'attendais à voir aujourd'hui. Je l'observe avancer vers le bar avec une curiosité non dissimulée. Elle jette des coups d'œil inquiets autour d'elle, comme si elle avait peur que quelqu'un surgisse pour la mettre dehors.

— Salut, dit-elle en s'installant sur un tabouret.

— Salut.

Nous sommes jeudi. Deux jours se sont écoulés depuis ma visite au Brooke's, et Harper n'a donné aucune nouvelle. J'espérais secrètement que mon passage éclair l'aurait énervée au point qu'elle rapplique pour me balancer mes quatre vérités. Mais non, elle semble avoir opté pour le silence.

Hier soir, à bout de patience, j'ai convaincu une Julianne réfractaire d'aller faire un tour en terrain ennemi – elle me devait bien ça, après tout. Elle m'a confirmé que Tom était toujours derrière le bar. Toutes les serveuses qu'elle a interrogées sont restées mutiques. Famille italienne, le retour !

— Je m'appelle Aubrey.

J'attrape la main qu'elle me tend et la serre doucement.

— Liam.

— Je sais, dit-elle en souriant.

Elle n'ajoute rien et balaye la salle des yeux avec une expression presque enfantine. Harper m'a dit à plusieurs reprises qu'elle était la gentillesse et l'innocence incarnées. Maintenant qu'elle se trouve devant moi, je comprends ce qu'elle voulait dire. Aubrey présente une forme de candeur singulière qui la rend immédiatement sympathique.

— Tu cherches quelque chose en particulier ?

— Oh non, je ne suis jamais venue ici, alors je regarde. Ce bar ressemble au nôtre, mis à part que nous n'avons pas de piste de danse.

Sa remarque fait naître l'ébauche d'un sourire au coin de mes lèvres car elle me rappelle la première fois que Harper s'est pointée ici. La première fois que nous nous sommes embrassés. À l'époque, j'étais loin de me douter que cette femme chamboulerait mon existence.

J'appuie les coudes sur le comptoir et lance d'un ton brusque :

— Qu'est-ce que tu veux, Aubrey ?

Fini de jouer ! Mon changement d'humeur soudain n'a pas l'air de la perturber. Loin de s'en offusquer, elle prend même le temps de me dévisager sans animosité, comme si elle scannait mon âme afin de décider si, oui ou non, elle pouvait me faire confiance. Elle m'examine en silence puis, au bout de longues secondes, elle m'offre un sourire éclatant.

— Tout d'abord, commence-t-elle, que les choses soient claires : je ne suis jamais venue.

— Continue, dis-je en optant pour la neutralité.

— Tu connais Harper, elle déteste qu'on se mêle de ses affaires et comme c'est mon amie, je suis censée respecter ses souhaits. Sans oublier que si Tom apprend que je t'ai rendu visite, je vais en entendre parler pendant dix ans. Et, clairement, je n'ai pas envie de passer pour la traîtresse.

J'acquiesce en silence et l'invite à poursuivre d'un signe de tête. Elle laisse échapper un long soupir, tout en se triturant les doigts. Manifestement, être ici la rend mal à l'aise.

— Très bien. Maintenant que nous sommes d'accord sur ce point, poursuit-elle, je vais prendre un verre de vin blanc, s'il te plaît.

Le moins que l'on puisse dire, c'est qu'elle met mes nerfs à rude épreuve ! Je m'exécute, l'esprit bouillonnant.

J'attrape la bouteille, ôte le bouchon avec le pouce et lui sers un verre. Sans la quitter des yeux.

— Je t'écoute, Aubrey.

Elle boit une petite gorgée, ses prunelles toujours ancrées aux miennes. Je tempère l'impatience qui m'électrise, conscient qu'elle est ma seule chance d'arranger les choses.

— La mère de Harper est décédée.

— Quoi ?

J'ai l'impression d'avoir crié.

— Je me doutais que tu n'étais pas au courant.

— Putain, mais non ! C'est arrivé quand ?

— Le 4.

— Le 4 ? Et on est le 9 ? Il t'a fallu cinq jours pour te pointer ici et me prévenir ?

Elle me fusille du regard. Même si je me trompe de cible, la stupeur me rend désagréable.

— Aux dernières nouvelles, elle ne t'adressait plus la parole. Disons que j'ai décidé de t'accorder le bénéfice du doute, l'autre soir, lorsque tu es venu au bar et que tu as tenu tête à Tom.

— Tu es trop bonne.

— Je peux aussi partir, si tu préfères.

Elle finit son verre d'une traite et se lève. Je déglutis face à sa menace, elle a l'air très sérieuse.

— Harper ne s'est pas épanchée sur votre histoire, ce n'est pas son style, mais la semaine avant le décès de sa mère, elle était particulièrement triste. Tu n'aurais pas merdé, à tout hasard ? ironise-t-elle.

Je ferme les yeux, mon agacement balayé par ma mauvaise conscience. Je suis en train de tout faire foirer en me mettant à dos la seule personne qui cherche à m'aider.

— Non, attends, excuse-moi. Rassieds-toi, s'il te plaît.

Malgré ma demande, elle reste debout et me dévisage un long moment, certainement pour juger de ma sincérité.

— Je suis désolé, Aubrey. C'est juste que, ces derniers jours, j'ai l'impression d'être dans une impasse.

— Je connais ce sentiment, dit-elle tristement.

Elle marque une nouvelle pause.

— L'enterrement a lieu demain à 11 heures, au 1256 Dean Street. J'ai pensé que ça pourrait t'intéresser.

— Merci. Je viendrai.

— Je n'en attendais pas moins.

— Comment va-t-elle ?

Son silence est oppressant. J'évite cependant de la brusquer, conscient que sa position n'est pas simple. Harper a l'obsession maladive de maintenir tout le monde à distance.

— Elle est effondrée. Mais, on est là, on l'aide du mieux qu'on peut. Bien sûr, devant nous, elle fait bonne figure mais, crois-moi, elle est dévastée.

Un client nous interrompt pour commander une bière, et je dois faire preuve d'un self-control surhumain pour ne pas l'envoyer bouler. Je crois que je n'ai jamais actionné la poignée de la tireuse aussi vite. Dès que le type disparaît, je reporte toute mon attention sur Aubrey, qui reprend :

— Écoute, je ne vais pas y aller par quatre chemins : personne ne s'est jamais battu pour elle. C'est pour cette raison qu'elle n'a confiance en personne. Il est temps que ça change. Vraiment.

Son regard ne flanche pas, c'est le mien qui dévie le premier.

— Ce n'est pas aussi simple. Après tout ce qui s'est passé entre nous, elle risque de ne plus vouloir entendre parler de moi.

— Personne n'a dit que ça le serait. Elle se protège, rien de plus. C'est son mode opératoire, ça l'a toujours été.

Harper est une belle personne, elle est libre et sauvage, secrète et solitaire aussi, c'est vrai, mais c'est avant tout une femme blessée qui a le sentiment de ne pas avoir d'importance. Je pense que tu devrais lui prouver qu'elle se trompe.

Elle se tait, farfouille dans son sac pour en sortir un porte-monnaie.

— C'est pour moi, dis-je précipitamment.

Elle relève la tête et me gratifie d'un nouveau sourire.

— Merci, Liam. Tu sais, loin de moi l'idée de te forcer la main, mais je t'ai vu, il y a deux jours, et je sais que tu as des sentiments pour elle. Ne la laisse pas te repousser parce que c'est exactement ce qu'elle va faire. Tu en as conscience, n'est-ce pas ?

Nous échangeons un long regard entendu.

— On est d'accord, conclut-elle. Alors fais ce qu'il faut pour réparer tes conneries et redonne le sourire à mon amie.

Elle ponctue sa phrase d'un clin d'œil, puis sort sans me laisser le temps de répondre.

Chapitre 25

Le lendemain, 10 août 2018

J'attends le dernier moment pour me glisser discrètement dans l'église. Un type adossé au mur, les bras croisés et tiré à quatre épingles, manque de me faire repérer en m'invitant à rejoindre les personnes déjà présentes. Il a chuchoté, mais j'ai l'impression qu'un horrible écho se répercute contre les murs austères de la bâtisse. Je décline d'un signe de tête poli et m'installe à bonne distance des deux premiers rangs, le cœur battant. Heureusement, mon arrivée semble être passée inaperçue.

Je ne garde de l'enterrement de mon père que le souvenir d'une foule immense – il était connu dans tout le quartier – et d'une pluie glaciale qui s'abattait sur nos visages baignés de larmes. Aujourd'hui, la nef est presque vide. Seules une quinzaine de personnes vêtues d'habits sombres sont assises et écoutent les louanges du prêtre.

De loin, je reconnais Miranda, le videur du bar ainsi qu'un serveur. Harper, les épaules voûtées et la tête basse, est entourée de Tom et Aubrey. Je sais, pour l'avoir vécu, que rien ne nous prépare à la douleur ni au vide qui accompagne la perte d'un être cher. J'ai été incapable de regarder le cercueil de mon père, comme si mon esprit terrassé par le chagrin refusait d'accepter cette nouvelle réalité.

Les prières et les chants se succèdent pendant quarante minutes. Puis vient la bénédiction de la défunte. Le prêtre invite Harper à se lever. Je la suis des yeux avec l'envie folle de la soutenir. Elle avance lentement vers l'autel et se place devant le cercueil. Son visage d'ordinaire si lumineux et expressif est éteint. Les yeux gonflés et les joues striées de larmes, elle fixe le bois pendant une éternité, avant de faire un signe de croix et de le caresser avec délicatesse. À cet instant, elle me paraît si fragile que rester à l'écart me demande un effort considérable. Ses lèvres remuent et libèrent des paroles inaudibles, certainement des promesses et des mots d'amour.

Une minute plus tard, l'ecclésiastique encourage Aubrey à se lever à son tour et à rejoindre son amie. En silence, celle-ci s'approche et lui serre la main en un geste de réconfort. Elles échangent un long regard, puis Harper lève les yeux sur l'assemblée. Je devrais me lever et quitter l'église, car rien ne m'autorise à partager un moment si intime, mais je reste immobile, espérant presque devenir invisible. J'adresse une supplication silencieuse à Notre Seigneur, malheureusement mes prières sont vaines. Harper se fige à la seconde où j'entre dans son champ de vision. Cette fois, je n'hésite pas et profite de ce qu'elle se tourne vers Aubrey pour m'éclipser.

La luminosité extérieure est aveuglante, la chaleur étouffante. Légèrement hagard, je plisse les yeux et laisse échapper un interminable soupir salvateur. Je ne sais pas combien de temps je reste l'épaule contre ce lampadaire, le visage orienté vers le soleil, à essayer de me calmer. Jusqu'à ce que des rires me sortent de ma torpeur. Un petit groupe d'enfants, gilet sur le dos et casquette sur la tête, passent devant moi, insouciants. Ils crient et se chamaillent, encadrés par trois animateurs qui les conduisent vers le parc situé à proximité de l'église. Je les suis des yeux, conscient de sourire. C'est dur à admettre, mais la vie continue.

À ma gauche, des éclats de voix attirent mon attention. Près du corbillard, trois hommes habillés de costumes sombres – les employés des pompes funèbres – discutent de façon animée. Je les fixe avec curiosité. Ils plaisantent comme si de rien n'était. Étrange, ce boulot… Côtoyer la mort et le deuil toute la journée a dû les rendre hermétiques au chagrin.

Soudain, la porte de l'église s'ouvre, et leurs expressions enjouées s'effacent. Sans un mot, ils rejoignent leur collègue, s'entretiennent à voix basse avec lui, avant de disparaître à l'intérieur du bâtiment. Quelques minutes plus tard, Harper, soutenue par Tom et Aubrey, apparaît. Les traits tirés et les yeux rouges, elle me fait mal à en crever. Elle est bientôt rejointe par le reste des invités qui se pressent autour d'elle pour l'embrasser et lui manifester leur soutien.

Leurs effusions sont interrompues par la sortie du cercueil. Dans une chorégraphie bien rodée et une ambiance pesante où chaque bruit résonne telle une cacophonie gênante, les porteurs le glissent dans le coffre de la voiture. Le responsable des opérations fait ensuite un pas vers Harper, échange quelques mots avec elle puis monte dans le corbillard. Très vite, le petit attroupement se disperse vers des voitures garées le long du trottoir, tandis que je reste immobile à les observer. Harper salue le prêtre avec dignité, puis Tom l'entraîne vers un Range Rover et l'aide à s'installer à l'avant.

Au moment où il referme la portière, nos regards se croisent. Le temps semble se suspendre. Il se fige, visiblement surpris par ma présence, avant de me gratifier d'un regard assassin. Je n'en attendais pas moins ! Il interpelle ensuite Aubrey, occupée à discuter avec deux femmes d'un certain âge.

— Quoi ? crie-t-elle.

Il me désigne du menton, l'air contrarié.

— Je m'en occupe, dit-elle lorsqu'elle me repère.

— Aubrey, on n'a pas le temps pour ces conneries !

Elle s'excuse auprès de son auditoire et court vers moi, malgré la voix furieuse de son patron.

— Salut, lance-t-elle en arrivant à mon niveau. Nous allons au cimetière des Evergreens, sur Bushwick.

Elle consulte son téléphone.

— Au 1629. Tu as une voiture ? C'est à un quart d'heure d'ici à peu près.

Un coup de klaxon tonitruant nous fait sursauter. Elle se retourne vers la Range Rover, énervée.

— C'est bon, j'arrive !

La tête de Tom s'agite.

— Magne-toi, ou on part sans toi !

— Je t'aurais bien proposé de te joindre à nous dans la voiture, mais ça risque de ne pas le faire.

Je me frotte l'arrière du crâne, indécis.

— Aubrey, je ne crois pas que ce soit une bonne idée que je vienne. Je ne suis pas sûr que Harper ait envie de me…

— Viens, Liam, s'il te plaît.

Elle pose la main sur mon bras.

— Harper a besoin de ta présence.

Je soupire, mal à l'aise.

— Très bien, je vais prendre un Uber. File avant de te faire engueuler.

— Je peux compter sur toi ?

Pour lui prouver ma bonne foi, j'ouvre l'application, entre l'adresse du cimetière et commande la course.

— Satisfaite ? dis-je en agitant l'écran sous son nez.

— Parfait.

Le klaxon retentit à nouveau mais, cette fois, elle ne cherche pas à négocier.

— J'y vais. On se voit là-bas.

Alors qu'elle trottine en direction de la voiture, je lui lance :

— Est-ce qu'elle t'a dit quelque chose à propos de ma présence ?

— Non, répond-elle en reculant. Mais elle n'a pas demandé à Tom de te dégager, ce qui est en soi bon signe. Je te l'ai dit, Liam, ça ne va être facile de te faire pardonner. À tout de suite !

Au moment où elle s'engouffre dans le SUV, mon portable vibre. Je le déverrouille, persuadé qu'il s'agit d'une notification Uber. Lorsque je lis le prénom de Harper sur l'écran, mon rythme cardiaque s'emballe.

Merci.

Court. Concis. N'importe qui aurait peut-être été refroidi, pas moi. Bien au contraire, ce petit mot est le signe que j'attendais. Je suis amoureux de cette femme et je vais me battre pour elle. Pour nous.

Chapitre 26

Douze jours plus tard

Harper

— Harper ! Ta cousine est là, ramène-toi !

Assise sur une chaise dans la cour à l'arrière du bar, je tourne la tête vers Marco. Est-ce que j'ai bien entendu ? Les mains agrippées à l'encadrement de la porte, il se balance d'avant en arrière.

— Tu aurais pu me dire que tu avais une cousine aussi canon.

Je plisse les yeux, déconcertée par son sourire lubrique.

— Est-ce que Tom est au courant que tu picoles pendant le service ? Si tu te souviens, ce n'est pas le genre de truc avec lequel il plaisante.

— Oh ! allez ! Ça m'est arrivé une seule fois. En plus, c'était à cause de toi.

— N'importe quoi !

— Je croyais que tu n'avais pas de famille. Combien as-tu de cousines, en réalité ? demande-t-il en jouant des sourcils.

— Je. N'ai. Pas. De. Famille, je déclare lentement.

Je vois à son air canaille qu'il ne me croit pas.

— Je suis limite vexé que tu aies gardé un truc aussi énorme pour toi.

— Par *truc*, tu entends ma cousine fictive ?

— Je croyais qu'on était amis, toi et moi. Y aurait moyen que tu me files son numéro ? Tom ne me laissera jamais m'occuper de vos commandes.

— Mais de quoi tu parles, au juste ?

À l'intérieur, la voix grave de notre patron retentit. Marco, loin d'être effrayé, grimace et roule des yeux.

— Tom adorerait savoir que tu te fous de lui.

— Je l'ai installée au calme, à une table dans ma section. Tu sais, au cas où vous voudriez parler de…

Il laisse sa phrase en suspens et me gratifie d'un regard entendu.

— De ma mère ?

Il hoche la tête, soudain mal à l'aise. Depuis le décès de maman, personne n'ose aborder le sujet, excepté Miranda. Ça va faire deux semaines, et je ne me suis jamais sentie aussi seule. Hier, pourtant, mon entourage m'a prouvé une nouvelle fois que je pouvais compter sur lui. Tom est venu chez moi dans l'après-midi pour me remettre une enveloppe. Est-ce que j'ai cru qu'il s'agissait d'une lettre de licenciement ? Je plaide coupable ! À ma décharge, je n'avais pas été particulièrement agréable, ces derniers temps. Il a semblé dépité lorsque je l'ai interrogé, refusant tout d'abord de prendre le courrier qu'il me tendait. Quelle ne fut pas ma surprise de découvrir une carte signée d'une cinquantaine de personnes – collègues et clients réguliers –, accompagnée d'un chèque couvrant l'intégralité de ce que je devais à Miranda, ainsi que les frais liés à l'enterrement.

— Tu crois que je te paye à rien foutre ?

Tom, les poings sur les hanches et un torchon sur

l'épaule, surgit dans la cour. Marco ne fait plus le malin et me lance un regard paniqué. Quelle grande gueule !

— Je dois y aller !

— Ça me paraît la meilleure idée de la soirée, réplique Tom. Harp, quelqu'un demande à te voir.

— J'ai cru comprendre.

Nous échangeons un regard circonspect.

— Tu n'as pas de cousine, lâche-t-il prudemment.

— Sans blague ?

— Alors qui est-ce ? J'ai l'impression de l'avoir déjà vue au bar, son visage m'est familier.

— Tu m'intrigues, dis-je en le suivant à l'intérieur.

Il se décale légèrement contre le mur en entrant et me désigne une table.

— Tu la connais ?

Je me mets sur la pointe des pieds, curieuse de découvrir l'identité de l'invité mystère.

— Merde !

Julianne.

Inutile de me tourner vers Tom, pour savoir que je suis l'objet de son attention. Je continue d'observer la jeune femme avec étonnement.

— J'en déduis que tu sais qui c'est.

J'ouvre la bouche, hésitant, car la réponse ne va pas lui plaire. Liam est devenu l'ennemi public numéro un, l'homme à abattre. Je ne l'ai pas revu depuis l'enterrement. Même si sa présence m'a touchée, je ne suis pas prête à lui pardonner sa trahison. Il m'a menti pendant des semaines, alors que je pensais que nous deux c'était du sérieux. Tom lui refuse l'entrée du Brooke's et me fait raccompagner tous les soirs à la porte de mon appartement par Mike. Je soupçonne même ce dernier de faire le pied de grue en bas de mon immeuble pour décourager Liam. De mon côté, j'ai refusé de prendre ses appels, si bien qu'il a fini par se lasser. Enfin, c'est ce que je pensais. Il semble avoir trouvé une nouvelle façon de m'approcher.

— C'est la sœur de Liam.

— Quoi ?

Sa réaction est à l'image de son attitude : protectrice. Il m'attrape le coude, et je l'interroge du regard.

— Tu veux que je la mette dehors ?

— Non, je vais voir ce qu'elle veut.

— Rien ne t'y oblige, Harp.

Il me couve d'un regard empreint d'une grande tendresse. Le voir si préoccupé m'émeut, surtout après son geste de la veille. Je sais que cette collecte, c'était son idée. Ma sensibilité à fleur de peau déstabilise mon entourage, plus personne ne sait comment se comporter avec moi.

Ce monde où ma mère n'existe plus me paraît hostile, froid et sans intérêt. Toutes mes certitudes ont volé en éclats, la maladie a occupé mon quotidien pendant tant de mois que je me sens désœuvrée. J'ai du mal à accepter l'irréversibilité de la situation. Je ne la verrai plus, elle ne saura jamais rien de la vie que je vais construire, ni des batailles que je vais mener. Elle était mon ancre, les bras réconfortants entre lesquels je me glissais pour lâcher prise. Maintenant, je suis à la dérive, abandonnée.

— Un seul mot de ta part et je lui demande de partir. Un seul, Harp.

Mue par une soudaine pulsion de gratitude, je m'approche de lui et embrasse sa joue râpeuse.

— Merci, Tom. Merci pour tout.

Mon geste le prend au dépourvu. La preuve, lorsque je franchis les portes de service et que je jette un coup d'œil par-dessus mon épaule, il est toujours figé. Sa réaction me fait sourire, et une petite étincelle s'allume au fond de moi. Peut-être que la solution pour me sentir mieux est tout simplement d'accepter de compter sur les gens qui m'aiment ?

Il n'y a pas grand monde, ce soir, ce qui n'est pas inhabituel pour un mercredi. En temps normal, je ne travaille pas, mais aujourd'hui j'avais besoin de m'occuper l'esprit. J'ai commencé à trier les affaires de ma mère. Miranda est venue m'aider, mais l'épreuve n'en a pas été moins éprouvante. Elle ne m'avait pas menti et continue à veiller sur moi, m'accompagnant du mieux qu'elle peut.

Concentrée sur son téléphone, Julianne ne m'a pas encore remarquée. Elle porte un jean noir, un débardeur vert et des Stan Smith. Une tenue simple et décontractée, accessoirisée par une chevelure blond platine, des lèvres rouges pulpeuses et de grosses créoles argent. J'aurais aimé qu'Aubrey soit avec moi. Aubrey est toujours de bon conseil ! Je suis même certaine qu'elle n'aurait pas cru une seconde à cette histoire de cousine.

— Ma cousine, sérieusement ? Tu n'as rien trouvé d'autre ? fais-je en m'asseyant en face d'elle.

Julianne sursaute, puis hausse les épaules, le visage vierge de toute expression. Elle ne semble pas gênée par son mensonge. Je croise les bras et pointe vers elle un menton hostile.

— C'est ton frère qui t'envoie ? Parce que, si c'est le cas, tu peux lui dire d'aller se faire voir.

Elle ignore ma provocation, ouvre son sac à main et en sort mon carnet. Sans un mot, elle le pose sur la table, puis de l'index, le fait glisser vers moi. Je le fixe, ahurie, le cœur battant. Je pensais ne jamais le revoir. Cependant, la surprise laisse vite place à la colère.

— Il a fini de le feuilleter ? Il a noté les recettes qui l'intéressaient ? je lâche, mauvaise.

— Il ne l'a pas ouvert. Et je te rappelle que c'est toi qui l'as oublié chez lui. Il ne te l'a pas volé. Il serait incapable de faire une chose pareille.

— Bien sûr.

— Il n'a pas besoin de ça pour gagner.

Son ton est calme, mais son regard orageux laisse transparaître son humeur. J'entrevois la force de leur lien au travers de son attitude. Liam m'avait dit qu'ils étaient proches, j'en ai maintenant la certitude.

— Il a essayé de te le rapporter plusieurs fois, seulement t'approcher est impossible.

— Pas tant que ça, a priori.

Son petit sourire provocant me tape sur les nerfs. La patience n'a jamais été l'une de mes vertus, et j'estime que la comédie a assez duré.

— Merci de t'être déplacée.

J'avance la main vers le carnet pour le récupérer et commence à me lever.

— Minute, réplique-t-elle en abattant la main sur la mienne. Je n'ai pas fini !

Nous nous considérons longuement avec méfiance. Mes yeux passent de ma main à son visage. Le message doit être clair car elle me libère. J'en profite pour ranger mon carnet dans la poche arrière de mon jean.

— Salut, les cousines, qu'est-ce que je vous sers ?

— Dégage, Marco, ce n'est pas le moment ! dis-je en me rasseyant.

— Un mojito pomme s'il te plaît, répond Julianne.

— Parce que tu comptes rester ?

— Ta cousine est beaucoup plus sympa que toi, gémit Marco.

Je lève les yeux au ciel.

— Tu le fais exprès, sérieux ? Ce n'est pas ma cousine ! En quelle langue faut-il que je te le dise ?

Il fait mine de ne pas m'entendre et arbore un sourire enfantin.

— Tu bois un truc, Harp ? Sans alcool, évidemment. Tu connais Tom…

— Apporte-moi un jus de pamplemousse, s'il te plaît, je réponds en soupirant.

Marco est adorable mais, comme disait ma mère, il n'a pas inventé l'eau chaude. Tant que je n'aurai pas choisi de boisson, il ne nous laissera pas tranquilles.

— C'est parti ! dit-il en nous abandonnant.

— Il a l'air sympa.

Je reporte mon attention sur Julianne qui l'observe parler à Tom.

— Il m'a demandé ton numéro.

Un rire spontané s'échappe de sa gorge.

— Ça se réfléchit, il est pas mal. Un peu lourd peut-être…

Je plisse les yeux, toujours intriguée par sa présence. Liam aurait très bien pu déposer le carnet dans ma boîte aux lettres.

— Tu es venue pour quoi, au juste ?

— Te rendre ton carnet et te dire que Liam est malheureux à cause de toi.

— Malheureux ? À cause de moi ? C'est le monde à l'envers !

— Pour ce que ça vaut, je suis désolée pour ta mère.

Je m'adosse à ma chaise en la regardant droit dans les yeux, la gorge nouée par l'émotion. Elle est sincère, je le sens. Elle a perdu son père, l'enfer que je vis lui est familier. Liam m'a dit à quel point cette épreuve avait été difficile pour eux. En d'autres circonstances, partager ma souffrance aurait pu m'aider, seulement, Julianne n'est pas mon amie, elle est juste la sœur de l'homme qui m'a trahie.

— C'était mon idée, dit-elle d'un ton calme.

— De venir ?

— Non, de se renseigner sur les participants avant le concours.

— Se renseigner ? je ricane. Moi, j'appelle ça tricher.

— Il ne voulait pas.

— Il m'a menti pendant des mois !

— Obtenir cette liste était une aubaine, continue-t-elle, ignorant mon commentaire. Il aurait été dommage de ne pas s'en servir. Je voulais que Liam mette toutes les chances de son côté pour gagner.

— Au détriment de son honnêteté ?

— Il s'est inscrit pour son fils.

— Et moi pour ma mère.

Marco choisit ce moment pour apporter nos boissons. Cette fois, il se contente de déposer nos verres et file sans tenter la moindre blague. Il a dû intercepter des bribes de la conversation en arrivant à notre hauteur.

— La veille du concours, il devait t'en parler, mais je me suis fait arrêter par les flics et…

— La veille du concours ? Il a eu des semaines pour m'avouer la vérité et il ne l'a pas fait. Il m'a menti et manipulée depuis le début.

— Liam n'est pas un manipulateur.

— Tu n'es pas objective.

— Il tient beaucoup à toi.

— Ah ouais ? Alors tu peux me dire pourquoi il a disparu de la circulation après la dernière épreuve ? Pourquoi il n'a pas cherché à me voir pour m'expliquer ? Pourquoi il ne m'a pas appelée une seule fois ? C'est étrange pour un mec amoureux, non ?

Je la provoque sciemment, impatiente d'entendre l'excuse tordue qu'elle va me sortir. Le silence pesant qui nous enveloppe accentue ma colère.

— Parfois, les choses sont compliquées, finit-elle par murmurer.

— Il n'y a rien de compliqué. Sa femme et son fils sont arrivés à New Y…

— Son ex. Ils ne sont plus ensemble, mais ils sont restés en très bons termes, pour Milo.

— C'est pour ça que je n'ai eu aucune nouvelle pendant une semaine ? j'ironise. Je vais te dire, passer en seconde position, c'est l'histoire de ma vie. Rien de neuf sous le soleil.

— Il ne savait pas comment gérer la situation. Milo est tout pour lui, son déménagement à l'autre bout du pays l'a détruit. Ce concours, c'était sa chance de le rejoindre.

— *Était* ?

— Il n'est plus sûr de vouloir continuer. Il est amou…

— Arrête !

J'ai parlé plus fort que je l'aurais voulu, car le bar me semble soudain très silencieux.

— C'est la vérité, insiste-t-elle. Tu ne veux pas l'admettre, mais ça ne change rien à ses sentiments. Tu te souviens, lorsqu'on s'est croisées au Westlight ? Je t'ai demandé si tu comptais le suivre à Los Angeles ?

— Il ne me l'avait pas proposé.

— Et s'il le faisait ?

— C'est trop tard.

Elle se contente de me dévisager un long moment sans un mot, puis elle finit son verre, sort un billet de dix dollars et se lève.

— Alors laisse-le partir, s'il te plaît, dit-elle avec douceur, toute trace d'animosité envolée.

— Je ne le retiens pas.

C'est la fierté qui parle, alors que chaque mot m'écorche la gorge. Savoir qu'il va quitter New York me comprime le cœur.

— Indirectement, si. S'il renonce à poursuivre le concours, c'est uniquement parce qu'il sait que tu as besoin de cet argent et qu'il s'en veut. Il va se sacrifier, Harper, et ça je ne peux pas l'admettre, surtout après tout ce qu'il a enduré ces derniers mois. Je n'ai rien contre toi, je pense même qu'en d'autres circonstances nous aurions pu être amies. Je suis désolée pour vous que ça n'ait pas fonctionné... Mon frère t'aimait... t'aime vraiment.

— Moi aussi, je chuchote, le regard rivé à mon jus de pamplemousse.

— Tu devrais le lui dire... La balle est dans ton camp. Il arrive qu'on fasse des erreurs, ce n'est pour autant qu'on n'a pas droit à une seconde chance.

Une seconde chance.

Une. Seconde. Chance.

Je n'ai aucune idée du temps qui s'écoule mais, lorsque je redresse la tête, la chaise en face de moi est vide.

Chapitre 27

Le 25 août 2018

Liam

C'est le Press Lounge qui nous accueille ce soir pour la finale du concours. Je connais ce rooftop pour y avoir accompagné Julianne, il y a cinq ans. Elle venait d'avoir vingt et un ans et m'avait tanné des semaines pour y boire un verre. Elle répétait en boucle que c'était la plus belle terrasse de la ville. La véritable raison était bien différente, elle avait rencontré l'un des serveurs chez un ami commun et lui avait promis de passer le voir un soir. J'avais été son ticket d'entrée… et de sortie d'ailleurs, lorsqu'elle avait réalisé que ce type draguait toutes les femmes de la soirée. Avant le fiasco, j'avais quand même eu le temps de boire une bière à onze dollars. Autant dire que je l'avais savourée !

Le panorama est aussi spectaculaire que dans mes souvenirs : vue sur Times Square et Midtown d'un côté, sur l'Hudson River de l'autre. La terrasse est grande, avec bassin central et ambiance lounge.

Je suis assis sur un pouf en rotin, face à Matthew et Alberta, deux autres participants. Miller nous a équipés de nos micros, et Midnight est partie chercher des softs. Il ne manque plus que Harper. Je bats la mesure sur mes genoux et surveille l'entrée en écoutant mes adversaires d'une oreille distraite. Elle devrait être arrivée. Qu'est-ce qu'elle fait ? Je ne l'ai pas revue depuis l'enterrement, mais Julianne a pu lui rendre son carnet il y a trois jours. Le mercredi est habituellement son jour de repos, mais ma sœur avait mené sa petite enquête. Je ne lui ai pas demandé de détails, elle m'aurait répondu que tout est une question de sources. Julianne n'a pas été loquace au sujet de leur conversation, mais après sa visite j'ai reçu un message de Harper.

Que le meilleur gagne !

J'ai essayé de l'appeler à la seconde où j'ai lu son SMS. Malheureusement, elle n'a pas décroché. Le silence qu'elle m'impose me rend malade. Je suis condamné avant même d'avoir eu la possibilité de m'expliquer.

Je soupire et fixe le ciel. Pas une étoile. Merci aux lumières de la ville. Il paraît que sur les plages qui longent Los Angeles, le ciel étoilé est magnifique.

— On y va dans quinze minutes.

La voix de Miller me ramène à la réalité. Je baisse la tête et plisse les yeux.

— On n'est pas censés être quatre ?

— Effectivement, mais Harper a déclaré forfait.

— Quoi ?

Alberta, Matthew et moi avons réagi d'une seule voix. Je me lève, abasourdi. C'est quoi, ce putain de délire ?

— Quand ?

Je devrais me réjouir, un concurrent de moins dans

l'équation, c'est une chance de plus de gagner. Midnight nous rejoint avec nos boissons.

— Jeudi, il me semble.

Elle nous tend nos verres tout en réfléchissant.

— Oui, c'est ça, elle a envoyé un mail jeudi. On a essayé de la convaincre de rester, car sans elle le show sera différent, mais elle n'a rien voulu entendre.

— Est-ce qu'elle a expliqué pourquoi ?

— Pas vraiment, juste mentionné que sa situation avait changé.

Je me rassois dans un état second et avale mon Schweppes d'une traite. Un shot de tequila aurait été plus efficace. Que s'est-il passé ? Est-ce que c'est le décès de sa mère qui a tout remis en question ? J'ai également hésité à abandonner. Après l'enterrement, ma participation ne me paraissait plus légitime, je savais par expérience que la mort n'était pas gratuite et que Harper allait avoir doublement besoin d'argent. Puis Milo m'a appelé, et j'ai compris que c'était un de ces moments de la vie où l'on se devait d'être égoïste. Malgré tout, je n'ai pas arrêté de penser à elle. Peut-être pourrions-nous trouver un arrangement financier ? Ma priorité demeure mon fils.

— Oh Ryan, bonsoir.

La voix de Midnight vient de grimper d'une octave. Les coudes appuyés sur les genoux, je penche légèrement la tête. Encore ce type ?

— Bonsoir à tous. Je suis simplement passé vous souhaiter bonne chance.

Je reste silencieux, alors que mes deux acolytes n'en finissent plus de le remercier. Ryan m'observe avec attention, un sourire au coin des lèvres.

— Liam, j'attends toujours ton appel.

— Ouais, désolé, j'ai eu pas mal de choses à gérer ces derniers temps.

Pour être honnête, j'avais complètement oublié. Il me jauge quelques secondes, puis hoche la tête.

— Pas de problème, j'aimerais discuter avec toi après l'épreuve. J'ai une proposition à te faire et je pense que ça pourrait t'intéresser.

— OK.

— Parfait. On se dit à tout à l'heure, alors.

Il nous salue en se fendant d'un nouveau mot d'encouragement, puis nous abandonne. Matthew et Alberta sont tout excités et me regardent avec envie. Est-ce que je suis le seul à ne pas connaître ce mec ? Je les interroge du regard.

— C'est Ryan Molton.

— Ça, je sais.

— Le meilleur ami de Jace Adam, ajoute Alberta.

— Son truc, c'est d'investir dans des bars et d'en faire des lieux d'exception comme celui-ci ou le 230 Fifth. S'il veut te parler, c'est qu'il a une proposition à te faire, précise Midnight.

Je la considère, perplexe.

— Une proposition ?

— Il a assisté à toutes les épreuves du concours, je suppose qu'il s'est renseigné sur toi. C'est une sacrée opportunité, Liam, tu devrais la saisir.

J'acquiesce et le cherche des yeux. Il est en train de plaisanter, un peu plus loin. Nos regards se croisent, il lève son verre à mon intention, et je l'imite, toujours étonné. C'est dommage de rencontrer quelqu'un qui croit en moi pile au moment où j'ai décidé de mettre les voiles.

La finale se déroule en deux temps, une épreuve intermédiaire éliminant l'un des trois participants.

Lorsque Miller vient nous chercher, j'essaye de faire le vide dans ma tête et de me concentrer. Je ne suis pas arrivé à ce niveau de la compétition pour m'effondrer. Il est temps d'être pragmatique. Je dois d'abord gagner le concours, parler à Ryan, puis aller chez Harper. Ce soir, peu importe les obstacles, j'aurai une véritable conversation avec elle et je m'excuserai. Je veux réparer mes erreurs.

Le thème sera annoncé via un écran géant décoré de ballons multicolores. L'énorme caméra centrale est toujours là, prête à suivre nos moindres mouvements. Inutile de préciser que le bar est noir de monde. Le jury vient nous saluer, puis se place sur notre gauche. Je me demande s'ils connaissent déjà le thème.

Midnight reprend son rôle de présentatrice et, bientôt, le public survolté se met à décompter en hurlant.

Bubble and Color
Les bulles s'invitent à la fête

La tonne de ballons prend tout son sens !

Je sais tout de suite à quoi va ressembler mon cocktail. J'ai appris au fil des concours à canaliser mes idées et à me concentrer sur la première image qui s'impose à mon esprit. Notre cerveau se nourrit de nos expériences et, le moment venu, sait nous aiguiller. Je lui fais – me fais – entièrement confiance, ce qui me laisse le temps nécessaire pour soigner la technique et la présentation.

Dès que nous recevons l'autorisation de nous diriger vers nos postes de travail, je fonce. J'attrape du Cointreau, du jus de citron, des fraises, de la menthe et de l'eau gazeuse. Notre cocktail doit être pétillant. Je veux aussi qu'il soit simple et accessible. Je suis presque certain que mes adversaires vont opter pour du champagne, avec l'espoir d'en mettre plein la vue aux jurés. Moi, j'estime que le champagne se suffit à lui-même et je veux me différencier.

Je fais abstraction du public et me focalise sur ma recette. J'observe la vaisselle mise à notre disposition et choisis une série de verres opaques couleur arc-en-ciel. Matthew et Alberta ont pris des colorants, ce qui signifie que leurs cocktails seront servis dans des verres transparents. Il faut savoir se démarquer ! Je remplis les miens de glaçons et j'ouvre quatre shakers, un par juré. Dans chacun d'eux, je pilonne cinq fraises avec des feuilles de menthe fraîches, puis j'ajoute 5 cl de Cointreau et 1,5 cl de jus de citron vert. Tout est une question d'équilibre. Je remplis ensuite deux shakers de glace pilée et les agite, jusqu'à ce qu'ils soient givrés. Lorsque je suis satisfait, je reproduis cette étape avec les deux autres. Je lève la tête vers le chronomètre, il me reste cinq minutes. Parfait. Je double-filtre ma préparation dans les quatre verres et complète avec de l'eau gazeuse. Pour la touche finale, j'ajoute des pailles multicolores, auxquelles je fixe un petit ballon gonflable.

— Fini ! crie Midnight. Ne touchez plus à rien et reculez, s'il vous plaît.

Le cœur battant, je fais un pas en arrière. Il s'en est fallu de peu.

Après que les jurés ont goûté nos cocktails, Alberta et moi accédons à l'ultime épreuve. Le thème – *The only one* – est annoncé par le P-DG de Constellation Brands, qui remettra également le chèque fictif d'un montant de cent mille dollars à la fin du show.

Le quart d'heure suivant se déroule dans une ambiance électrique. Je joue la carte de l'originalité en imaginant un cocktail audacieux à base de cognac, liqueur de champagne, triple sec et jus de citron pressé. Je cercle les verres de sucre pour adoucir l'acidité du mélange, puis frappe les ingrédients dans un shaker avec six glaçons. Je sers ensuite la préparation dans des verres rafraîchis de type martini en retenant les glaçons, puis ajoute une tranche d'orange pour parfaire le résultat. Je termine sur le fil du rasoir, mais je suis satisfait du résultat.

J'ai participé à plusieurs concours, mais aucun n'a été aussi dingue. L'ambiance de la finale est survoltée si bien qu'un instant j'en oublie mes soucis. Les cocktails créés à chacune des étapes de la compétition seront un jour servis dans mon bar, et ce peu importe l'issue. Il existe plusieurs chemins pour atteindre son rêve.

— Ça y est, nous avons un gagnant ! annonce Midnight.

La salle devient silencieuse en un éclair.

— Je vois que vous êtes aussi impatients que moi. Il semblerait que les jurés aient été unanimes. Alors, voilà, le nom du gagnant va bientôt apparaître sur les grands écrans et…

Elle se tait et désigne le plafond. Tous les regards convergent aussitôt vers un énorme ballon suspendu au-dessus de nos têtes. Mon cœur n'a jamais battu aussi vite et fort. Soudain, la salle est plongée dans le noir et des spots lumineux balaient l'assemblée. Aucun doute : Constellation Brands sait faire monter la tension et durer le suspense.

— On m'informe dans l'oreillette que le ballon vient d'être à l'instant, et ce en présence d'un huissier, rempli d'une multitude de confettis et d'une banderole avec le nom du meilleur barman ou barmaid de la côte Est du pays. Avant de vous inviter à décompter avec moi, je voudrais une nouvelle fois féliciter nos trois finalistes.

Nous apparaissons sur l'écran géant sous un tonnerre d'applaudissements.

— Liam, Alberta, Matthew, merci de nous avoir fait rêver avec vos magnifiques cocktails tout au long du concours. Peu importe le résultat, vous avez tous un talent incroyable.

Le public se déchaîne, et ma tension grimpe d'un cran supplémentaire. L'attente est interminable.

— Allez, on y va car je sens que Liam n'est pas loin de me sauter à la gorge !

— 5… 4… 3… 2… 1… 0, crient les gens autour de nous tandis que je garde les yeux rivés sur l'écran.

— Liiiiiaaaaammm. mesdames et messieurs, Liam remporte le concours du meilleur barman de la côte Est des États-Unis. Liam, viens vite nous rejoindre !

Après avoir échangé quelques étreintes avec Alberta et Matthew, je rejoins la scène improvisée pour recevoir mon prix. Midnight en profite pour me serrer dans ses bras, me murmurant à l'oreille qu'elle aimerait fêter ma victoire dans un endroit plus intime. Je fais celui qui n'a pas entendu et me dirige vers le P-DG de CB, qui me tend déjà la main. Heureux comme jamais, je la serre vigoureusement, avant de me tourner vers le public et les photographes présents pour l'occasion.

Aux premières loges, Ryan applaudit, visiblement ravi de l'issue du concours. Lorsque je croise son regard, je lève un poing victorieux. Midnight nous apporte ensuite l'énorme chèque en carton, et nous posons chacun à une extrémité.

Dans ma tête, j'exulte ! Je n'ai plus qu'une idée en tête : appeler Emy pour lui annoncer la bonne nouvelle. Emy… mais aussi Harper. Je veux qu'elle sache que nous avons gagné, car c'est exactement ce qui vient de se passer. Je veux partager la somme avec elle. Ne reste plus qu'à la convaincre d'accepter.

Ryan me cueille, tout sourire, dès que j'arrive à m'échapper de la scène.

— Félicitations, c'est amplement mérité.

Nous échangeons une longue poignée de main virile.

— Merci.

— Je t'offre un verre ?

— Pourquoi pas !

Il me désigne le bar d'un geste, puis fait signe au barman qui rapplique immédiatement, malgré la foule massée.

— Tu prends quoi ?

— Une bière, dis-je.

— Deux Bud, Paul, s'il te plaît.

Trois minutes plus tard, Ryan me tend un verre et m'entraîne à l'écart de la cohue.

— Pas de jeune femme à rattraper, ce soir ? lance-t-il, faisant allusion à notre dernière rencontre.

— Malheureusement, non.

— C'était la quatrième finaliste, je me trompe ?

Il boit une gorgée sans me quitter des yeux. Je hoche la tête, incapable de répondre. Il me gratifie d'un clin d'œil amusé.

— Rien ne m'échappe. Tu sais pourquoi elle a abandonné ?

— Aucune idée.

Ce type est sympathique, mais je ne compte pas lui raconter ma vie, encore moins celle de Harper.

— Bon, je ne vais pas te monopoliser toute la soirée, j'imagine que tu as sûrement des choses à faire.

J'opine en silence.

— Tu connais le Roof ?

— L'une des plus belles vues de la ville.

— Je confirme. Tu y es déjà allé ?

— Quelquefois. Mon ex adorait la vue à trois cent soixante degrés, surtout pour les couchers du soleil.

— Je ne t'apprends donc rien si je te dis qu'il y a deux terrasses et un bar couvert.

— Effectivement.

— Je cherche un responsable pour le bar. Si le poste t'intéresse, il est pour toi. Tu aurais la charge d'établir une nouvelle carte de cocktails, originaux et variés, je précise. Il faudrait superviser une équipe de cinq personnes, équipe que tu pourrais toi-même constituer, gérer les plannings, les stocks, les relations fournisseurs... Enfin, tout ce qui a trait à la vie du bar.

— Juste comme ça ? fais-je, étonné. Excuse-moi, mais tu ne me connais pas, comment peux-tu être sûr que je fasse l'affaire ?

— Question de feeling. Je t'ai observé attentivement lors des épreuves. Tu es spontané et sûr de toi, organisé et méticuleux. Tu es charismatique sans en faire des caisses, ce qui soyons honnête est très bon pour les affaires. Les femmes raffolent de cette assurance innée.

Il se tait et me dévisage.

— Alors qu'est-ce que tu en penses ?

Je finis mon verre d'une traite. Sa proposition aurait été une sacrée opportunité, si Emy n'était pas partie à l'autre bout du pays. Toujours ce foutu problème de timing !

— Ça aurait été avec plaisir, mais j'ai d'autres projets.

Ses yeux s'arrondissent de surprise. À mon avis, il a l'habitude d'obtenir ce qu'il veut.

— Qui sont... ?

— Je compte déménager à Los Angeles en septembre.

Il m'étudie une seconde.

— La côte Ouest ? Une raison particulière ?

— Mon fils.

Son visage ne montre aucune émotion. Je suis néanmoins prêt à parier qu'il ne s'attendait pas à cette réponse. On m'a souvent dit que je n'avais pas le profil du père de famille.

— Mon ex est partie s'installer là-bas, l'année dernière, j'ajoute.

— Je comprends.

Il hoche la tête, mais semble déstabilisé par la tournure de notre conversation. Soudain, une étincelle s'allume dans son regard, et je le vois reprendre l'ascendant.

— Oh bon sang ! Mais oui, bien sûr… Tu as déjà du boulot, là-bas ?

— Non, pas encore. L'idée initiale était plutôt d'investir.

— Investir ?

Il lève deux doigts à l'attention d'une personne derrière moi. Une minute plus tard, j'ai une nouvelle bière fraîche en main.

— Ouais, j'aimerais posséder mon propre bar, un jour.

— Intéressant. Tu connais le Broken Shaker ?

— De nom, c'est une chaîne, il me semble ?

— Si on veut : New York, Miami, Chicago et… L.A. J'ai investi dans les trois premiers, ces dernières années. Il ne me manque plus que celui de Los Angeles. Ce n'est pas une question d'argent, mais les négociations sont plus difficiles. C'est le meilleur bar à cocktails de la ville, alors le propriétaire actuel veut être certain que l'établissement conservera son leadership. Il en a fait une clause non négociable. Tu vois où je veux en venir ?

Je reste sans voix. Est-ce que ce mec détient tous les bars branchés du pays ?

— Qu'est-ce que tu en dis ?

— De quoi ?

— D'être ma clause de négo. Si je lui annonce que je

vais placer à la tête du bar le mec qui vient de remporter le concours du meilleur barman de la côte Est, il y a fort à parier que je signe la vente dans la journée. Alors ?

— Je… je ne sais pas. J'avoue que tu me prends de court.

— C'est ça, les affaires, Liam. Il faut toujours être à l'affût. On ne sait jamais quand l'opportunité va se présenter, mais l'expérience m'a appris qu'il faut la saisir, ne pas avoir peur de se lancer.

— De foncer, tu veux dire ?

— Tout à fait.

Il me tend la main en souriant. Est-ce que je suis en train de signer une putain de promesse d'embauche, une bière à la main ? On dirait bien ! J'éclate de rire, grisé par l'adrénaline.

— Je crois qu'on a un accord, fais-je.

— Je le crois aussi. Tu as gardé ma carte ?

— Ouais, elle doit être quelque part dans mon portefeuille.

—Tiens, dans le doute, répond-il en m'en tendant une autre. Appelle-moi mercredi. D'ici là, j'espère avoir validé la transaction. Je pourrai te faire une véritable proposition. On en profitera pour discuter de ton projet d'investissement. Tu m'expliqueras ce que tu cherches exactement, et je verrai ce que je peux faire pour toi. Après tout, je vais t'en devoir une.

— Sérieux ?

— Le feeling, Liam, dit-il en touchant son nez de son index. Je ne me trompe jamais.

Notre discussion se poursuit quelques minutes, puis il prend congé. De mon côté, je pars saluer les organisateurs du concours et m'assurer que l'argent arrive rapidement sur mon compte. J'évite soigneusement Midnight et quitte le bar.

Chapitre 28

Quelques heures plus tôt

Harper

Je me suis promis de ne pas regarder les résultats sur les réseaux sociaux, mais je ne résiste pas à la tentation, d'autant plus que la seule personne qui aurait pu me raisonner n'est pas au bar. Aubrey ne travaille pas ce soir, comme c'est très souvent le cas en ce moment. Son histoire avec Jace ne s'est pas arrangée, et elle a perdu la joie de vivre qui la caractérisait. J'ai interdiction de m'en mêler, mais je suis à deux doigts de faire justice moi-même.

Mon index glisse malencontreusement sur la page Instagram de CB, où un post vient tout juste d'être publié. Un signe ! Si Aubrey était là, elle m'arracherait le téléphone des mains en me sermonnant. Au lieu de ça, Tom m'épie du coin de l'œil, hésitant. Il sait que la finale a eu lieu ce soir, il m'a entendue dire à plusieurs reprises que je ne voulais plus jamais entendre parler de Liam, mais il n'ose pas faire la moindre remarque.

La première photo est une simple image noire où figure le mot « Winner ». Je la fixe un long moment, le cœur battant. Si je n'avais pas abandonné, mon nom aurait pu apparaître sur la suivante. Seulement, quel aurait été l'intérêt de continuer ? Je m'étais inscrite pour financer les soins d'une infirmière à domicile, et Miranda a perçu l'intégralité de ses honoraires grâce à la générosité de mon entourage. Continuer aurait amputé les chances de victoire des autres finalistes. De Liam. Je suis en colère contre lui, il m'a déçue et humiliée, mais sa cause est noble. Hors de question que je sois celle qui aura privé Milo de l'amour inconditionnel de son père.

Jeudi soir, lorsque j'ai annoncé ma décision au Brooke's, Tom et moi nous sommes disputés. Il voulait que je continue. J'ai eu le sentiment d'être jugée, et sa réaction m'a blessée. L'abandon n'est pas un aveu de faiblesse ; il peut parfois être un signe de maturité. J'ai conscience de nourrir des sentiments contradictoires à l'égard de Liam, sans lui en vouloir totalement. Je lui cherche des excuses. C'est moins douloureux que d'admettre qu'il s'est servi de moi.

— Qu'est-ce que tu fais sur ton portable ?

La voix de Tom me ramène à la réalité. Je lève la tête, surprise, je ne l'ai pas entendu approcher.

— Rien de spécial.

Son regard dérive sur l'écran et s'y attarde quelques secondes. Il arque un sourcil interrogateur dans une attitude paternaliste qui me fait grincer des dents. Je sens les affres de l'agressivité monter en moi.

— Trois bières et un whisky sec ! crie Marco. Et que ça saute !

— Deux minutes ! réplique Tom.

Si la tension avait échappé à notre collègue, le ton sec de Tom est sans équivoque. Marco me lance un coup d'œil contrit et retourne en salle, sans demander son reste. J'en profite pour consulter la deuxième photo, et le visage souriant de Liam apparaît. Oh bon sang ! Il a gagné ! La publication est récente : douze minutes. Il doit être si heureux !

— Est-ce que c'est de la joie que je lis sur ton visage ?

— Autant que ce soit lui le vainqueur, dis-je sans me dérober.

— Ce n'est pas mon avis. Il aurait dû être disqualifié. Tu avais les moyens de le dénoncer.

— Et priver un gamin de son père ? Merde, Tom, quand est-ce que tu es devenu si intolérant ?

Je range le téléphone dans ma poche tandis qu'il marmonne dans sa barbe, et je lève les yeux au ciel, agacée.

— Je ne comprends pas que tu puisses te réjouir pour lui après ce qu'il t'a fait.

— Il avait ses raisons.

— Tu lui trouves des excuses, maintenant ? C'est quoi, la prochaine étape ? Le féliciter ?

Son ton est dur. Je sais qu'il ne veut que mon bien, qu'il cherche à me protéger, seulement la façon qu'il a de m'infantiliser me fait bouillir de rage.

— Bah… tu sais quoi ?

La question est rhétorique, mais je prends mon temps pour lui annoncer la suite du programme, ravie de le provoquer. Le silence qui nous enveloppe est lourd de sens. L'impulsivité est un défaut, mais elle allume une petite étincelle de vie en moi. J'ôte le torchon de mon épaule et le lance sur le comptoir, puis contourne le bar sous son regard estomaqué. Je me paye même le luxe de sourire pour en rajouter une couche.

— C'est exactement ce que je vais faire !

— Tu n'es pas sérieuse ?

— Bonne soirée, Tom.

Je me dirige d'un pas décidé vers le vestiaire pour

récupérer ma veste, sans tenir compte de ses protestations, avec la conscience accrue que nous sommes au cœur de l'attention de tout le bar.

En traversant la salle, je sens ses yeux peser sur moi. Je devrais quitter les lieux avec discrétion. Je choisis au contraire de jouer la provocation à fond. Je me tourne face à lui et m'éloigne à reculons en criant :

— Ciao, papa !

C'est déplacé, immature – Tom n'a toujours voulu que mon bien –, mais pour la première fois depuis un mois, je me sens vivante.

Les trois quarts d'heure de trajet pour rejoindre le Press Lounge calment mes ardeurs. Ce qui m'a paru sur le coup une idée géniale semble maintenant complètement stupide. J'avance au ralenti, j'ai de plus en plus envie de prendre mes jambes à mon cou. Qu'est-ce qui m'a pris, de me comporter de la sorte ?

Dans ma main, mon téléphone vibre. Tom a déjà cherché à me joindre quatre fois. Il déteste que nous soyons fâchés. Moi aussi. Simplement, j'ai besoin de me calmer. Il est adorable, mais il m'étouffe.

Deux minutes plus tard, alors que je suis occupée à vérifier le nom d'une rue à une intersection, il réitère.

Bon sang, il ne peut pas me laisser respirer un peu ?

— Écoute, Tom, on en parlera demain à tête reposée, dis-je sèchement, en prenant cet appel.

— Harper ?

Le sang déserte mes joues, et un poids de la taille d'une brique se loge au milieu de mon estomac. Tremblante, je regarde l'écran. Liam. La colère m'a empêchée d'être vigilante. Je ferme les yeux, incapable de savoir comment réagir. Dans un état second, j'approche le téléphone de mon oreille, sans parler.

— Harper ? Harper ? Allô ? Harper ?

J'ouvre la bouche, aucun son n'en sort.

— Je sais que tu m'entends, Harp. Est-ce qu'on peut se voir, ce soir ? Il faut qu'on parle, c'est important. Je peux être chez toi d'ici une heure.

Je ferme les yeux, inspire profondément pour me donner du courage. J'ai l'impression d'être au bord d'un précipice, prête à sauter.

— Je suis déjà là.

Le silence qui suit mon aveu est si long que je vérifie s'il est toujours en ligne.

— Liam ?

— Comment ça « déjà là » ?

— Je suis devant le Press Lounge.

Il ne me répond pas, mais je l'entends s'excuser à plusieurs reprises, comme s'il se faufilait au milieu de la foule.

— J'arrive. Je descends, je suis là dans cinq minutes. Attends-moi, s'il te plaît !

Une porte claque, puis sa voix résonne. J'en déduis qu'il s'est engagé dans l'escalier. Sans un mot, je raccroche, partagée entre la curiosité et l'angoisse que suscitent ces retrouvailles.

Je surveille la sortie du bâtiment, le cœur battant. Cinq minutes plus tard, il apparaît, essoufflé. Il examine la rue et me repère sur le trottoir d'en face. Il me fait signe de la main, puis traverse d'un pas décidé, sans me lâcher du regard. Un taxi klaxonne, mais il l'ignore. Je déglutis. Pourquoi ne suis-je pas restée tranquillement planquée au bar ?

— Salut, dit-il en s'arrêtant à bonne distance.

— Salut.

Pour empêcher mes mains de trembler, je serre les poings et les camoufle dans les poches de ma veste en cuir.

— Qu'est-ce que tu fais là ? demande-t-il d'un ton doux.

— J'étais dans les parages.

J'évite soigneusement son regard. Je mens et il le sait, mais ne relève pas. C'est mieux ainsi. Niveau humiliation, j'ai déjà eu mon compte.

Nous ne disons rien durant plusieurs secondes, puis j'ose enfin lever les yeux vers lui. Il affiche une expression neutre. Je grimace, déconcertée. On dirait deux étrangers incapables de communiquer.

— Félicitations. J'ai entendu dire que tu avais gagné.

— Merci.

Les battements de mon cœur sont si forts qu'ils masquent presque les bruits de la ville. Ses lèvres remuent, mais je ne perçois aucun son. Il fait un pas vers moi. Ma raison me hurle de reculer, alors que mon cœur se délecte de cette soudaine proximité. Je reste immobile. Si je le voulais, il me suffirait de tendre le bras pour cueillir son visage au creux de ma main.

— Pourquoi as-tu abandonné, Harper ? murmure-t-il.

Une nouvelle fois, nous restons silencieux.

— Harper ?

— Je voul…

Nous nous sommes décidés à parler en même temps. Il se frotte l'arrière de la tête en souriant, gêné. Je soupire, mal à l'aise, et trouve la force de reculer d'un pas. J'ai besoin de réinstaurer une distance de sécurité.

— Je voulais simplement te féliciter. Milo sera fou de joie de te voir tous les jours. C'est bien pour vous. Je… je suis contente pour toi.

Je ravale la boule dans ma gorge. Le voir si près me perturbe. Rien ne va dans ma vie, j'ai l'impression d'être dans une affreuse spirale négative. Miranda m'a prévenue que le deuil entraîne souvent une période dépressive. Plus ou moins longue, en fonction des personnes. J'espère que la mienne sera passagère. J'ai horreur de me sentir si lasse et si triste. Elle m'a proposé l'aide de la psychologue de l'hôpital. Merci, mais non merci ! Le Dr Jimenez a toujours été très gentille avec moi, seulement je n'imagine pas me pointer dans son bureau et lui livrer mes déboires sentimentaux.

— Je suis vraiment désolé, Harper.

La voix de Liam me fait sursauter. Je cligne des yeux pour chasser mes larmes.

— J'aurais voulu que ça se passe différemment, continue-t-il. J'ai flippé, j'ai essayé plusieurs fois de t'avouer la vérité, sans que ce soit jamais le bon moment. Je voudrais tellement pouvoir revenir en arrière !

— Mais tu ne peux pas.

Mon ton sec le surprend, un voile de doute durcit ses traits.

— Est-ce qu'on peut au moins en discuter ?

Cette fois, je ne fuis pas et le regarde droit dans les yeux.

— À quoi bon ?

— Je veux tout t'expliquer.

— Tu l'as fait pour ton fils, il n'y a rien à ajouter. Je vais te dire, c'est dingue, mais une part de moi comprend que tu aies menti. Je crois que si j'avais eu l'opportunité de connaître le nom des participants, j'aurais agi de la même façon.

— Harp…

— Je t'assure. Tu peux dormir tranquille. Tu voulais quelque chose et tu t'es donné les moyens de l'obtenir. La cause était légitime, la forme un peu moins, mais c'est le résultat qui compte. On avait tous les deux besoin de cet argent. L'essentiel, c'est que nous soyons arrivés à nos fins.

Il fronce les sourcils, conscient qu'il lui manque une partie du puzzle.

— Tu as abandonné. Comment as-tu pu trouver la somme nécessaire pour Miranda ?

— Tom et Aubrey ont organisé une collecte.

Il ouvre la bouche, sans qu'aucun mot n'en sorte, alors je poursuis :

— C'est la première fois que je suis au centre d'une telle attention. Tu vas sûrement trouver ça pathétique mais, toute ma vie, je suis passée au second plan. Mon père, ma mère, durant mon enfance, les maîtresses, les soi-disant camarades de classe. Je n'ai jamais été la priorité de personne. Jamais. Ça ne m'a pas vraiment dérangée, jusqu'à toi.

— Moi ?

Je malmène mes lèvres, réfléchissant à ma réponse. Miranda, à qui je me suis un peu confiée, prône la franchise et pense que poser des mots sur ma souffrance m'aidera à aller mieux.

— J'aurais aimé être la personne la plus importante de ta vie. Tu sais, celle pour qui tu te bats, celle pour qui tu lâches tout. Mais, voilà, ce n'est pas possible, tu as déjà Milo… et c'est très bien comme ça. Ne va pas surtout pas penser que je suis jalouse d'un enfant. Je suis très contente pour vous. Simplement, je mérite d'être…

— Harper, je suis amoureux de toi. Merde, je n'arrive pas à croire que tu ne fasses plus partie de ma vie ! C'est l'enfer depuis que tu connais la vérité. Tu me manques.

Il efface la distance que je nous ai imposée et pose les mains sur mes bras.

— Je regrette tellement. Laisse-moi une autre chance.

— Ce n'est pas possible, dis-je en me dégageant avec douceur. Je suis bien placée pour savoir que rien ne s'efface jamais vraiment. J'ai vécu dans la peur que ma mère fasse une nouvelle dépression et me rejette. Pire, je vis dans cette peur constante avec tout le monde. Je mérite d'être celle qui compte pour un homme. Je mérite d'être la seule et l'unique.

— Tu l'es pour moi.

— Ce n'est pas vrai, Liam. Qui as-tu appelé en premier, ce soir ?

La peine que je lis dans ses yeux est douloureuse, car je connais déjà la réponse, mais j'ai besoin de l'entendre pour me conforter dans mon choix.

— Emy… C'était pour parler à Milo, se justifie-t-il.

— Je ne te reproche rien, Liam. Je te l'ai dit, je comprends. Milo est ton fils. Il passe en premier, c'est norm…

— Il y a de la place pour vous deux dans ma vie.

— J'aimerais te croire, mais…

— Il n'y a pas de « mais », je veux qu'on essaye.

— Que se passera-t-il, s'il ne m'aime pas ?

— C'est impossible.

— Tu me quitteras, parce que c'est ce que font les bons pères, ils font passer leurs enfants en premier.

— Tu ne m'écoutes pas, Harper.

— Non, c'est toi qui ne m'écoutes pas. Je me protège. Je ne veux pas souffrir davantage et c'est exactement ce qui se passera, lorsque tu me quitteras, dans six mois.

— Ça n'arrivera pas.

— Bonne nuit, Liam, dis-je en reculant.

— Non, ne pars pas !

— Je le fais pour nous. Pour moi, pour toi, pour t'éviter de devoir choisir plus tard.

Cette fois, il ne cherche pas à me retenir. Au fond de lui, il sait que j'ai raison. Les bons pères choisissent toujours leurs enfants.

Chapitre 29

Je m'effondre dans les bras de Tom à la minute où j'entre dans le bar. La salle est déserte, même Mike est parti. Je savais que Tom m'attendrait, qu'il serait là pour moi, malgré mon comportement exécrable. Au fil des ans, il est devenu un père de substitution. Peu à peu, il a réussi à se faire une place dans ma vie, jusqu'à en devenir un véritable pilier.

Il ne dit rien, se contente de me bercer, acceptant mon chagrin sans demander d'explication.

— Tout est fini, je murmure entre deux sanglots.

— Chut, Harp, calme-toi, tout va s'arranger.

— Je l'ai laissé partir, je l'ai quitté.

— On en reparlera demain. Est-ce que tu veux que j'appelle Aubrey ? Ça te ferait du bien de discuter avec elle.

— Non, dis-je en le serrant plus fort. Elle a assez de problèmes comme ça, je préfère la laisser tranquille.

— Comme tu veux. Je vais fermer le bar et on va monter se coucher.

— Et Mel ?

— Ne t'inquiète pas, je l'ai prévenue que tu aurais besoin de nous. Elle t'a déjà préparé le canapé.

Il dénoue mes bras avec douceur et m'aide à m'installer

sur une chaise, puis il ferme la porte à clé et éteint toutes les lumières.

Dix jours plus tard, alors que le chaos dans ma vie semble avoir atteint des sommets, Aubrey nous annonce qu'elle envisage de déménager. Pour l'occasion, elle a réuni au bar son amie Jess et son fils, ainsi que Stan, son ex-collègue déjanté.

Nous la regardons tous, bouche bée.

— Allez, dites quelque chose !

— Ta décision est prise ? Chicago, donc ? s'enquiert finalement Jess.

— Oui, Chicago.

— C'est prévu pour quand ?

— Le plus vite possible. Le 15 semble une date acceptable pour le Wingley. Ils sont d'accord pour attendre, mais comme le poste est vacant, ils aimeraient que ça aille assez vite.

— Le 15 septembre ? Mais on est déjà le 5 !

Je l'observe. Elle grimace, tout en jouant avec son dessous de verre. À ma droite, Tom n'a toujours rien dit. J'aurais dû me douter qu'il se passait un truc pas clair lorsqu'elle a insisté pour qu'il se joigne à nous.

— C'est une super opportunité. Ça me permettrait de changer d'air, de repartir de zéro. Qu'est-ce que vous en dites ? Je... tout est devenu compliqué pour moi, ces derniers temps... C'est comme si la roue tournait enfin. Le truc, c'est que j'aimerais savoir ce que vous, vous en pensez.

Jess se lève pour l'enlacer. Stan et moi échangeons un long regard.

— C'est génial, Aubrey ! Tu as raison de foncer. On

viendra te voir, et toi, tu reviendras à New York, n'est-ce pas ?

— Oui, évidemment. C'est juste que là, m'éloigner est vraiment la chose à faire.

— Je vais perdre une de mes meilleures serveuses, mais je suis pour que tu ailles voir du pays, ajoute Tom.

Il les rejoint pour la féliciter. Stan et moi n'avons pas bougé. Aubrey accepte son étreinte sans nous quitter des yeux.

— Et vous ? demande-t-elle en se dégageant.

Stan me lance un coup d'œil en coin. Je sais qu'il pense la même chose que moi : le départ d'Aubrey est une erreur, sauf qu'aucun de nous ne veut être le méchant de l'histoire.

— Je pense toujours qu'on pourrait se battre pour récupérer ton projet, dit-il.

— Stan… je n'ai plus envie d'en parler.

Il grogne, mais n'insiste pas.

— Comment peux-tu aller bosser pour les Cubs[1], alors que tu vis à New York depuis mille ans ?

Sa remarque la fait rire, elle sait que c'est sa manière de lui donner sa bénédiction.

Génial, il ne reste plus que moi !

— Et toi, Harp ?

Je suis tentée de la supplier de rester, mais je connais la force destructrice d'un chagrin d'amour. C'est tellement ironique ! J'ai toujours affronté mes problèmes seule et maintenu les gens à distance, alors qu'aujourd'hui je ressens le besoin d'être entourée, soutenue, conseillée. Seulement, je sais aussi qu'être une bonne amie demande parfois de se sacrifier.

1. Les Chicago Cubs (les Oursons de Chicago) – équipe de la Ligue majeure de base-ball.

— Ma proposition de te faire justice tient toujours.

— Tu as promis de ne pas t'en mêler.

— Je suis plutôt bonne menteuse.

— Qu'est-ce que tu en penses, toi, de tout ça ?

Je prends conscience que ma réponse pourrait faire pencher la balance, or je ne veux pas être celle qui l'empêchera d'aller mieux alors, même si mon cœur me hurle de la retenir à New York, j'acquiesce.

— Tu as intérêt à nous avoir des places super bien situées, quand on viendra vous affronter, et un accès VIP aux vestiaires. Les athlètes m'ont toujours fait craquer !

— Promis.

— Alors, fonce, Aubrey !

Elle se jette dans mes bras et me serre très fort contre elle sans que je cherche à m'enfuir. Comme quoi j'ai progressé ! Je croise le regard fier de Tom. Il me sourit. Lui seul, autour de cette table, sait à quel point laisser partir mon amie va m'être difficile.

Chapitre 30

Liam

« Mesdames et messieurs, bienvenue à l'aéroport de Los Angeles. Il est 18 h 50 et la température extérieure est actuellement de trente-cinq degrés. Veuillez garder vos ceintures attachées jusqu'à l'arrêt complet de l'appareil. Delta Air Line vous remercie de votre confiance et vous souhaite un agréable séjour en Californie. »

Je regarde le tarmac défiler à travers le hublot, avec un mélange d'excitation enfantine et d'inquiétude. Nous sommes le 25 septembre, premier jour de ma nouvelle vie. Milo et Emy doivent m'attendre dans le hall du terminal 5 pour m'emmener dîner. J'ai encore du mal à y croire, pourtant tout est bien réel.

Tout s'est déroulé très vite. Les cent mille dollars ont été virés sur mon compte deux semaines après ma victoire. La banque n'a pas manqué de me solliciter pour que j'investisse la somme dans des produits financiers soi-disant super attractifs, mais j'ai refusé et les ai informés que j'allais faire un don de cinquante mille dollars à Harper Stanford. Trouver ses coordonnés bancaires a été difficile, mais Ryan est un homme plein de ressources. Inutile de préciser qu'elle a cherché à me joindre à la seconde où elle a reçu la somme, mais je l'ai prise à son propre jeu : je l'ai ignorée.

J'ai également suivi le conseil de Ryan, à qui j'ai expliqué les grandes lignes de notre histoire : j'ai fermé mon compte bancaire et changé d'établissement financier. Impossible pour Harper de me restituer l'argent. Est-ce qu'elle m'a harcelé ? Oui, clairement ! Elle m'a laissé une trentaine de messages vocaux et de SMS, me sommant de la rappeler. Elle s'est aussi pointée au Cherry, un soir. Encore une fois, j'ai été plus malin. J'avais déjà démissionné. Grant m'a appris qu'elle était arrivée furieuse, puis qu'elle avait semblé déstabilisée en apprenant que je ne travaillais plus au bar. Ses messages se sont peu à peu espacés. Elle continue cependant à m'écrire. Des SMS souvent très courts, un peu secs, parfois désagréables. Le dernier, surtout, a fait accélérer les battements de mon cœur.

Est-ce que tu es vraiment parti sans me dire au revoir ?

Ne pas lui répondre a été une véritable torture. J'ai failli accourir au Brooke's pour la rassurer avant de me souvenir de son aveu, devant le Press Lounge. Je vais lui prouver qu'elle est la seule et unique, et qu'être père ne m'empêche pas de me battre pour elle.

Dire au revoir à Julianne et quitter New York ce matin, après toutes ces années, a été difficile. Depuis l'abandon de notre mère, nous avons toujours été très soudés et, même si nous ne sommes pas très démonstratifs, elle et moi n'avons jamais été séparés. Ses yeux étaient pleins de larmes et son silence oppressant. La voix chargée d'émotion, je lui ai une nouvelle fois proposé de me suivre, mais elle a refusé d'un signe de tête. Refoulant ma propre tristesse, je lui ai donné une longue liste de recommandations pour essayer de dédramatiser.

— Évite les fontaines, d'accord ? Ne sors pas avec n'importe quel mec. Le métro, la nuit, n'est pas bien fréquenté, tâche d'être toujours accompagnée, par un garçon de préférence, que tu connais depuis plus de deux heures, ça va de soi. Arrête aussi de traîner avec cette gamine de quinze ans. Son frère, Ryan, est vraiment sympa, et je me sens mal de lui mentir. Et si tu as changé d'avis, je peux toujours te faire un virement pour te soulager un peu.

Elle a levé les yeux au ciel en guise de réponse. Je lui ai proposé de partager le reste de la somme, mais elle a catégoriquement refusé.

— Arrête d'être aussi têtue, on dirait papa en pire ! Tu ne peux pas renier tes origines italiennes.

Elle a souri, s'abstenant toutefois du moindre commentaire. Puis elle s'est jetée dans mes bras, et nous sommes restés enlacés un long moment, le cœur lourd.

— Appelle-moi à n'importe quelle heure du jour ou de la nuit. Promis ?

Elle a acquiescé, et un sanglot étouffé s'est échappé de sa gorge.

— Je t'appelle dès que j'arrive. Allez, Ju, courage. On se revoit bientôt. Tu viendras prendre un peu le soleil de Californie, ça ne te fera pas de mal.

Ma tentative d'humour n'a pas fonctionné, elle a embrassé ma joue et reculé en désignant mon T-shirt maculé de larmes d'un air contrit. Nous nous sommes regardés quelques secondes en silence, j'ai murmuré « je t'aime » et suis parti sans me retourner. Si je l'avais fait, j'aurais été capable de l'embarquer de force dans l'avion.

Voilà un mois maintenant que je suis parti, et j'ai toujours du mal à réaliser que j'habite côté pacifique, sûrement parce qu'une partie de mon cœur est restée à New York. Il est midi. J'attends sur le trottoir que l'école de Milo ouvre. La gardienne déverrouille le portail et invite les parents à entrer. Parmi la petite foule massée, je reconnais la mère de Justin, à qui j'adresse un sourire. Nos enfants ont, d'après la maîtresse, une attirance commune pour les bêtises !

Dès que mon fils m'aperçoit, il se précipite dans mes bras et entreprend de me raconter chaque minute de sa matinée. Quel moulin à paroles ! Je le récupère le lundi et le mardi à l'école, et il dort trois nuits par semaine chez moi. J'ai emménagé dans un appartement situé Toluca Road, à mi-chemin entre San Fernando Valley où habite Emy et le Broken Shaker. Milo s'est très vite adapté à mon retour dans sa vie, et la garde alternée ne semble pas le perturber. Je profite au maximum de ces moments précieux, soulagé que notre séparation n'ait pas duré plus longtemps.

Molton investissement, la société de Ryan, organise un véritable battage médiatique autour du changement de propriétaire du Broken Shaker. Le bar, qui a fermé trois semaines pour faire peau neuve, rouvre ce soir pour Halloween, avec une nouvelle carte de cocktails élaborée par mes soins. Ryan a voulu tous les goûter, ce qui nous a valu une gueule de bois monumentale.

La vie est parfois surprenante… Jamais je n'aurais imaginé me lier d'amitié avec quelqu'un comme lui. Il est déconnecté de la réalité, évolue dans les hautes sphères et brasse de l'argent à longueur de journée, mais il a un sacré flair pour les affaires et possède un cœur en or. Il est franc, honnête, sans filtre et capable de déplacer des montagnes si la cause lui semble justifiée.

— Alors, tu lui as écrit ? Putain, génial, les verres ! Je peux goûter ?

Il pose la question pour la forme et avale le contenu d'un verre. Ce soir, nous proposons à nos clients des shots de bienvenue à base de tequila et sirop de kiwi, décorés d'un bonbon gélatineux jaune et rose en forme de ver.

— Excellent. C'est quoi, le goût sucré ?

— Kiwi, dis-je en récupérant son verre pour le poser dans l'évier. Allez, on se bouge, on ouvre dans trente minutes. Il faut que les cinq cents verres soient prêts. Premiers arrivés, premiers servis !

L'équipe des barmen s'active avec enthousiasme. Ryan fait le tour de la salle, puis sort sur la terrasse. La vue y est splendide et n'a rien à envier aux rooftop new-yorkais.

Je le rejoins et m'adosse à la rambarde.

— Alors ? dit-il.

Je sens le poids de son regard peser sur moi. Il fait allusion à Harper, bien sûr. L'alcool a la faculté de délier les langues, et il semblerait que je me sois vanté de l'inviter pour l'ouverture. Élément qu'il n'a pas manqué de me rappeler dès le lendemain et tous les jours qui ont suivis !

— C'est bien ce que je pensais, tu t'es dégonflé.

— Je te l'ai dit, c'est compliqué.

Il se redresse et me considère, l'air très sérieux.

— Ne fais pas la même connerie que mon pote.

Je plisse les yeux, ne sachant pas de quoi il s'agit.

— Il a merdé dans les grandes lignes avec sa nana. Aubrey, tu la connais je crois. Elle bosse ou bossait avec Harper, je ne sais plus trop.

— Ouais, je l'ai vue quelquefois. Une chic fille.

— Quelqu'un de vraiment sympa, les pieds sur terre,

seulement ce con s'évertue à jouer la victime. Si bien qu'il est en train de perdre la plus belle chose qui lui soit arrivée.

— La différence, c'est que moi, je sais déjà que j'ai merdé.

— Alors qu'est-ce que tu attends ?

— Le truc, c'est que j'ai une putain d'idée pour lui prouver que je l'aime, mais ça prend plus de temps que prévu. Je n'ai pas encore trouvé ce que je cherche.

— Et qu'est-ce que tu cherches, au juste ?

Je le contemple un instant, hésitant.

— Un bar.

— Un bar ?

— Je te l'ai dit, je veux investir. Au début, ce projet me concernait. Maintenant, je veux offrir à Harper son rêve.

— Tu peux être plus clair ?

— Elle rêve de posséder son propre bar sur une petite plage de Californie.

C'est à son tour de me fixer en silence, comme s'il pesait le pour et le contre avant de poursuivre.

— C'est très louable de ta part, mais j'ai deux choses à dire.

Il lève son index à la manière d'un maître d'école.

— La première : un truc pareil n'existe pas, ou alors à un prix de dingue.

— Je vais trouver. Je dois trouver, fais-je en soupirant.

— Deuxième chose, continue-t-il sans s'attarder sur ma remarque. Comment crois-tu qu'elle vive le silence que tu lui imposes depuis deux mois ? Tu penses sérieusement qu'elle va t'attendre ?

— M'attendre ? répété-je, sans comprendre.

— Si mes souvenirs sont bons, elle est canon, alors autant te dire qu'elle ne va pas rester indéfiniment célibataire. Un mec se pointera un beau jour, si ce n'est pas déjà fait, et lui fera oublier que tu lui as brisé le cœur.

Il m'observe sans ciller, tandis que je crispe les mâchoires et serre les poings. Cogner dans quelque chose – sa jolie petite gueule, par exemple – est très tentant, mais je m'abstiens. C'est la colère qui parle, j'en ai conscience.

— Si j'étais toi, je lui dirais que je suis toujours dans le game. Histoire d'assurer mes arrières… Simple conseil d'ami.

Je me soustrais à son regard et pivote vers les gratte-ciel illuminés, le cœur battant, la tension à son paroxysme. Il a raison, même s'il m'est douloureux de l'admettre. Il ne me fait pas l'affront d'en rajouter et me serre simplement l'épaule en signe de soutien, avant de s'éclipser. Comment ai-je pu être aussi stupide ?

Une fois seul, je sors mon téléphone puis, sans hésiter, rédige un message à l'attention de la femme que j'aime.

Les apparences peuvent parfois être trompeuses. Je ne t'ai pas abandonnée, je cherche juste un moyen de te prouver mon amour. Pardonne-moi. Je t'aime.

Chapitre 31

Un mois plus tard

Harper

Le bar est fermé depuis quarante minutes, les chaises sont surélevées et le sol est propre. Pourtant, une table est encore occupée par trois personnes. Jace, Stan et Ryan échangent de façon animée sur la meilleure façon de reconquérir Aubrey. Jace a enfin ouvert les yeux – Alléluia – et s'est mis en tête de réparer ses erreurs. Seule ombre au tableau : la principale intéressée ne semble pas disposée à lui pardonner !

Depuis quelques semaines, le Brooke's est devenu le QG de ces messieurs. Et, si j'en crois la façon dont ils se congratulent, une nouvelle idée irréaliste a dû jaillir de leurs cerveaux alcoolisés.

Il faut dire qu'Aubrey ne leur facilite pas la tâche. Il y a un peu plus d'un mois, elle a envoyé balader Jace, venu à Chicago la supplier de lui pardonner. Une chose est sûre, il avait fait les choses en grand – privatiser un stade mythique n'est pas à la portée de tout le monde –, mais mon amie est restée intraitable. Elle ne m'en a même pas parlé. Pas un mot, pas une allusion. Absolument rien, comme si cet épisode n'avait jamais eu lieu. Selon moi, c'est mauvais signe, mais Jace continue d'espérer et remue ciel et terre pour obtenir une seconde chance.

— Ah non, c'est mort ! Tu es un grand malade, tu sais ?

Rectification : Stan n'a pas l'air de partager l'enthousiasme des deux autres. Jace, les coudes appuyés sur la table, écoute son argumentaire, mais je comprends à son air déterminé que rien ne le fera changer d'avis.

Mon regard glisse ensuite vers Ryan qui me fixe, comme c'est très souvent le cas ces derniers temps. Rien de surprenant après ce que j'ai appris en début de soirée. Je l'ignore et me concentre sur les verres que je suis en train de remplir de bière. Je ne le connais pas très bien, mais il est plutôt sympa. La rumeur prétend que c'est un dragueur. Quoi qu'il en soit, il s'est toujours montré très correct avec moi. C'est le meilleur ami de Jace et, jusqu'à ce soir, je pensais que c'était notre seule connaissance commune.

— Harp, viens ! hurle Stan. Jace a une idée de merde et compte m'inclure dans son plan débile.

Sa voix aiguë, proche de l'hystérie, a le mérite de mettre fin à mes réflexions. Sans un mot, je place le dernier verre sur le plateau et les rejoins.

— Tom va bientôt vous mettre dehors.

— Figure-toi qu'aujourd'hui, Jace a donné son accord à son équipe de com pour participer à Good Morning America, lance Stan.

— L'émission ?

— Bien sûr, l'émission, de quoi veux-tu que je parle ?

— Et… donc ?

— Ce taré veut faire une déclaration à l'antenne.

Sa précision me prend au dépourvu, et je ne trouve rien à répliquer. Stan paraît totalement outré, à la limite de l'exaspération, alors que Jace affiche un air serein. Inutile d'ajouter que le regard de Ryan pèse sur moi. Une déclaration à l'antenne, devant des millions de gens ?

— Harper, allô !

— Une déclaration *d'amour* ? dis-je en balbutiant, pas certaine de comprendre.

— Évidemment, pas une déclaration de guerre ! Qu'est-ce qui t'arrive, ce soir ? Tu sembles complètement à côté de tes pompes.

— Rien, éludé-je.

C'est Blake, l'ex-collègue de Liam, qui m'a révélé tout à l'heure que Ryan était le nouveau patron de ce dernier. Si j'ai bien compris, cet homme investit dans des bars branchés dans tout le pays, et sa dernière acquisition est un établissement réputé de Los Angeles, Le Broken Shaker. Rongée par la curiosité, j'ai consulté les réseaux sociaux. Grave erreur. Alors que je me raccrochais à son dernier message, j'ai découvert une photo de Liam en charmante compagnie. Deux nanas à moitié nues l'entouraient, et je n'aurais pas été étonnée de lire que le thème de la soirée était beach – bich – party ! Même pas. Le hashtag en légende avait plus de classe – #*ChicSexAndSun* –, sans pour autant apaiser ma consternation.

Une nouvelle fois, je me suis sentie stupide d'avoir cru ses mots sincères, d'avoir imaginé que notre histoire n'était peut-être pas terminée. Je me suis fait l'effet d'une adolescente naïve espérant une fin romantique de conte de fées.

À quel moment, suis-je devenue si bête ?

— Alors ? Tu en penses quoi ? insiste Stan.

Je cligne des yeux pour chasser mes sombres pensées.

— Parce que… attends de connaître la meilleure ! Il veut que je me débrouille pour qu'Aubrey soit dans le public ce jour-là.

Très mauvaise idée : Aubrey déteste être le centre de l'attention.

Je me tourne vers Jace en grimaçant.

— Regarde sa tête, Jace, reprend Stan. C'est exactement ce que je t'ai dit. C'est mort de chez mort, et surtout, c'est sans moi.

— Laisse-la parler ! On n'entend que toi, s'agace Jace. Vas-y, Harper, je t'écoute.

— Tu devrais être patient. Laisse-lui un peu de temps.

— La patience, ça épuise, répond-il.

— Peut-être, mais c'est ce dont elle a besoin pour guérir et digérer ce qui s'est passé.

— Intéressant, intervient Ryan.

Son ton légèrement mordant détourne mon attention de Jace. Adossé à sa chaise, les bras croisés, il me dévisage. Encore. C'est quoi son problème, sérieux ?

— Donc, tu crois aux secondes chances ? continue-t-il.

Je hausse les épaules, déstabilisée par son attitude.

— Dans certains cas, dis-je, sans fuir son regard.

— Il veut lui offrir son rêve, qu'est-ce que tu en penses ?

Mes yeux s'écarquillent de surprise. Je me tourne vers Jace. Il ne peut pas sérieusement envisager de donner vie au projet d'Aubrey. Son concept de restaurant est génial mais très risqué financièrement.

— Les pop-up restaurants ?

— Chicago était un essai, et ça a été un véritable succès. Ce concept est génial, coûteux, c'est vrai, mais innovant et original. Il faut l'exploiter. Pour le moment, Aubrey refuse que nous en parlions, mais je ne compte pas abandonner.

— Stan est pour, intervient Ryan. Moi, je réserve mon vote. Et toi ?

Il me regarde droit dans les yeux avec une telle assurance

que je me sens soudain mal à l'aise. J'ai l'étrange impression qu'Aubrey n'est plus l'unique sujet de la discussion. Est-ce que Liam lui aurait parlé de nous ?

— Je ne crois pas qu'offrir un rêve soit une bonne idée, même si c'est très romantique.

J'ai répondu à voix basse, pourtant, à voir les têtes ahuries de Jace et Stan et le sourire convaincu de Ryan, je suis certaine d'avoir été entendue.

— Un rêve, c'est personnel, intime. Il nourrit l'espoir, il aide à avancer, à croire en l'avenir et aux jours meilleurs. Un rêve, c'est un projet qui nous maintient en vie, c'est la lumière au bout du tunnel. Il représente la réalisation de soi, un aboutissement, et personne n'a envie d'en être spolié.

— Les gars, va falloir bouger ! lance soudain Tom, apparaissant derrière nous.

Depuis que le bar est fermé, il est resté dans son bureau, à faire de la comptabilité. Il a toujours préféré se pencher sur les chiffres la nuit.

— Encore un quart d'heure, s'il te plaît, répond Jace sans me quitter des yeux.

— OK, mais tu raccompagneras Harp chez elle.

— Ça va de soi.

— Parfait. Vous avez jusqu'à 2 heures.

Le retour de Tom dans son bureau est suivi d'un long silence, comme si tout le monde digérait mon petit laïus. Je hausse les épaules pour essayer de le minimiser.

— C'est simplement mon avis. Je suis loin d'être une experte dans le domaine, dis-je en riant.

Mon rire sonne faux, seulement je n'ai rien trouvé d'autre pour camoufler ma gêne.

— Qu'est-ce que tu proposes, alors ?

C'est assez risible que Jace me demande de le conseiller,

alors que ma vie amoureuse est un véritable désastre. Le seul mec dont je sois tombée amoureuse m'a menti et s'est enfui à l'autre bout du pays. Pire que tout, en deux mois, je n'ai reçu qu'un seul message qui, à bien y réfléchir, me semble à présent des paroles en l'air.

— Je te l'ai dit : fais preuve de patience. Aubrey est amoureuse de toi, mais elle est effrayée à l'idée de souffrir à nouveau. Tu as marqué des points en allant à Chicago. Continue à développer le projet, prépare le terrain, mais, s'il te plaît, ne lui vole pas son rêve car tu risques de la perdre définitivement.

— Et pour l'émission ?

— Vas-y, mais oublie la full decla. Elle est discrète. Je ne suis pas certaine que braquer les projecteurs sur elle lui plaise.

Il acquiesce en silence. Stan enchaîne aussitôt sur mes propos. J'en profite pour filer. J'ai besoin de souffler, de mettre un peu de distance entre eux et moi en retournant à l'abri, dernière le comptoir. Là, je peux feindre l'occupation et ressasser tranquillement mon propre échec.

— Tiens.

Je redresse la tête. Ryan vient de poser les trois verres vides sur le comptoir. Je regarde par-dessus son épaule et constate que Stan et Jace sont à nouveau lancés dans une grande conversation. Je soupire. Je suis crevée, et les émotions de ces dernières heures me donnent envie de me glisser sous ma couette pour y dormir des jours entiers.

— Ils élaborent un nouveau plan de bataille ? demandé-je en les désignant du menton.

— L'amour donne des ailes.

— Tu devrais lui faire entendre raison. S'il suit son idée, il va se planter sur toute la ligne. Jace est un type sympa, mais il a tendance à voir les choses en grand.

— Tu pensais réellement ce que tu disais, à propos des rêves ?

— Aubrey n'aim…

— Je ne parle pas d'Aubrey, mais de toi.

— De moi ?

Il acquiesce, sans me quitter des yeux.

— Tu n'aimerais pas que quelqu'un t'offre ton rêve ?

Je ricane.

— Ça n'arrivera jamais, alors la question ne se pose pas.

Je ponctue ma réponse d'un clin d'œil que j'espère convaincant, afin de lui ôter toute envie de poursuivre. Les rêves peuvent s'avérer dangereux. Pour ma part, j'ai vite appris que je n'y avais pas droit.

— Si, justement, la question se pose.

Nous nous dévisageons une poignée de secondes.

— Qu'est-ce que tu veux dire ?

— Rien de plus que ce que je viens de dire.

— Je ne comprends pas.

— Quelqu'un que tu connais s'est mis en tête de réaliser ton rêve pour te convaincre de lui pardonner.

— Mon… Mon rêve ?

— Être propriétaire d'un bar sur une plage de Californie. C'est un rêve plutôt ambitieux, soit dit en passant, et il m'en voudrait à mort s'il savait que je t'en ai parlé.

Mon cœur s'emballe, et ma bouche s'assèche. Je parviens néanmoins à articuler un semblant de réponse.

— Les rêves sont par définition inatteignables. C'est pour cette raison qu'on les poursuit.

— Je lui ai dit que ce n'était pas une bonne idée, mais il s'obstine. Si tu veux mon avis, Liam est un mec plutôt borné. J'imagine que c'est l'amour le responsable de cet insupportable trait de caractère.

Je ferme les yeux et me cramponne au bar. Ses paroles me filent le tournis.

— Je vais peut-être te sembler indiscret en te demandant ça, mais je préfère être honnête. Je ne veux pas qu'il s'endette à vie pour rien. Liam est un type bien, il mérite d'être heureux. Est-ce que tu sors avec quelqu'un, en ce moment ?

— Quoi ?

— Au risque de passer pour un connard, je me montre plus direct : est-ce que tu couches avec un mec ? Ou une nana d'ailleurs, peu importe.

— Non. Et lui ? dis-je sèchement, repensant à la photo.

— Alors là, je me porte garant ! Ce mec ne vit que pour toi.

— Bien sûr…

— Je t'assure, ça en devient limite chiant.

— Dans ce cas, pourquoi ne donne-t-il aucune nouvelle ? Il a une drôle de façon de me montrer qu'il ne vit que pour moi.

— Il cherche un moyen de te convaincre de venir.

— Pardon ?

— Ouais, c'est son truc. Te faire venir en Californie et, surtout, te donner envie de rester.

— Pourquoi ne pas tout simplement me le demander ?

Ryan ouvre la bouche, puis la ferme. Deux fois. C'est perturbant de le voir hésiter après la franchise dont il vient de faire preuve.

— Sûrement parce qu'il pense que ce ne serait pas suffisant. Qu'il n'est pas suffisant. Il veut te prouver que tu comptes pour lui.

— C'est n'importe quoi !

— C'est pourtant bien ce que tu lui as demandé, non ?

Son commentaire me fait l'effet d'une gifle. Il a raison.

Lors de notre dernière discussion, j'ai reproché à Liam de ne pas avoir assez d'importance pour lui.

— Écoute, reprend-il d'un ton plus doux, je vais être honnête : je ne suis pas un as des relations amoureuses. Mon truc à moi, ce sont plutôt les histoires sans lendemain, mais je crois que tu devrais aller à Los Angeles pour lui faire entendre raison, surtout si tu ne comptes pas lui donner de nouvelle chance. Tu l'as dit tout à l'heure : personne n'a envie qu'on lui vole son rêve.

— Aller à L.A. ?

— Il est temps pour vous deux d'avoir une véritable conversation et de jouer cartes sur table, Harper. La côte Ouest est un coin vraiment sympa. Et puis, qui sait, tu auras peut-être envie de rester ?

Je sens la panique m'envahir, et un étau me compresse soudain le cœur.

— Je… je ne connais personne là-bas, ma vie est ici.

— Liam est parti, Aubrey aussi et je crois savoir que tu as perdu ta maman récemment, liste-t-il, implacable. Excuse-moi, mais je ne vois pas vraiment ce qui te retient à New York.

Machinalement, mon regard dévie vers le bureau de Tom.

— Tu n'as qu'un mot à dire et du boulot, je t'en trouve dans les dix minutes qui suivent.

Je déglutis, ahurie par la tournure de notre conversation.

— Tom compte beaucoup pour moi. C'est bien plus qu'un patron, c'est un ami.

C'est la première fois que je l'admets à voix haute et, contre toute attente, je ne suis prise d'aucune nausée, d'aucun tremblement.

— C'est mon ami, je répète, fière de moi.

— Un ami reste un ami, peu importe la distance. Il n'est pas anormal de quitter ses amis pour vivre sa propre vie. Cela ne signifie pas qu'on tire un trait sur eux, c'est juste la relation qui évolue.

— Liam et moi n'avons pas échangé un seul mot depuis des mois.

— Tu sais ce qu'il ressent pour toi. Il t'a écrit, il me l'a dit.

— Oui, une minuscule fois.

— Est-ce que tu as répondu à son message ?

— Oui.

— Ça, Harper, ça s'appelle entretenir l'espoir.

— Tu ignores ce que je lui ai répondu.

— Je n'en ai pas besoin, son attitude des dernières semaines et la tienne, ce soir, ainsi que tes réactions, parlent pour toi. Tu es amoureuse de lui.

Alors que je m'apprête à le contredire, il lève la main pour m'en empêcher.

— Inutile de protester. D'ailleurs, je ne vois pas pourquoi c'est si dur de l'admettre.

Il me contemple pendant ce qui me semble une éternité. C'est étrange, mais à aucun moment je ne me sens jugée. Ryan me donne l'impression d'être un type bienveillant.

— C'est effrayant mais c'est ça, la vie, Harper ! C'est accepter de prendre des risques.

— Je...

— Tu trouves Jace romantique ? Je peux te dire que Liam est sa réplique exacte. Alors, voici mon conseil. Prends un putain d'avion et va dire à ton mec qu'il est toujours dans la course, mais qu'il n'a pas besoin d'acheter ton cœur, parce qu'il lui appartient déjà.

J'ouvre la bouche pour lui tenir tête, mais aucun son n'en sort.

— En plus, ça changerait un peu que ce soit la nana qui crée la surprise !

Il rit, et je sens malgré moi un sourire étirer mes lèvres.

— Allez ! Montre-lui que tu n'as pas peur d'assumer tes sentiments.

— Tu es qui, au juste ? Son avocat ?

— Possible que j'aie loupé ma vocation, au grand dam de mes parents.

Je n'arrive pas à croire que ce mec soit en train de me convaincre. Il a allumé une simple étincelle, mais je sens déjà le feu grandir en moi. Et si, pour une fois, je m'autorisais à sauter dans le vide ?

Chapitre 32

J'inspire et expire plusieurs fois en fixant la porte du bar. C'est la première fois que je suis inquiète à l'idée de voir Tom. J'ai grandi sans figure paternelle, mais j'imagine que l'angoisse qui me noue les tripes est la même pour toutes les filles qui s'apprêtent à annoncer à leur père qu'elles partent rejoindre l'homme qu'elles aiment à l'autre bout du pays.

Je n'ai pas seize ans et je n'habite pas avec lui !

J'ai beau me répéter en boucle cette vérité, elle n'apaise pas mon appréhension. Je ne me suis jamais souciée du regard des autres, encore moins de leur avis, mais j'aimerais que Tom comprenne ma décision. Je ne cherche pas sa bénédiction, cependant l'obtenir me rassurerait.

— On est fermé ! crie-t-il en entendant la porte.

— C'est moi !

— Oh ! salut, Harp. Tu es en avance.

— Je voulais te parler.

Mon ton chantant tombe à plat : l'expression de son visage m'indique que ma tentative pour ne pas l'alarmer est un échec cuisant.

— Qu'est-ce qui se passe ?

J'ôte ma veste, la pose sur le comptoir et m'assois sur

un tabouret haut. Je ne fais pas durer volontairement le suspense, mais j'ai l'intuition que mon discours bien rodé ne suffira pas. J'ai beau l'avoir répété devant le miroir de la salle de bains, il ne va pas m'être d'une grande utilité !

— Tu as un problème ? Ce sont encore ces histoires de succession ? Je te l'ai…

— Non, non, je l'interromps. Rien à voir avec ça, c'est plus personnel.

Il plisse les yeux, perdu.

— Tu te souviens quand tu m'as dit que changer d'air me ferait du bien ?

— Oui.

— Je crois que tu avais raison.

— C'est souvent le cas.

La petite note d'humour dont il fait preuve ne réussit pas à masquer son anxiété.

— Où donc ? Miami ? Las Vegas ? Je sais ! Tu rejoins Aubrey à Chicago. Vous avez intérêt à être prudentes…

— Ryan m'a invitée à Los Angeles.

— Ryan ? Le Ryan de Jace ?

Je vois à son air perplexe qu'il ne comprend pas un mot de ce que je raconte.

— Une soirée est organisée pour le nouvel an dans un bar qui lui appartient.

— Tu sors avec lui ?

Il me dévisage, abasourdi.

— Non, il m'a invitée, c'est tout.

— C'est tout ? Excuse-moi, Harp, mais « c'est tout » n'existe pas pour ce genre de mec.

Je souris, touchée par son éternelle attitude protectrice.

— C'est le nouveau patron de Liam.

Il ouvre la bouche, médusé, puis la referme. Il est figé,

légèrement livide, si bien que je claque des doigts devant son visage.

— Tom ? Tout va bien ? Tu m'entends ?

Il cligne les yeux plusieurs fois, comme s'il revenait à lui, puis attrape la bouteille de tequila derrière lui et se sert un shot.

— Tu as décidé de lui pardonner ?

Son ton désapprobateur m'arrache une grimace.

— Oh... je vois... C'est pire que ça, reprend-il. Tu lui as déjà pardonné.

— Tom...

— Tu vas tout quitter pour lui ?

— Je n'y vais que quatre jours.

— Où vas-tu dormir ?

Je ne peux pas m'empêcher de glousser en entendant sa question.

— Ce n'est pas drôle, Harper.

— Un peu, quand même. J'ai vingt-cinq ans, Tom, je peux dormir où je veux et surtout avec qui je veux.

— Tu souhaites ma mort ?

— Tout de suite, les grands mots ! Écoute, je ne suis pas venue te demander une autorisation, je te préviens seulement, en amie, que je vais passer quelques jours en Californie. Le bar est fermé, cette semaine, ça ne pose donc aucun problème.

— Je vais peut-être changer d'avis.

— Tu as promis à Mel que vous passeriez les fêtes dans l'Ohio.

— Ouais, eh bien, je le regrette déjà.

Nous nous dévisageons un long moment, puis je décide de lui ouvrir mon cœur.

— Je suis amoureuse, Tom. Ça me file une peur bleue, c'est vrai, mais un jour, tu m'as dit qu'il était temps que j'avance, que je vive, et toutes ces choses, je veux les faire avec Liam. Notre relation s'est construite sur un mensonge, c'est vrai, et il est possible que je me trompe, que je sois à ramasser à la petite cuillère dans quelques semaines. Si c'est le cas, j'espère que tu seras là pour moi, comme un père pour sa fille, dis-je en posant ma main sur la sienne.

Ma vue se brouille, mais je résiste à l'envie de pleurer. Tom déglutit et acquiesce en me serrant la main à son tour.

— Je te préviens, je suis plutôt du genre père protecteur !

Je ris car j'ai besoin de relâcher la pression. C'est un rire nerveux, mais libérateur.

— Ta mère serait fière de toi, Harp. Je suis fier de toi. Fier de tout le chemin que tu as parcouru en un an. C'est la plus belle chose que tu pouvais m'offrir. Alors oui, tu as raison, fonce et sois tranquille, je serai toujours là pour assurer tes arrières et t'aider à te relever.

Une première larme roule sur ma joue, puis une seconde. Bientôt, ce sont des dizaines qui s'échappent.

Tom contourne le bar et me prend dans ses bras en me répétant encore et encore à quel point il est heureux que j'aie enfin décidé de vivre sans chaînes.

Chapitre 33

31 décembre 2018

Liam

La voix grave de Rod Stewart jaillit de mon téléphone, et ma sœur apparaît à l'écran. Je regarde sa dernière vidéo Instagram. Elle porte un tailleur-pantalon rouge et une brassière noire. Son amie porte une tenue similaire, mais vert électrique. Julianne a un nombre impressionnant d'abonnés – sept cent trente-quatre mille exactement – qui manifestent un vif intérêt pour chacune de ses publications.

Son compte est dédié à sa passion : la danse. Ce qui est amusant, c'est l'étendue de sa popularité, alors que personne ne connaît son visage, dissimulé derrière un masque en plastique. D'autres femmes auraient choisi un loup vénitien, Ju a jeté son dévolu sur l'ours *American Nightmare* avec LED incorporées. Pratique pour les vidéos de nuit, mais pas très féminin. C'est toute l'étendue de la personnalité contradictoire de ma sœur, qui refuse d'être reléguée au rang de simple danseuse sexy. Comme d'habitude, je like le post et laisse un émoji licorne en commentaire – elle déteste les licornes, mais adore les arcs-en-ciel. Elle répondra par son sempiternel doigt d'honneur. Julianne, quoi !

— Moi qui pensais que tu étais à fond sur Harper !

Je lève la tête et découvre Ryan, tout sourire, le regard braqué sur mon écran. Je suis sur la terrasse du Broken Shaker, installé dans un fauteuil, pour profiter du soleil de fin de journée et du calme agréable avant la soirée de dingue qui nous attend. Dans quelques heures, l'établissement sera plein à craquer de gens prêts à fêter la nouvelle année.

— Moi aussi, je suis cette meuf sur Insta. La façon dont elle bouge est carrément sexy. Je serais curieux de voir sa tête. Avec un déhanché pareil, elle est forcément canon.

Je pince les lèvres pour retenir l'insulte qui me brûle la langue.

— Je crois que c'est le moment de t'apprendre qu'il s'agit de ma sœur.

Il part d'un grand éclat de rire, avant de se rendre compte que je suis sérieux.

— Tu blagues ?

— Non.

Il se fige une demi-seconde, puis une expression interdite s'affiche sur son visage.

— Combien as-tu de sœurs, au juste ?

— Une.

— Une seule ?

— C'est ce que j'ai dit.

Je vois dans ses yeux le moment exact où il assemble les pièces du puzzle. Inutile de préciser que la conclusion – et je le comprends – ne lui plaît pas particulièrement.

— Tu me fais marcher ?

— Pas le moins du monde.

Il se met à arpenter l'espace devant moi en se passant nerveusement la main dans les cheveux.

— Putain, c'est une blague ? lâche-t-il en faisant volte-face. Ta sœur n'a donc pas quinze ans ?

— Pas vraiment.

— Quel âge ?

— Vingt-cinq.

— Est-ce que je peux te demander ce qu'elle foutait avec ma sœur, cet été ?

— Je crois que nous le savons déjà.

Le souvenir du flic m'annonçant qu'elles avaient dansé la poitrine à l'air dans Central Park me fait grimacer.

— Tu le savais depuis le début ?

— Que ma sœur n'avait pas quinze ans ? Oui.

— Elle ne va donc pas du tout à Brearley ? Attends… elle est prof là-bas ?

— Non plus.

— Tu comptais m'en parler quand ?

Sa colère est légitime. J'avoue que cette omission travaille ma conscience depuis un moment, seulement je ne savais pas comment aborder le sujet, ni même si c'était nécessaire.

— Comment se sont-elles connues ? Par les réseaux ?

— Aucune idée, dis-je en haussant les épaules.

— Est-ce qu'elles se voient encore ?

— Comment veux-tu que je le sache ? Écoute, mec, je comprends que tu sois énervé, mais Julianne est vraiment cool et…

— Cool ?

— Je t'assure qu'elle a la tête sur les épaules, même si…

— Dois-je te rappeler l'épisode de la fontaine ?

— C'est inutile, ça ira.

— Merde, je n'en reviens pas, soupire-t-il en s'asseyant, dépité.

— Pour ce que ça vaut, je lui ai passé un savon.

— Je suppose qu'elle n'en a rien eu à foutre ?

— Tu supposes bien.

Il demeure silencieux plusieurs minutes, le regard perdu dans le vide. Je cherche un truc à dire, même si j'ai conscience du risque d'envenimer la situation, seulement, j'apprécie beaucoup Ryan. En quelques semaines, il est devenu un ami proche.

— Je suis désolé, Julianne m'a fait promettre de ne pas t'en parler, elle avait peur que tu empêches ta sœur de continuer à aller à la salle de danse. Elles s'entendent très bien, je crois.

— Et tu as accepté ?

J'acquiesce prudemment, gêné.

— Pour ce que ça vaut, je ne te connaissais pas et je ne pouvais pas savoir qu'on serait amenés à se revoir. Si ça peut te rassurer, lorsque j'ai accepté ta proposition d'emploi, je lui ai fait promettre de ne plus revoir ta sœur.

Il se passe les mains sur le visage en grognant.

— Laisse-moi deviner ? C'est le genre de nana à n'en faire qu'à sa tête ?

Je pourrais mentir, mais ça aggraverait mon cas. Autant jouer cartes sur table.

— Malheureusement, oui.

— Évidemment. É.V.I.D.E.M.M.E.N.T !

Il sort son téléphone et l'agite devant moi.

— Tu m'excuses, je vais remettre les pendules à l'heure avec ma très chère sœur.

— Je t'en prie.

Il s'éloigne à grands pas. J'en profite pour dégainer mon téléphone à mon tour.

Rassure-moi, tu ne vois plus la sœur de Ryan ?

La réponse de Julianne ne se fait pas attendre et arrive deux secondes plus tard, sous la forme d'une émoticône doigt d'honneur. Aucun doute, elle continue à lui donner des cours de danse.

Ryan m'avait prévenu que la soirée serait dingue, mais il avait très largement sous-estimé la réalité. Le bar est plein à craquer de Californiens ravis de s'éclater, de crier et danser au son d'un des DJ les plus tendance du pays et engagé spécialement pour l'occasion. Ce mec met une ambiance géniale. Partout les gens se déhanchent, lèvent les bras en rythme et sautent en chantant à tue-tête. Tout Los Angeles semble s'être donné rendez-vous chez nous, dans la joie et la bonne humeur. À n'en pas douter, la présence de Jace, le pote célèbre de Ryan, a sa part dans ce joyeux bordel. Je ne compte plus le nombre de personnes – des filles essentiellement – qui m'ont demandé si la rumeur était vraie. Elle l'est !

Ce soir, l'équipe des barmen est au complet, et aucun de nous ne chôme. Le va-et-vient incessant des serveurs est impressionnant et réussit à me filer le tournis. J'en ai même des hallucinations ! Cela fait trois fois que je crois apercevoir Harper. L'instant est très fugace, mais en même temps si réel qu'il y a une demi-heure j'ai bien failli sauter par-dessus le bar et plonger dans la foule.

Mon cerveau obsédé s'amuse à me torturer. Son visage, ses cheveux ou encore sa silhouette apparaissent à divers endroits, avant de se volatiliser tels des mirages. Alors qu'elle est à Chicago, avec Aubrey. Ces deux dernières semaines, nous avons échangé quelques messages, mais jusqu'à présent je n'ai pas réussi à briser la distance qu'elle m'impose. J'ai perdu sa confiance et j'ai bien peur de ne jamais la regagner.

J'aimerais lui donner l'occasion de croire à nouveau en moi. En nous. Seulement, mon projet n'avance pas. Investir dans un bar est quasiment impossible, ici, sauf à posséder la fortune de Ryan. J'ai visité plusieurs lieux, mais rien n'a pu aboutir. Selon lui, c'est beaucoup trop tôt et surtout inutile. Il ne comprend pas mon obstination et me presse pour que je sois honnête avec Harper, que je lui avoue mon amour et lui demande de me rejoindre à L.A. Dans sa bouche, tout paraît simple. Mais comment pourrait-elle accepter de quitter son monde, s'il n'y a rien à la clé ?

Il y a un peu plus d'un mois, alors qu'il s'apprêtait à s'envoler pour New York, Ryan et moi nous sommes disputés à ce sujet. Il était très en colère de ne pas parvenir à me faire entendre raison. Nous n'en avons pas reparlé. Il est suffisamment occupé par les problèmes de Jace. Si j'ai bien compris, après avoir perdu sa nana, celui-ci a viré sa directrice adjointe, qui était également sa plus vieille amie.

— Trois whiskys Coca, s'il vous plaît.

Je tends les consommations que je viens de préparer à l'un des serveurs et réponds en même temps à un client, tout en lançant une bouteille de gin à l'un de mes acolytes.

— Tout de suite ! Glaçons ?

Physiquement, je suis là. Mentalement, je suis avec Harper, empêtré dans mes souvenirs et ressassant mes erreurs. Ryan avait émis l'idée que je l'invite à cette soirée, avant qu'elle ne devienne un sujet tabou par ma faute. J'aurais dû l'écouter. Sur le moment, sa proposition m'a paru inconcevable. Je réalise maintenant que j'ai manqué de courage. Je suis vraiment le dernier des c…

Soudain tout s'éclaire : Ryan a raison, aimer une personne c'est avant tout se faire confiance, croire en soi et se penser capable de suffire au bonheur de l'autre. Harper et moi, c'est une évidence, et je ne veux plus passer une seconde sans elle.

Je sors le téléphone de ma poche arrière et lui envoie un message, les mains tremblantes.

Et si nous profitions de la nouvelle année pour repartir de zéro ? Donne-moi l'adresse d'Aubrey. Dès que le bar ferme, je saute dans un avion pour te convaincre que je suis l'homme de ta vie.

C'est spontané et flippant. Très comédie romantique. Totalement à l'opposé de ma façon habituelle d'agir. Pourtant, je n'ai jamais été aussi sûr de moi.

La mention *lu* apparaît presque immédiatement.

Allez, réponds, Harp ! Réponds, bon sang !

J'attends, le cœur battant, mais les secondes s'écoulent et rien ne se passe.

— Tout va bien ?

Je lève la tête, les bras en appui sur le comptoir, Ryan se penche vers moi pour se faire entendre. Il désigne mon téléphone du menton.

— Mauvaise nouvelle ?

— Je pense aller faire un tour à Chicago, je crie à cause du brouhaha environnant. Je vais essayer de trouver un vol pour demain matin.

Son mouvement de recul et son air étonné ne m'échappent pas.

— Le timing ne pourrait pas être plus mauvais, dit-il en souriant.

Le DJ choisit ce moment pour augmenter le volume

de son mix, me forçant à me pencher à mon tour pour m'expliquer.

— J'ai enfin compris ce que tu voulais dire, à propos de Harper. Je dois absolument lui parl…

Je me fige, attiré par un mouvement sur ma gauche. Le sosie de Harper est de retour. Je plisse les yeux et recule, avant de me hisser sur la pointe des pieds. Malheureusement, elle disparaît déjà, engloutie par la foule compacte. Je cligne des yeux, choqué par la sensation étrange que me procure cette inconnue.

— Ça va ? On dirait que tu as vu un fantôme.

Je me tourne vers Ryan qui m'observe avec curiosité, puis reporte mon attention sur la piste. L'apparition s'est bien volatilisée.

— Non, j'ai cru apercevoir Harper, dis-je en prenant une nouvelle commande.

— Si tu l'dis.

Son ton est limite moqueur, mais je ne m'en formalise pas, il sait que Harper m'obsède.

— Tu m'excuses, mais vu le monde, je n'ai pas le temps de papoter.

— On se voit plus tard, lance-t-il sans s'offusquer. Tu m'expliqueras ton nouveau délire à propos de Chicago.

Il disparaît à son tour au milieu des fêtards.

Plus tard dans la soirée, je me sens soudain épié et lève la tête vers la mezzanine. Parmi la multitude de clients qui consomment leur boisson, je croise le regard de Ryan et… Je me fige. Le sosie de Harper s'éclipse encore sous mes yeux. Je tends le doigt vers elle, dans une question induite, mais Ryan interprète mon signe comme un salut et porte deux doigts à son front en souriant.

— C'est qui ?

À cette distance, il ne peut pas m'entendre, mais il doit pouvoir lire sur mes lèvres. Malheureusement, un type lui tape sur l'épaule, et il me laisse en plan.

Bien décidé à trouver cette jeune femme mystère, j'observe l'étage avec attention. S'il le faut, je passerai chaque centimètre carré du bar au crible.

Je hèle mon collègue, pour le prévenir que je prends une pause. Ce n'est pas le moment, les gens se pressent pour commander des cocktails afin de célébrer la nouvelle année, mais j'ai besoin de savoir.

Au même instant, mon téléphone vibre dans ma poche et je découvre un message de Ryan.

> Les apparences ne sont pas toujours trompeuses. Parfois, elles sont simplement ce qu'elles sont.

Je lève à nouveau la tête vers la mezzanine, perplexe, mais ne le vois pas. Je relis son message sans en comprendre le sens. Alors que mes doigts s'agitent sur l'écran, un nouveau message arrive.

> Rejoins-nous dehors pour le décompte. On est sur la droite, carré VIP, vue imprenable sur le feu d'artifice à venir.

Je consulte l'horloge digitale derrière moi et constate qu'il sera minuit dans deux minutes. Le DJ invite d'ailleurs tous les clients à se joindre à lui pour le moment traditionnel. L'assemblée converge aussitôt au centre de la salle, où des piñatas géantes ont été installées pour les inonder de confettis. Je lance mon torchon sur le comptoir et passe de l'autre côté.

Circuler est quasi impossible tant la foule est compacte. Je joue des coudes, use de la voix pour me faufiler. Déjà, le DJ hurle dans son micro qu'il reste trente petites secondes pour dire adieu à 2018. Bousculé, je continue d'avancer tant bien que mal en évitant au maximum les obstacles. Dans la bataille, on me tend une paire de lunettes loufoques 2019, que j'enfile pour le fun, mais je refuse le boa et le chapeau à paillettes que je case sur la tête d'une nana à côté de moi. Charmée, elle m'attrape le bras. Je me dégage, le regard rivé sur mon objectif. Je ne suis plus qu'à quelques pas de la porte-fenêtre, pourtant les derniers mètres sont interminables. Un léger mouvement de foule m'aide, et je me retrouve enfin à l'air libre. J'enlève mes lunettes qui gênent ma vue et repère Ryan, debout dans un fauteuil. Il me fait de grands gestes.

— 10… 9…

J'y suis presque ! Un dernier effort, et j'atteindrai le carré VIP.

— 8… 7…

Ryan descend de son perchoir, mais je garde l'endroit dans mon viseur. Le haut de son crâne disparaît. J'en déduis qu'il se penche pour parler à quelqu'un.

Quelques secondes plus tard, il se redresse et pivote vers moi.

— 6… 5…

Enfin arrivé ! Le type de la sécurité se décale pour me laisser passer.

— 4… 3…

Même ici, les clients décomptent de façon hystérique, suivant la voix du DJ retransmise grâce à des haut-parleurs extérieurs. Ryan et Jace, épaule contre épaule, me regardent approcher avec de grands sourires. On dirait deux adolescents prêts à faire une connerie.

— 2… 1…

Ils échangent un coup d'œil, se font un signe de tête, puis s'écartent.

— Boooonne annéééééééé !!!

Autour de moi, le feu d'artifice explose, les gens hurlent, se congratulent et s'embrassent, mais je ne vois que Harper. Elle est là, devant moi, immobile. Divinement belle.

Je crois encore à une hallucination, avant de comprendre qu'elle est bien réelle. Dérouté par sa présence, je ferme les yeux et secoue la tête. Lorsque je les ouvre à nouveau, elle est toujours là, plus magnifique que jamais, et surtout à portée de main.

Très prudemment, comme si je craignais de la voir disparaître, je tends le bras pour lui caresser la joue. Mes doigts rencontrent alors la douceur de sa peau, et je fonds sur elle pour l'embrasser avec ferveur. Quel bonheur ! En une seule seconde, toutes mes inquiétudes, tous mes doutes s'envolent.

Harper se presse contre moi, répondant à mon baiser avec la même envie, le même besoin viscéral. Des sifflements et des applaudissements retentissent autour de nous. Je les ignore. Je la serre un peu plus fort, redoutant la fin de notre baiser. Je ne veux pas qu'il s'arrête. Jamais.

Malheureusement, l'air vient à manquer, et Harper s'écarte lentement de moi. Nous nous dévisageons de longues secondes, sans prêter la moindre attention aux fusées multicolores qui jaillissent autour de nous, ni aux rires de Ryan et Jace. Seule sa présence m'importe.

Elle.

Ici.

À Los Angeles.

Ses lèvres s'entrouvrent. Elle s'apprête sûrement à m'expliquer sa présence, mais je ne résiste pas à l'envie de l'embrasser une nouvelle fois. Nous aurons tout le temps de parler plus tard. Maintenant qu'elle est ici, je veux profiter d'elle chaque seconde, et surtout lui prouver qu'elle est la femme de ma vie. Peu importe le temps qu'il me faudra pour la convaincre. Ne dit-on pas que l'amour donne des ailes et la force de se transcender ?

Je la sens sourire à travers notre baiser, et cette sensation est la plus divine du monde.

Épilogue

Los Angeles, quatre ans plus tard
Liam

— Tu imagines, si tu devais faire ce chemin plusieurs fois par jour ? dis-je à Harper, tandis qu'une pierre roule sur le chemin escarpé qui nous conduit à Abalone Cove.

La jolie plage aux allures de carte postale, située dans la réserve écologique du parc Rancho Palos Verdes, est réputée pour ses piscines naturelles. Un petit coin de paradis préservé, accessible uniquement par des sentiers raides et sauvages longeant les falaises rocheuses. Imaginer y ouvrir un établissement est utopique, la logistique beaucoup trop compliquée et les autorisations quasi impossibles à obtenir.

Harper l'a réalisé dès que je l'y ai emmenée. Les yeux brillants, elle s'est extasiée de longues minutes devant le coucher de soleil, le calme et la sérénité qui nous enveloppaient. Consciente que personne ne devait dénaturer Abalone Cove, elle a décidé d'en faire notre endroit. C'est donc ici qu'elle m'a annoncé qu'elle quittait New York, ici également qu'elle a rencontré Milo. Ici que nous fêtons nos anniversaires, que j'ai posé un genou à terre devant elle et, bien entendu, qu'elle a dit oui devant nos amis.

Cette plage, c'est notre havre de paix. Nous aimons nous y rendre pour pique-niquer et lézarder, plonger et se perdre dans la beauté des fonds marins, ou tout simplement nous reposer du rythme épuisant de la ville.

Harper rit, mais ne me contredit pas. Je pivote vers elle et lui tends la main pour l'aider à descendre un passage étroit et un peu abrupt. Elle accepte mon aide sans rechigner, ce que je me garde bien de lui faire remarquer. Venir ici aujourd'hui était son idée, même si, ces derniers temps, elle est fatiguée.

— Enfin ! soupire-t-elle.

Elle se dirige vers notre coin favori, avec l'île Catalina à l'horizon. J'observe avec admiration son profil et ses cheveux qui virevoltent au vent. Harper a beaucoup changé depuis notre rencontre, c'est maintenant une femme épanouie, qui n'a plus peur de ses émotions.

— On s'installe là ? suggère-t-elle en désignant un rocher plat.

— Parfait.

Je pose la petite glacière tandis qu'elle étend nos serviettes, puis enlève son short en jean. Harper en maillot de bain, voilà ce qui est pour moi une vue exceptionnelle !

— Tu veux une bière ?

— Pas spécialement, mais tu peux ouvrir la glacière, ajoute-t-elle en s'asseyant en tailleur.

C'est elle qui s'est occupée de tout, alors que d'habitude, le ravitaillement, c'est plutôt mon job. Cette fois, j'ai eu interdiction de préparer les sandwichs. Étrange !

Intrigué, je ne me fais pas prier, m'accroupis et soulève le couvercle. Je fronce les sourcils en découvrant quatre fioles pleines, ainsi que plusieurs petites boîtes. En général, le menu est composé d'énormes sandwichs à la dinde avec mayonnaise et salade, accompagnés de bières fraîches.

— Des tomates cerises, des minisandwichs et des minimuffins ? On est au régime, Harp ?

Elle hausse les épaules sans répondre, mais un grand sourire illumine son visage. Je sors les bouteilles, perplexe, et lui lance un regard interrogatif.

— De nouveaux essais de cocktails ?

— Et si tu les goûtais ? propose-t-elle avec sérieux.

— Très bien.

J'ôte le bouchon de la première bouteille et avale délicatement une gorgée, afin de laisser mon palais s'imprégner des saveurs. Abricot et basilic. Le ressenti est plutôt agréable, mais l'alcool n'est pas assez présent à mon goût. De peur de la décevoir, j'enchaîne sur le deuxième cocktail. L'impression est identique, même si les fruits ont changé.

— Cassis et ... et...

Je prends le temps de réfléchir.

— Bergamote ?

— Oui !

Harper applaudit, visiblement ravie de ma réponse. Elle a l'air si heureuse que je renonce à lui faire remarquer qu'il manque de l'alcool. Au troisième test, je ne peux tenir ma langue.

— Chérie, ces recettes sont excellentes, mais je crois que tu as oublié l'alcool.

Je ne fais pas le fier, car elle se vexe assez facilement.

— Pas du tout.

— Si, je t'assure. Tu devais être à fond dans les combinaisons de fruits et d'herbes, et tu n'as pas fait attention.

— Je n'ai pas oublié, c'était volontaire !

Elle arbore soudain un air dépité.

— Je vais tuer Aubrey, murmure-t-elle.

— Aubrey ?

— Elle m'avait assuré que c'était une super idée et que tu comprendrais aussitôt. Je n'aurais jamais dû l'écouter.

— Comprendre quoi, Harp ? On s'était mis d'accord pour se montrer honnêtes l'un envers l'autre et ne pas y aller par quatre chemins. Tu te souv…

— Je suis enceinte !

Je me fige, choqué, puis cligne des yeux plusieurs fois, tandis que mon cœur s'emballe.

— Quoi ?

— Je suis enceinte, répète-t-elle doucement, presque inquiète.

Enceinte ?

— Je sais bien qu'on n'en a jamais parlé sérieusement et qu'il y a déjà Milo…

— Enceinte ? Mais, c'est génial !

Fou de joie, je fonds sur elle pour l'embrasser, renversant au passage bouteilles et boîtes. Elle m'accueille avec le même entrain, le même amour, et je ne sais bientôt plus si je dois rire, pleurer ou hurler mon bonheur, tellement je suis heureux.

Quand je disais que ma femme avait changé !

Les cocktails de Harper & Liam

À tester pour les aventurières ! Et n'oubliez pas : l'alcool se consomme avec modération !

Pink Potion

- 1 dose de vodka
- 1 dose d'amaretto
- 1 dose de liqueur de pêche
- 1 dose de jus d'orange
- 1 dose de cranberries

Punch du paradis

- 1 dose de rhum ambré
- 1 dose de jus d'ananas
- 1 dose de jus d'abricot
- 1 dose de jus d'orange sanguine (pur jus pressé)
- 4 gouttes d'extrait de vanille

La Divine

- 1 cuillerée à café de cassonade
- 6 cl de whisky Black Velvet
- 4 cl de jus de canneberge
- 2 cl de jus de pomme
- 20 cl de jus de citron vert pressé
- 1 poignée de feuilles de menthe

La Diablesse

À servir dans un verre piscine
- 3 cl de Martini blanc
- 2 cl de liqueur de fleur de sureau
- 4 cl de purée de framboises
- 2 cl de limonade

Le Glittery

À servir dans un verre martini
- 40 ml de vodka
- Purée de myrtilles (petite dizaine)
- Tonic
- Paillettes comestibles

Le Mysterious

À servir dans un verre à shot
- 3 cl de schnaps pêche
- Grenadine (en pipette – quelques gouttes à ajouter délicatement)
- Curaçao bleu (en pipette – quelques gouttes)
- 1 cl de Baileys à ajouter via le dos d'une cuillère

Le Torride

- 3 cl de gin

- 1 cuillerée à café de glace noix de coco (ou 1 cl de Malibu)
- 2 cl de jus de fraise
- Basilic frais (ou glacé)

Le Sun Kiss

- 4 cl de Cointreau
- 5 cl de jus d'ananas
- 3 cl de jus de pamplemousse jaune
- Zest d'agrume

Le Zombie

- 3,5 cl de rhum ambré
- 3,5 cl de rhum blanc
- 1,5 cl de liqueur d'abricot
- 2 cl de jus de citron vert
- 0,5 cl de sirop de grenadine
- 6 cl de jus d'ananas
- 1,5 cl de sirop de sucre de canne

Le Perfect

- 5 fraises écrasées avec des feuilles de menthe fraîches
- 5 cl de Cointreau
- 1,5 cl de jus de citron vert
- Eau gazeuse

Le Last One

À servir dans un verre martini

- 4 cl de cognac
- 2 cl de triple sec
- 1 cl de sirop de champagne
- 1 cl de jus de citron pressé

Vous avez aimé
L'abus de toi est dangereux (pour mon coeur) ?
Découvrez toutes les romances
de Caro M. Leene
disponibles chez HarperCollins Poche

Harper
Collins
POCHE

Composé et édité par HarperCollins France.

Achevé d'imprimer en décembre 2022.

CPI
FIRMIN-DIDOT

à Mesnil-sur-l'Estrée (Eure)

Dépôt légal : janvier 2023.

Pour limiter l'empreinte environnementale de ses livres, HarperCollins France s'engage à n'utiliser que du papier fabriqué à partir de bois provenant de forêts gérées durablement et de manière responsable.

Imprimé en France